リディア＝
イグナイト

グレン＝
レーダス
イヴ＝
イグナイト
リィエル＝
レイフォード

17
ルミア＝
ティンジェル
システィーナ＝
フィーベル
ロクでなし魔術講師と禁忌教典《アカシックレコード》
Akashic records of bastard magic instructor

アゼル=ル=
イグナイト
イリア=
イルージュ
Akashic records
of bastard magic instructor

ロクでなし魔術講師と禁忌教典《アカシツクレコード》17

羊 太郎

ファンタジア文庫

2995

口絵・本文イラスト　三嶋くろね

教典は万物の叡智を司り、創造し、掌握する。
故に、それは人類を
破滅へと向かわせることとなるだろう――。

『メルガリウスの天空城』著者：ロラン＝エルトリア

Akashic records of bastard magic instructor

Main

システィーナ=フィーベル

—

生真面目な優等生。偉大な魔術師だった祖父の夢を継ぎ、その夢の実現に真っ直ぐな情熱を捧げる少女

グレン=レーダス

—

魔術嫌いな魔術講師。いい加減でやる気ゼロ、魔術師としても三流で、いい所まったくナシ。だが、本当の顔は——？

ルミア=ティンジェル

—

清楚で心優しい少女。とある誰にも言えない秘密を抱え、親友のシスティーナと共に魔術の勉強に一生懸命励む

リィエル=レイフォード

—

グレンの元・同僚。錬金術で高速錬成した大剣を振り回す、近接戦では無類の強さを誇る異色の魔導士

アルベルト=フレイザー

—

グレンの元・同僚。帝国宮廷魔導士団特務分室所属。神業のごとき魔術狙撃を得意とする凄腕の魔導士

エレノア=シャーレット

—

アリシア付侍女長兼秘書官。だが、裏の顔は天の智慧研究会が帝国政府側に送り込んだ密偵

セリカ=アルフォネア

—

アルザーノ帝国魔術学院教授。若い容姿ながら、グレンの育ての親で魔術の師匠という謎の多い女性

Academy

ウェンディ=ナーブレス

—

グレンの担当クラスの女子生徒。地方の有力名門貴族出身。気位が高く、少々高飛車で世間知らずなお嬢様

リン=ティティス

—

グレンの担当クラスの女子生徒。ちょっと気弱で小柄な小動物的少女。自分に自信が持てず、悩めるお年頃

ギイブル=ウィズダン

—

グレンの担当クラスの男子生徒。システィーナに次ぐ優等生だが、決して周囲と馴れ合おうとしない皮肉屋

カッシュ=ウィンガー

—

グレンの担当クラスの男子生徒。大柄でがっしりとした体格。明るい性格で、グレンに対して好意的

セシル=クレイトン

—

グレンの担当クラスの男子生徒。物静かな読書男子。集中力が高く、魔術狙撃の才能がある

ハーレイ=アストレイ

—

帝国魔術学院のベテラン講師。魔術の名門アストレイ家出身。伝統的な魔術師に背くグレンには攻撃的

Keyword

魔術

Magic

—

ルーン語と呼ばれる魔術言語で組んだ魔術式で数多の超自然現象を引き起こす、
この世界の魔術師にとって『当たり前』の技術。
唱える呪文の詩句や節数、
テンポ、術者の精神状態で自在にその有様を変える

教典

Bible

—

天空の城を主題とした、いたって子供向けのおとぎ話として世界に広く流布している。
しかし、その失われた原本(教典)には、
この世界にまつわる重大な真実が記されていたとされ、その謎を追う者は、
なぜか不幸に見舞われるという——

アルザーノ帝国魔術学院

Alzerna Imperial Magic Academy

—

およそ四百年前、時の女王アリシア三世の提唱によって巨額の国費を投じられて
設立された国営の魔術師育成専門学校。
今日、大陸でアルザーノ帝国が魔導大国としてその名を
轟かせる基盤を作った学校であり、常に時代の最先端の魔術を学べる最高峰の
学び舎として近隣諸国にも名高い。
現在、帝国で高名な魔術師の殆どがこの学院の卒業生である

Keyword

Akashic records of bastard magic instructor

CONTENTS

序　章｜混沌の序曲
007

第一章｜崩壊を告げるラッパの音色
011

幕間Ⅰ｜とある在りし日の惨劇
050

第二章｜燃え上がる反逆の炎
057

幕間Ⅱ｜とある在りし日の記憶
153

第三章｜魔術師の再燃
161

第四章｜炎の一刻半
207

第五章｜暁、燃ゆる
272

終　章｜消ゆる灯火、灯る灯火
342

あとがき
362

序章　混沌《こんとん》の序曲

――ルヴァフォース聖暦《せいれき》１８５３年、グラムの月９日。

今、自由都市ミラーノを、混沌と混乱が支配していた。

魔術《まじゅつ》祭典会場、セリカ＝エリエーテ大競技場で起きた悲劇――レザリア王国代表選手団総勢十名の《天使の塵《エンジェル・ダスト》》末期症状《しょうじょう》による死亡。

続く、第十三聖伐実行隊《ラスト・クルセイダース》達の襲撃《しゅうげき》による、マリア＝ルーテルの誘拐《ゆうかい》。

誰《だれ》もが予想しえなかったこの決勝戦の結末に、困惑《こんわく》を隠《かく》せず、恐慌《きょうこう》するしかない。

「くそ……なんでこんなことに……ッ！」

グレンが道を行き交《か》う人々を押しのけながら、街中を必死に駆《か》ける。

無駄《むだ》だとわかっていながら、先刻連れ去られたマリアを捜《さが》して駆け回る。

――や、やだぁ！　助けてください、先生《せんせ》ぇ！

連れ去られる間際《まぎわ》、マリアが残した悲痛な叫《さけ》びが、脳内をリフレインする。

なぜ、マリアが狙《ねら》われたのか、今のグレンにその理由はわからない。

だが、再び使用された《天使の塵《エンジェル・ダスト》》の存在。

第十三聖伐実行隊《ラスト・クルセイダース》──ルナ達の背後に誰がいるのかは最早《もはや》、明確だった。

「……ジャティス……ッ！　あの野郎《やろ》ぉ……ッ！」

かつて《炎の船《ほのお》》で、ジャティスの遺体を見たが、やっぱり生きていたのだ。

グレンの脳内を最悪の予感が過《よ》ぎり、その身が焦燥感《しょうそうかん》で焦《こ》がされる。

なにせ、あのジャティスが動いたのだ。

何かとんでもない目的があるに決まっている。

早くマリアを助けないと、恐《おそ》ろしいことになる。それだけは確実だ。

(でも、どうすりゃいい？　あいつらはどこへ逃《に》げた⁉　どこだ……ッ⁉)

大通りの十字路の真ん中でグレンが足を止め、周囲を必死に見回していると。

「先生……ッ！　落ち着いてください、先生ッ！」

そこへ、複数の人の気配が駆けつける。

システィーナ、ルミア、リィエル、イヴの四人だ。

「マリアを攫《さら》ったあの人達は、空を飛んで逃げたんですよ⁉　闇雲《やみくも》に走り回ったって、意味ないですって！」

「ん。グレンは少し、冷静になるべき」

そんな至極《しごく》真っ当なシスティーナとリィエルの指摘《してき》に。

全力で駆け回った疲労《ひろう》が限界に達したのも手伝い、グレンはようやく一息吐《つ》いた。

「……悪《わり》ぃ。どうかしてた」

激しく乱れる息を整えながら、グレンがシスティーナ達を振《ふ》り返る。

「まったく……生徒達の方がしっかりしているじゃない」

そんなグレンを見て、腕組《うでぐ》みしたイヴが、つんと言い捨てた。

「あんまり、失望させないで欲しいわね、先生？」

「う、うるせぇ！　ちょっと、焦《あせ》ってたんだよ！」

「焦らなくても大丈夫《だいじょうぶ》ですよ、先生。マリアはきっと無事です。私達、皆《みな》でマリアを助けましょう！」

「ん。わたしも手伝う。システィーナ達の友達なら、わたしも守る」

そんな頼《たの》もしい生徒達を前に。

「お前ら……」

グレンが思わず胸を熱くしていた……その時だった。

「せ、先生……」

不意に、ルミアが困惑したように声を上げた。

なぜか、ルミアは空を見上げている。

「どうした？　ルミア」

「あれ……なんでしょうか？」

ルミアが頭上を指差す。

「……あれ？」

グレンが見上げれば、この自由都市ミラーノの上空に、奇妙《きみょう》な光の線がきらきらと流星のように躍《おど》っていた。

ミラーノの市民達も、この空の異変に気付き始めたのだろう。ぽつぽつ空を見上げ、ざわざわし始めている。

「……な、なんだ、ありゃ……？」

飛び交う光の線は、少しずつその数を増やし……やがて束ねられていく。

縦糸と横糸を編み続けることで一枚の布となるように。

光の線が空をスクリーンに、一枚の映像を描《えが》き出していく。

そこに描き出された光景は——

第一章　崩壊《ほうかい》を告げるラッパの音色

こつ、こつ、こつ……

狭苦《せまくる》しい空間に靴音《くつおと》が響《ひび》き、反響《はんきょう》する。

埃《ほこり》っぽく饐《す》えた空気が辺りに充満《じゅうまん》し、塗《ぬ》り潰《つぶ》すような無限の闇《やみ》が奥へと続いていた。

指先に灯《とも》す魔術の光が、その闇を微《かす》かに払《はら》い、周囲をぼんやりと照らす。

そこは──通路だ。

壁《かべ》、床《ゆか》、天井《てんじょう》──その全《すべ》てが、奇妙な幾何学《きかがく》的造形の石材で形成された通路。

そして、その全てに古代文字や記号、天体戯画《ぎが》的な象形が刻まれている。

そんな場所を、指先に魔術の光を灯した青年が、迷いのない足取りで進んでいく。

ジャティス＝ロウファンだ。

「驚《おどろ》いたかい？　ミラーノの地下にこのような遺跡《いせき》があったなんて」

「ふん……一体、私達をどこへ連れて行こうっていうのよ？」

ジャティスの後には、第十三聖伐実行隊《ラスト・クルセイダース》──ルナとチェイスの二人が続いていた。

チェイスの腕には、拘束《こうそく》されたマリアが横抱《よこだ》きに抱《かか》えられている。

マリアは睡眠《すいみん》系の魔術薬で深く眠《ねむ》らされ、ぐったりとしていた。

「いい加減、目的くらい教えてくれてもいいじゃない」

「まぁまぁ」

不機嫌《ふきげん》そうなルナへ、ジャティスは爽《さわ》やかに笑《え》みを返す。

「それは、着いてからのお楽しみ……ということで」

「この……ッ！　チェイスに《ヨトの釘《くぎ》》が刺《さ》さってなかったら、あんたなんか、速攻《そっこう》でぶった斬《ぎ》ってやるのに……ッ！」

聖エリサレス教会の禁断の秘奥《ひおう》【天使転生】。

その適格者にして成功者である《戦天使《いくさ》》ルナ＝フレアー。

人間を超越《ちょうえつ》した力を持つ彼女が、ジャティスの言いなりになっているのは、ひとえに相棒のチェイスの心臓に刺さっている《ヨトの釘》のために他《ほか》ならない。

不死者を滅《ほろ》ぼす聖遺物《ヨトの釘》。これが吸血鬼《きゅうけつき》たるチェイスの心臓に撃《う》ち込まれている以上、その生殺与奪《せいさつよだつ》権は完全にジャティスの手にあるのだ。

ルナが目を固《かた》く瞑《つぶ》り、拳《こぶし》を握《にぎ》り固める。

(……チェイスだけは死なせない……ッ！　だって……私にはもう、チェイスしかいないんだもの……ッ！）

だから、今はジャティスの言いなりになるしかない。なるしかないのだ。

他の何を犠牲《ぎせい》にしたとしても──

「ルナ……」

苦悩《くのう》に満ちたルナの横顔を、チェイスはただ黙《だま》って見つめるしかなかった。


通路は複雑に分岐《ぶんき》し、まるで迷宮《めいきゅう》のようであった。

だが、ジャティスの足取りには迷いがまったくない。

どうやら最初から、どこへ行くのか決めていたようであった。

やがて、一行はその迷宮じみた通路を抜《ぬ》け──開けた場所へと辿《たど》り着いていた。


「ミラーノの地下に、こんな場所があったの……？」

ルナとチェイスは唖然《あぜん》として、その空間を見回していた。

そこは広々としたドーム状の空間だ。ここに至る出入り口は一つじゃないらしく、ドーム壁《へき》のあちこちに、似たような通路の口が配置されているのが見える。

床や天井には、まるで天球図のような不思議な紋様《もんよう》が雄大《ゆうだい》に刻まれている。

そして、ドームの中心に、ピラミッドのような四角錐形《しかくすい》の祭壇《さいだん》が築かれており、その周囲には材質不明の奇妙な黒いモノリスがずらりと並んでいた。

「ここは『ナイアールの祭祀場《さいし》』と呼ばれる古代遺跡。迷宮内を決まった道順で辿らないと、永遠に同じ場所をループして辿り着けない場所なのさ」

ジャティスが得意げに言う。

「ここを割り出すのは骨が折れたよ。もう少しで、あのフォーゼルに、先を越《こ》されてしまうところだった」

「貴方《あなた》の都合なんかどうでもいいわ！」

「そうだね、早速《さっそく》始めるか」

苛立《いらだ》ちを募《つの》らせるルナに、ジャティスは肩《かた》を竦《すく》めて応じた。

「その《無垢《むく》なる闇の巫女《みこ》》を、あの祭壇の上に寝《ね》かせてくれないか」

「…………」

マリアを横抱きに抱えるチェイスが、無言で動かない。

もう語るまでもなく、嫌《いや》な予感しかしないからだ。

「……おや？　僕の頼みが聞けないのかな？」

ジャティスが愉《たの》しげに、懐《ふところ》から聖句の刻まれた金槌《かなづち》を取り出す。

チェイスに撃ち込んだ《ヨトの釘》を操作する聖遺物──《ヨトの槌》だ。

だが、それでもチェイスが動かないでいると。

「……お願い、チェイス。今は……あいつの言うことを聞いて。命令よ」

ルナが折れた。縋《すが》るようなその顔は、堪《た》えがたい苦渋《くじゅう》と苦悩に満ちている。

「……了解《りょうかい》だ」

そんなルナの命令を受けたチェイスは嘆息《たんそく》して、マリアを祭壇の上へと寝かせた。

「《我が繰《く》り糸に従えよ》」

ジャティスが、白魔《しろま》【マリオネット・ワーク】の呪文《じゅもん》を唱える。

すると、眠ったままのマリアが身を起こす。祭壇の上で立て膝《ひざ》をついて、胸元《むなもと》で手を組み、極端《きょくたん》な海老《えび》反り姿勢で天井を仰《あお》ぎ見る。

そして……

「……な……すたん……る……がさな……なる……なる……」

何事かを、祈《いの》り言のように呟《つぶや》き始めたのだ。

「ふっ……」

ジャティスがマリアのローブの左袖《そで》に手をかけ、その左袖を一気に破る。

すると、マリアの左上腕《じょうわん》部が露《あら》わになる。

そこに刻まれている、Zの字を一筆書きで何度も重ねたような奇妙な紋様。

それが、マリアの祈りに応じて、赤く輝《かがや》き熱を持ち始めていた。

「な、何……これ……？　何が起きてるの……？」

「さて、次は君の番だ、ルナ」

戸惑《とまど》うルナへ、ジャティスが振り返る。

「は？　私？」

「そうさ。君は《戦天使》だよね？　つまり、天使言語魔法《エンジェリック・オラクル》を行使できる」

「そうだけど……何よ？　今さら」

「それには確か、禁断の【十三番】があるよねえ？　それを歌ってくれよ」

「……は？　なんで、貴方がそれを……？」

ジャティスの申し出に、ルナが目を瞬《しばた》かせる。

「そもそも、今、ここで歌え？　なんで？　確かに【十三番】はあるけど……アレは何の意味も力もない歌よ？」

「……君に拒否権《きよひ》はないよ。残念ながら」

見せつけるように、ジャティスが《ヨトの槌》をふらふら動かす。

「だけど、【十三番】を歌えば、チェイスを解放してあげよう。僕を信じてくれ《トラスト・ミー》」

「……は？　……本気……？」

ジャティスの意図がわからない。ルナは混乱するしかない。

（【十三番】……禁断と名付いていても、この歌には、なぜか何の力もない……だから、ここで歌っても、何も問題はないはず……でも、この歌は……）

どうしたらいいかわからず、ルナが困惑《こんわく》していると。

「……ルナ。やつの言うことを聞くな」

チェイスが鋭《するど》く警告した。

「取り返しのつかないことになる気がする。僕のことは気にするな。僕はもう……死んでいるのだから」

「……ッ！」

ルナは、チェイスとジャティスの持つ《ヨトの槌》を交互《こうご》に見比べる。

しばらくの間、逡巡《しゅんじゅん》し……やがて。

「Ya...Ahahaha...La, La, AlaLaLa, Lala...Ahaaa...yha......」

ルナは、意を決したように厳《おごそ》かな曲調の歌を歌い始めた。

その透《す》き通った声の旋律《せんりつ》が朗々とドーム内に反響し、渦巻《うずま》いていく——

「ルナ……」

チェイスは、そんなルナを複雑な表情で見守るしかなく。

「ふっ……それでいい。……〝読んでいたよ〟」

ジャティスは何処《どこ》までも、昏《くら》く薄《うす》ら笑う。

聞く者の魂《たましい》を奈落《ならく》へ吸い堕《お》とすようなルナの歌は、朗々と続き……

……やがて終わる。

そして、ルナの最後のハミングが終わった……その瞬間《しゅんかん》だった。


ヴン……ッ！


不穏《ふおん》な重低音と共に、ドーム内壁《ないへき》に刻まれた天球図を魔力《まりょく》が漲《みなぎ》って疾走《しっそう》し、黒いモノリスの表面に光の文字が洪水《こうずい》のように躍《おど》り始めたのだ。

高まる。昂《たか》ぶる。

ドーム内に、吐《は》き気《け》がするほど暴力的で膨大《ぼうだい》な魔力が高まっていく――

「な……ッ!?」

そして……ドーム内のあちこちの空間に、亀裂《きれつ》が入った。

その開いた亀裂から、不定形の怪物《かいぶつ》が、ぞるり、ぞるりと流れ込んで来る。

　その怪物を言葉で形容するならば、グロテスクな深海魚をごちゃごちゃに混ぜ合わせ、牙《きば》の覗《のぞ》く口と目玉のようなものが、至る所にある汚泥《おでい》だ。

　その不定形の怪物達は、意思を持つかのように床《ゆか》の天球図の線にそって動き……祭壇の上で奇妙《きみょう》な祈りを捧《ささ》げるマリアを、包み込み始めた。

　不定形の怪物達は際限なく増殖《ぞうしょく》し、まるで止《とど》まるところを知らないようだった。

「う、あ……ッ⁉　な、何……？　何なのコレ⁉」

　見るも悍《おぞ》ましき冒瀆《ぼうとく》的なその光景に、青ざめたルナが後ずさりしながら喚《わめ》いた。

「ジャティス……ッ⁉　貴方、一体、何をやっているのよ⁉」

　ジャティスに向けられるルナの目は、もう完全に怪物を見る畏《おそ》れの目であった。

「アーチボルト卿《きょう》に荷担して王国と帝国《ていこく》の間に戦争を起こし、卿と一緒《いっしょ》に甘い汁《しる》を吸う……それが貴方の目的じゃなかったの⁉　マリア——ミリアム＝カーディスを攫《さら》うのは、ファイス＝カーディス司教枢機卿《すうききょう》への交渉《こうしょう》カードとしてじゃ……ッ⁉」

「そんなくだらないこと、僕がするわけないだろう？」

　いかにも心外だとばかりに、ジャティスが大仰《おおぎょう》に肩を竦めた。

「じゃあ、ちょっとここで、長話をしようか」

　そして、ひょうひょうと語り始める。

「遥《はる》か太古。超《ちょう》魔法文明と呼ばれた時代に、魔王《まおう》と呼ばれる狂王《きょうおう》がいた。

魔王は《天空の双生児《タウム》》や《魔将星《ましょうせい》》……数々の外宇宙の邪神《じゃしん》由来の力で、世界を己《おの》が意のままに支配していた。

そんな魔王の力の一つ……《無垢なる闇《やみ》の巫女》。魔王は、外宇宙の邪神の一柱《無垢なる闇》の眷属《けんぞく》を招来する一族を、己《おの》が配下の神官家として抱《かか》えていたんだ」

「……《無垢なる闇の巫女》……？」

ジャティスがマリアを呼称《こしょう》する言葉だ。

作戦都合上のコードネームか何かだと思っていたが……

「〝名状し難《がた》きその偉容《いよう》と山のような体躯《たいく》の彼《か》の者は、まさに無色の暴威《ぼうい》だった〟……巫女達がその身に下ろして招来する邪神の眷属は、言わば、魔王の手足となって働く兵士のようなものでね。

言わば《邪神兵》――古代の超兵器さ。伝承では、この《邪神兵》によって、魔王に逆らう国が幾《いく》つも滅亡《めつぼう》させられたそうだ」

「…………」

「そして、この場所は、古代文明において、その《邪神兵》招来の儀式《ぎしき》が執《と》り行われていた場所……この近代に現存する、数少ない儀式場の一つ……というわけさ」

「待って！　まさか……あの子《マリア》が、本当にその《無垢なる闇の巫女》……邪神の眷属を招来する一族の末裔《まつえい》なの⁉」

「ああ、そうさ」

「ジャティス、貴方、まさか、外宇宙の邪神を招来しようとしていたわけ⁉」

「ご名答」

あっさり答えるジャティスに、ルナとチェイスは絶句するしかない。

「今、まさにその《邪神兵》の降臨が始まったところさ……本格的に《邪神兵》に〝成る〟のは、まだまだ時間がかかるけどね。今はまだ、〝根っこ〟が増殖している段階さ」

マリアを呑《の》み込んで、少しずつ成長していく、不定形の何か。

そして、大きくなるにつれて、場に昂ぶっていく背徳的で冒瀆的な神気《しんき》。

この感覚は間違《まちが》いない。理屈《りくつ》抜きで自分達の絶対上位存在とわかる、圧倒《あっとう》的な存在感。

本当に、ここに邪神の眷属が再臨するのだ——

「な……なぁ……邪神の……眷属降臨だなんてぇ……ッ⁉」

話のスケールに頭がついていかないルナが狼狽《うろた》え、喚く。

邪神眷属の降臨。それでは、まるで二百年前の魔導大戦の再来ではないか。

言葉を失うルナを尻目《しりめ》に、いち早く立ち直ったチェイスが鋭く問う。

「お前がなぜ、邪神の眷属を招来させたいかなど、最早《もはや》どうでもいい。解《げ》せないのは……なぜ、ルナの歌で招来の儀式が開始された？」

「！」

はっとしたように、ルナが目を見開く。

この悍ましい儀式が始まったのは、間違いなくルナの【十三番】が切っ掛《か》けだ。

教会が誇《ほこ》る《戦天使《いくさ》》の、神聖なる天使言語魔法《エンジェリック・オラクル》で、なぜ……？

そんなルナの胸中の疑問を嘲笑《あざわら》うように。

「それは知らない方がいい。まぁ、気にしないでくれ」

ジャティスがおどけてみせる。

「こ、答えなさいよ！　なんで《戦天使》の私の歌で、儀式が始まったの⁉」

「さぁ？　なんでだろうね？　偶然《ぐうぜん》かなぁ？」

「教えなさいッッッ！　斬《き》るわよッッッ！」

どこまでも人を食ったようなジャティスの態度に、ルナが激昂《げきこう》しかけた、その時。

くるくると回転する何かが、ルナの眼前へ飛んで来る。

ルナが咄嗟《とっさ》に、それを手で摑《つか》み受ける。

それは……

「……え？　《ヨトの槌《つち》》……？」

なんと、チェイスの生殺与奪《せいさつよだつ》権を握《にぎ》る《ヨトの槌》であった。

ルナがジャティスに従う唯一《ゆいいつ》の理由を、ジャティス自身が手放したのである。

「偽物《にせもの》……？」

「紛《まぎ》れもない本物だよ。君ならわかるだろう？」

ルナが霊的《れいてき》な視覚で、槌を確認《かくにん》する。

確かにそれは、紛れもなく、本物の《ヨトの槌》であったのだ。

「……嘘《うそ》……」

人質《ひとじち》であるチェイスが、あっさりと解放されたのだ。

この信じられない事実に、ルナは呆然《ぼうぜん》とするしかない。

「言ったろう？　君が【十三番】を歌えば、チェイスを解放する……と」

当のジャティスは己《おのれ》の命綱《いのちづな》を手放したのに、余裕《よゆう》の表情で帽子《ぼうし》を被《かぶ》り直している。

「僕は約束は守る主義でね。もう君達に用はない。お疲《つか》れさん」

「…………」

「僕は、次の客をもてなすのに忙《いそが》しいからね。ほら、帰った、帰った……」

ジャティスがおどけながら言った、その瞬間。

白い閃光《せんこう》が——空間を迸《ほとばし》り、ジャティスを襲《おそ》った。

「……っと、とと。……何をするんだい？」

とん、と。ジャティスが十数メトラ離《はな》れた場所に、足音軽く着地する。

半瞬前《はんしゅん》、ジャティスが居た場所には、抜《ぬ》き身《み》の剣《けん》を振《ふ》り抜いたルナがいた。

「貴方《あなた》、バカ？」

ルナが、剣をジャティスへ向かって構え直す。

「チェイスが無事に解放された以上、貴方を生かしておく理由なんか微塵《みじん》もないわ」

「おやおや。これは、なんとも手厳しい」

「チェイス、構えて！　この邪悪《じゃあく》な男はここで仕留めるわ！　絶対に逃《に》がさない！」

今まで手玉に取られ、いいように利用された鬱憤《うっぷん》もあったのだろう。

ルナの激しい闘気《とうき》と怒気《どき》が、ジャティスを押し潰《つぶ》さんばかりに膨《ふく》れあがる。

「悪いことは言わない。やめておけ」

だが、ジャティスはさらりと返した。

「短い間だったけど、同志だった者のよしみだ。一つだけ忠告しよう。今すぐ、君達はここを立ち去った方がいい」

そして、ドーム内のとある出入り口を指差す。

「お帰りはあちらからどうぞ、だ。すぐに外に出られる。もう教会には帰参できないだろうから、しばらくは東方諸国に身を隠《かく》すといい。はは、これは僕なりの親切心さ」

「は⁉　今さら、そんな命乞《いのちご》いなんか聞かないわよ⁉」

「何もかも失った君に、最後に残された物……それを失いたくなければ、今すぐここを立ち去れ。さもなくば、君は永遠に後悔《こうかい》する羽目になる」

「ふざけるなぁああああーーッ⁉　何をわかった風にッ⁉」

もう我慢《がまん》ならない。この男の言葉など一言だって聞いてられない。

逆上したルナが背中の三対《つい》六翼《よく》を広げ、ジャティスに飛びかかろうとして──

「待つんだ、ルナ！」

その瞬間、チェイスに羽交《はが》い締《じ》めされて止められる。

「な、何するのよ⁉　チェイス！」

「この男の言っていることは多分、真実だ！」

いきり立つルナへ、チェイスが必死に訴《うった》えかける。

「この男の予知じみた先見の明には、理屈《りくつ》を超《こ》えた何かがある！　業腹《ごうはら》だろうが、今は退《ひ》こう⁉　二人で身を隠すんだ！」

「嫌《いや》よッッッ！　舐《な》められっぱなしで終われないわッ！」

ルナが子供のように駄々《だだ》をこね、喚き散らし、暴れる。

「気に入らないのよッ！　グレンも！　ジャティスもッ！　なんで、人々のために覚悟《かくご》を決めて《戦天使》になった私が、こうもいいようにされるの⁉」

「ルナ……ッ！　落ち着け！」

「命令よ、チ、チ、チェイス！　ここであの邪悪な男を倒《たお》すの！　いい⁉」

「〜〜〜ッ⁉」

命令されてしまっては、ルナの魔術《まじゅつ》的従者であるチェイスは逆らえない。

チェイスが苦渋《くじゅう》に満ちた表情で、双剣を抜き……ジャティスに向かって構える。

「ふん！　ジャティス、貴方って本当にバカね！　形勢逆転よ⁉」

そして、ルナが勝ち誇ったように宣言した。

「伝説の《戦天使》！　そして、真祖《しんそ》の吸血鬼《きゅうけつき》！　貴方がいくら得体の知れない男とはいえ、私達二人に勝てると思う⁉　さぁ、聖句を唱えなさい！」

だが。

「……やれやれ、哀《あわ》れだねぇ」

ジャティスが帽子を目深《まぶか》に被り直し、心底憐憫《れんびん》したように言った。

「ここで退いておけば……君は彼と共に、慎《つつ》ましくも幸福な暮らしを享受《きょうじゅ》できたのに」

と、その時だった。

かつん。

靴音《くつおと》を立てて、その場に二つの影《かげ》が新たに現れていた。

一人は少年。どこか民族的な紋様《もんよう》が刺繍《ししゆう》されたローブをゆったりと纏《まと》っている。目深に被ったフードと銀髪《ぎんぱつ》のため、その顔の造作はよく窺《うかが》えない。

もう一人は老人。老境にありながら、がっしりとした体格を豪奢《ごうしや》な司祭服で包み、いかにも好々爺然《こうこうや》とした表情を浮《う》かべている。

ルナは、少年には見覚えがなかったが、老人には見覚えがあった。

「フューネラル教皇猊下《げいか》⁉　なぜ、ここに⁉」

大恩ある人物の唐突《とうとつ》なる登場に、ルナが反射的に動く。

「猊下！　ここは危険です！　お下がりください！」

翼を羽ばたかせて飛び、フューネラルを背中に庇《かば》うように立つ。

「全《すべ》てのご説明は後でいたします！　だから、今は――」

そう凛《りん》と宣言して、ルナが再びジャティスに向かって構え直した。

すると。

「はぁ……ルナ＝フレアー。かつて、私は貴女《あなた》に言いました。私が許可するまで【十三番】を歌ってはならない、と」

「……え？　猊下？」

「がっかりしましたよ。……貴女の蒙昧《もうまい》さにはね」

ルナの背後で。

ひゅ！　と響《ひび》く風切り音。

「危ない、ルナぁあああーーッ！」

上がるチェイスの絶叫。

その刹那《せつな》、どんっ！　と。

ルナの身体《からだ》が、横から誰《だれ》かに突《つ》き飛ばされて――

ぶしゅ！

「…………え？」

「ごふ……ッ⁉」

宙に投げ出されたルナが横目で見たものは……

フューネラルの手刀で、胸部を貫《つらぬ》かれているチェイスの姿であった。

「……は……？　え……？　げい、か……？」

床《ゆか》に尻餅《しりもち》をつき、呆然とその光景を見つめるルナの前で。

「ほう？　一撃《いちげき》では滅《ほろ》びませんか。さすが複製といえど、真祖の端《はし》くれ」

「が、はぁ……ぐぁあああ……ぁぁぁぁぁあッ⁉」

フューネラルの手刀には、ドス黒い魔力《まりょく》が超《ちょう》高密度に漲《みなぎ》っている。

それに串刺《くしざ》しにされたチェイスは、尋常《じんじょう》じゃない苦しみようであった。

「ですが、まぁ……他愛《たわい》なし」

そして、チェイスを貫通《かんつう》している手刀の指に嵌《は》められた指輪が、禍々《まがまが》しい暗黒の光を放ち始め——それがチェイスを包んでいき——

ばしゅっ！

それに応じて、チェイスの身体が呆気《あっけ》なく弾《はじ》け、複数の破片《はへん》となって四散した。

「……え？」

呆《ほう》けたような顔で硬直《こうちょく》するルナへ。

「……ルナ……に、逃げろ……」

首だけになって宙に放《ほう》りだされたチェイスが、絞《しぼ》り出すように告げる。

だが、そんなチェイスも、すぐに細かい塵《ちり》と灰と化して霧散《むさん》していき……

「……すま……ない……」

最後にそう言い残して。

チェイスだったものは、完全に消滅《しょうめつ》する。

からん。床に転がる何か。

チェイスの心臓に刺《さ》さっていたはずの《ヨトの釘《くぎ》》であった。

「……」

沈黙《ちんもく》。重苦しいほどの沈黙。

そして。

「……チェイ……ス……？」

ようやく、ルナが言葉を思い出したかのように、呟《つぶや》く。

「あ、あれ……？　どこ……？　どこ……行っちゃったの……？」

「あの世ですが、何か？」

　そんなルナへ、フューネラルがニコニコと告げる。

　まるで普段《ふだん》の好々爺然とした相貌《そうぼう》を崩《くず》さず。残酷《ざんこく》に。

「これは罰《ばつ》です。貴女の心のケアのため、死んだ彼を真祖吸血鬼《コピー》として、貴女の魔術的従者に仕立て上げていましたが。もう、お人形さんは没収《ぼっしゅう》です」

「……フュー……ネラル……様……？　なぜ……？」

　呆けたように、ルナがフューネラルを見上げる。

　すると、フューネラルは、そんなルナへ意味不明なことを言い始めた。

「本来、《戦天使《いくさ》》イシェルは、《時の天使》ラ＝ティリカ、《空の天使》レ＝ファリアに並ぶ、外宇宙の邪神《じゃしん》の一柱であり、《無垢《むく》なる闇《やみ》》の敵対者です」

「……は……？」

「ゆえに《戦天使》は《無垢なる闇》を退ける力を持ち、喚《よ》び寄せることも出来る。だから、そのために、貴女を創ったのですが……やれやれ、逆に利用されてしまいましたか」

　ルナの生気を失った瞳《ひとみ》に映るその老人の姿は、普段と何一つ変わらない。

　何一つ変わらないまま……異次元の何かに成り果てていた。

「──ルナ＝フレアー。貴女が皆《みな》を守れなかったのは、貴女が弱いからです。

——大きな力を、何かなす力を得るには、代償《だいしょう》がいるのです。

——守りたければ——覚悟をもって、孤独《こどく》な怪物《かいぶつ》になりなさい。

——でなければ——本当の強さは得られません。

——貴女に人間を辞《や》めてでも、力を得る覚悟はありますかな？


そう言えば。かつて、仲間達を全て失い、失意に沈《しず》んだ自分へ、《戦天使》転生の道を勧《すす》めたのは……誰だったか？

そもそも。四年前、真祖吸血鬼《不死王》との戦い……ルナが仲間の全てを失ったあの戦いへ、ルナと仲間達を送り込んだのは……誰だったか？

その時、殺されかけていた自分を、都合良く助けに入った人物は誰だったか？

ようやく、全てがルナの中で繋《つな》がる。

「……ぁ……ぁ……ぁあああ……ッ!?　そんな……まさか……ッ!?」

ああ、気付くのが、何もかも遅《おそ》かったのだ。

ならば、あの時の自分の涙《なみだ》も、失意も、絶望も、覚悟も、決意も、勇気も。

人間を辞めてまで、報《むく》われない孤独の道を歩んだのも。

全部。

全てが、ただの──

「ぁあああああああああああああああああああああーーッ！」

茶番、という言葉をかき消すように、ルナは吠《ほ》えた。

「フューネラルゥウウウウーーッ！　貴方《あなた》がぁああああああーーッ！」

吠えて、吠えて、吠えまくって。

荒《あら》ぶる激情を吐《は》き出すように、地獄《じごく》の猛火《もうか》のように熱い涙を流しながら。

ルナが、フューネラルへ猛然《もうぜん》と斬《き》りかかる。

だが──

「やれやれ、たかがその程度の絶望で心乱すとは。なんという惰弱《だじゃく》」

──フューネラルが手刀をゆるりと振《ふ》るった。

その刹那で、ルナの三対《つい》六翼《よく》が根元から切断され、全身が無数に深く斬り刻まれる。

「あぐぅううううううううううーーッ⁉」

吹《ふ》き飛ばされたルナが、大量の血をまき散らしながら、壁《かべ》に叩《たた》き付けられる。

そして、そのまま、がくりと沈黙するのであった。

「いやはや、本当に申し訳御座《ござ》いませぬ、大導師様」

ルナを一蹴《いっしゅう》したフューネラルが、恭《うやうや》しく傍《かたわ》らの少年に頭《こうべ》を垂れる。

「我が飼い犬の不手際《ふてぎわ》によるこの失態……なんとお詫《わ》び申し上げたらよいものか」

「いや。君の失態というより、彼が一枚上手だったのだと思うよ」

少年が前に出る。

フードを取り……ジャティスを真っ直《す》ぐ見つめる。

流れるような銀髪、翠玉《すいぎょく》色の瞳、妖精《ようせい》のような美貌《びぼう》が露《あら》わになる。

「侮《あなど》っていたよ、ジャティス＝ロウファン。まさか、君がここまでやるとはね」

対するジャティスは――

「ククク……ふふふ……」

身を打ち震《ふる》わせていた。

「あははは、あっはははははははははは――ッ！」

歓喜《かんき》と狂気《きょうき》、その二つを激しく渦巻《うずま》かせ、天高らかに嗤《わら》っていた。

「ついに！　ついについについについに！　ついに喰《く》らい付いたぞ!?　ついに辿《たど》り着いたッ！　天の智慧《ちえ》研究会首魁《しゅかい》――第三団《ヘヴンス・オーダー》《天位《ヘヴン》》【大導師】！　そして、その副官――第三団《ヘヴンス・オーダー》《天位》【神殿の首領《マジスタ・テンプリ》】！　今の今まで、歴史の陰《かげ》に隠《かく》れてコソコソコソコソやってたクズのゴキブリ共を、ついに炙《あぶ》り出したってわけさ！　ひゃははははははははははははははははははははははははははははははははは――ッ！」

「ああ、そうさ、いかにも」

そんなジャティスへ、少年がにっこりと微笑《ほほえ》んで応じる。

「おめでとう。君が僕達の正体に、自力で辿り着いた初めての人間だよ。その偉業《いぎょう》に敬意を表して名乗ろう。僕の名はフェロード＝ベリフ」

「パウエル＝フューネと申します」

「ああ、そうさ。僕ら二人こそが、天の智慧研究会の創立者にして最古参。天の智慧研究会とは、僕ら二人のことを指すといっていい」

余裕《よゆう》の表情で肩《かた》を竦《すく》め、少年——フェロードがさらに続ける。

「一つ聞いていいかい？　ジャティス」

「どうして君はこんなことをする？」

「言っただろう？　君達を炙り出すためさ」

爛々《らんらん》と輝《かがや》く目でジャティスが返す。

「君達が長きにわたる悲願を達成するためには、幾《いく》つかの条件がある。……そのうちの一つが、〝アルザーノ帝国《ていこく》とレザリア王国の戦争〟だ」

「…………」

「そのために君達は、長い時間をかけて、こそこそ活動を続けた。帝国と王国を育て、その人口を増やし、今回、両国が全面戦争になるように仕向けた。王国側に《信仰兵器《しんこう》》を、邪神の眷属《けんぞく》を持たせることによってね。けど、残念だったな……」

ジャティスは両手をばっと広げ、挑発《ちょうはつ》するように宣言した。

「君達の目論見《もくろみ》もここまでだ！　もう帝国と王国の戦争は起こらない！　今回の星辰《せいしん》を逃《のが》せば、次の機会はいつかなぁ？　五千年後？　一万年後？　あっはははははははははははははははははははははは――ッ！　ざまあみろ！」

そんなジャティスに、フェロードが呆《あき》れたように嘆息《たんそく》する。

「まったく、君という人は……人がせっかく、丹誠込《たんせいこ》めて演出した渾身《こんしん》の戯曲舞台《ぎきょくぶたい》を、こうまで引っかき回すなんてね。観客としてマナー違反《いはん》じゃないかな？」

「ふっ、舞台は自分が立ってこそさ。事実、その方が楽しかったよ？」

「楽しいのは君だけさ。でも、残念だけど、君の思い通りにはならない」

フェロードはやはり余裕を崩すことなく、穏《おだ》やかに言った。

「帝国と王国の戦争は、感動の終幕《フィナーレ》に向かうための必須《ひっす》イベントだからね。悪いけど、君が歪《ゆが》めた展開は修正させてもらう。君のやったことは全《すべ》て徒労になる」

そう言って、フェロードが一歩前に出て。

「さて……舞台を乱す無粋《ぶすい》な観客には、ご退場願おうか……」

ジャティスに向かって左手を向けた……その瞬間《しゅんかん》だった。

「あっははははははははははははははははははは――ッ！」

ジャティスは突然《とつぜん》、さらなる高笑いを上げ――

「そう――〝読んでいた〟んだよッ！」

歓喜と狂気に満ちた実に清々《すがすが》しい笑顔《えがお》で、そう宣言していた。

ジャティスの意味不明な様子に、さすがのフェロードやパウエルも眉《まゆ》を顰《ひそ》める。

「僕が君達の思惑《おもわく》を台無しにして、勝手に邪神《じゃしん》招来の儀式《ぎしき》を発動すれば、展開修正のために、その儀式の主導権を取り返そうと、必ずここに泡《あわ》食って現れる――現れざるを得ない――君達以外にこの儀式に干渉できる者がいない故に。そう〝読んでいた〟ッッッ！」

「……？　それがどうしたんだい？」

嘆息するフェロード。

「読んでいようが、読んでいまいが、君の命脈が尽《つ》きたのは変わらないよ。まさか、君程度の存在を、この期《ご》に及《およ》んで、この僕が取り逃すとでも？」

「この期に及んで、君はなんてズレているんだ、大導師ぃ!?　僕の命なんか、どうでもいいんだよ！　言ったろう!?　〝君達を炙り出した〟、と！」

「!?」

「まだ気付かないか!?　このミラーノの人間達が、ミラーノに集まった世界中の人間達がッ！　今、何を見ているのか——ッ!?　はははははははははーーッ！」
————。
——自由都市ミラーノ。
今、その場の人間達が全員、絶句と共に瞠目《どうもく》していた。
突然、ミラーノの霊脈《レイ・ライン》に介入《かいにゅう》して、空に映し出されていた映像に——
それは——
「馬鹿《ばか》な……こんなことが……ッ!?」
グレンは呆然《ぼうぜん》としながら、空に映し出された光景を睨《にら》み付けていた。
「ジャティス、あの野郎《やろう》……ッ!?　マジかよ……ッ!?」
そこには、どこかの遺跡《いせき》の内部が映り——
マリアを核《かく》に、奇妙《きみょう》な不定形の怪物が蠢《うごめ》く祭壇《さいだん》が映り——
ジャティスの姿が映り——
そして、大導師フェロード＝ベリフと、パウエル＝フューネの姿が映っていたのだ。

グレンは、映像の中のフェロードを凝視《ぎょうし》する。

信じられない事が起きたのだ。間違《まちが》いなく、歴史が動いたのだ。

帝国史上最大の謎《なぞ》にして闇《やみ》。

その正体どころか有無《うむ》すら、伝説レベルで語られる存在。

天の智慧研究会の最高指導者――

「あいつが……あいつが、大導師なのか……ッ⁉」

そして、一方――スコルフォルツ城の尖塔《せんとう》上にて。

「…………」

「…………」

同じく、ミラーノ上空に映し出された光景を目《ま》の当たりにした、クリストフとバーナードも、あまりのことに開いた口が塞《ふさ》がらない。

彼ら帝国軍最大の宿敵。

もう千年以上続く歴史の中で、血で血を洗うような抗争《こうそう》を繰《く》り広げて、多大なる犠牲者《ぎせいしゃ》を出し、それでも尚《なお》、摑《つか》めなかった敵組織の首魁《しゅかい》。

まさか、その正体を史上初めてあばく者が――帝国軍最大の汚点《おてん》であり、最悪の裏切り者たる《正義》のジャティス＝ロウファンだと、一体、誰《だれ》が予想できたか。

二重の驚《おどろ》きで、何一つ言葉が出てこないのであった。

そして、そんな二人を尻目《しりめ》に。

……ぎり。

アルベルトが握《にぎ》りしめる魔杖《まじょう》《蒼の雷閃《ブルーライトニング》》が、軋《きし》みを上げる。

その獲物《えもの》を狙《ねら》う鷹《たか》のような双眸《そうぼう》を、いつにも増して鋭《するど》く冷たく研ぎすまし、上空に大導師と共に映る、とある人物を視線で突《つ》き刺《さ》している。

「先の首脳会談でも、予感はあったが……確定だな」

そして、アルベルトが静かな憤怒《ふんぬ》を漲《みなぎ》らせ、ぼそりと呟《つぶや》いた。

「──見つけたぞ、パウエル……ッ！　我が宿敵……ッ！」

────。

「はははははははははーーッ！　ひゃははははははははははははははははははははははははははははははははーーッ！」

遺跡内に、ジャティスの高笑いが響《ひび》く。

「どうだい⁉　今まで舞台裏で、謎の演出家気取りだった君達が、歴史上、初めて舞台に上がった感想は⁉　ひゃはははははははははははははははーーッ⁉」

「…………」

「もう後には退《ひ》けないぞ⁉　自分達だけ、終幕《フィナーレ》を楽屋裏でこっそり楽しもうだなんて無粋な真似《まね》は許さない！　君達も立派なこの荒唐無稽劇《グラン・ギニョール》の登場人物だッ！　ほらほら、君達の脚本《きゃくほん》通り事が運ぶよう、修正してみろよ⁉　もう君達は、舞台上のキャラとして動くしかないけどねぇ⁉　はははははははははははははははーーッ！」

対し、大導師は嘆息して、目を閉じる。

そう。首魁の正体がわからない。

それが、天の智慧研究会の最大の優位点だったのだ。

だが、ジャティスの悪魔《あくま》の策謀《さくぼう》によって、自分達の正体が白日の下《もと》にさらされてしまった。

あの映像は恐《おそ》らく、ミラーノの霊脈《レイ・ライン》回線を通して、拡散されたものだろう。

ならば、その霊脈《レイ・ライン》に残された記録から、自分達の魔力《まりょく》や魂紋《こんもん》……個人を特定する全ての情報が、世界中にバラ撒《ま》かれることになるのだ。

さすがに、ここまで個人情報を特定された状況《じょうきょう》で、歴史の裏に隠れながら大事をなせるほど……今の世界各国の軍の魔導《まどう》技術は甘くない。

「やれやれ。僕としたことが、こんな罠《わな》にかかるなんて」

大導師が、とん、と、つま先で地面を蹴《け》る。

すると、ばちゅん！　と音を立てて、その場の霊脈《レイ・ライン》に密《ひそ》かに張られていた、ジャティスの情報拡散の術式が破壊《はかい》される。

「ははは、やられましたな。霊脈《レイ・ライン》に触《ふ》れると、あの《法皇》のクリストフを筆頭とする、各国の情報系魔導士に、我らの動きを探知される恐れがあります。それゆえ、我々は霊《レイ・》脈《ライン》に触れぬよう隠密《おんみつ》行動をしていたのですが……それが裏目に出た形ですな」

パウエルが顎鬚《あごひげ》を撫《な》でながら、感服したように言う。

霊脈《レイ・ライン》にまったく触れない。それは現代の魔導技術水準からすれば、馬鹿《ばか》げているほど高度な技量ではあったが、逆にそのせいで、ジャティスの罠に気付けなかった。

霊脈《レイ・ライン》に一触《さわ》りでもしていれば、この術式に気付いたはずなのだ。

彼らの怪物《かいぶつ》じみた魔術技量が――ついに彼らの正体を暴《あば》いたのである。

「あっはははははははははははははははははははははーーッ！」

響く。響く。ジャティスの高笑いが、遺跡内に響く。

だが、それでも――

「……で？　それがどうしたんだい？」

大導師フェロード＝ベリフの余裕《よゆう》は崩《くず》れない。

「僕達を追い詰《つ》めたつもりかい？　言っておくが、僕達の正体が割れたところで、ほとんど問題なんかないんだよ？

こういう時に備えて、僕達は常に二重、三重の手を考えている。僕らの計画は、君のやけっぱちの横やりで頓挫《とんざ》するほど、薄《うす》っぺらいものじゃないんだ」

「ああ、そうだろうねぇ？　いやぁ、君が本格的に表立って舞台介入《かいにゅう》することで、きっと近い将来、帝国と王国に大戦争が起きるんだろうねぇ？　……恐らくは今、こうしている間にも、すでにそれは動いている……それが歴史の覆《くつがえ》しようのない流れだ」

「だったら──」

「──だが、勝負にはなる」

ジャティスが勝ち誇《ほこ》ったように、フェロードへと突き返した。

「今までは勝負にならなかった。人類の敗北は必至だった。なにせ、敵の正体がわからない。自分達がなぜ、滅《ほろ》びるのか……それすら理解できずに負けるしかない。君達の最終目的は、誰にも邪魔《じゃま》されることなく達成され……全てが終わる」

「…………」

「だが──今、敵の正体が明らかになった。人類は〝自分達に仇《あだ》なす敵〟が誰なのか……

今、はっきりと認識《にんしき》した。ならば──戦える。抗《あらが》える。勝負になる」

「……ジャティス……君は、まさか……？」

「君は人間という存在を過小評価してるんだよ。君達は、強大で崇高《すうこう》なる自分達の遥《はる》か下位に存在する弱き者が、人間だと思っている。自分達が本気を出せば、いつでも、どうとでもなる矮小《わいしょう》な存在だと思っている。はははははっ！　馬鹿がッ！　だから、あんな〝くだらない最終目的〟なんか、思いつくんだッッ！」

そして、ジャティスは凄絶《せいぜつ》に、勝ち誇ったように嗤《わら》い、親指で自分の喉元《のどもと》をカッ切るような仕草と共に堂々と宣言した。

「人間舐《な》めるなよ、魔王」

「ジャティス……ッ！」

ついに、ジャティスに対する不快感が忍耐《にんたい》を超《こ》えたのか。

ほんの少しだけ語気を荒《あら》らげ、フェロードが腕《うで》を振《ふ》った。

すると、その場に銀色の魔力が迸《ほとばし》り──

その輝《かがや》きに照らし出された世界が、変わる。

天井《てんじょう》が消え、床《ゆか》が消え、壁《かべ》が消え──全《すべ》てが無限の虚無《きょむ》へと変貌《へんぼう》する。

「──古代魔術《エインシャント》【次元追放】。君を異次元へと追放する」

どんっ！　ジャティスの身体《からだ》が、何らかの不可視の力場によって吹《ふ》き飛ばされる。

無限無空虚無の彼方《かなた》へと、吹き飛ばされていく。

「……さようなら、だ。君がこの世界に帰還《きかん》することはもう二度とない。永遠に異次元を彷徨《さまよ》い続ければいい」

そして、虚無の世界が閉じていく。

再び、現実の世界によって塗《ぬ》り潰《つぶ》されていく——ジャティスごと。

だが。

「はははははははははーーッ！　ひゃはははははははははーーッ！　あーっはははははははははははははははははーーッ！」

完全に、虚無の世界が閉じきるまで。

ジャティスの耳障《みみざわ》りな高笑いが、大導師フェロードの鼓膜《こまく》を不快に震《ふる》わせ続けるのであった——

ジャティスを異次元の果てに消し去った後で。

「……やれやれ、参ったね」

フェロードは、度が過ぎた子供の悪戯《いたずら》を目の当たりにしたような表情で肩《かた》を竦《すく》めた。

「実は、ジャティス＝ロウファン……かつて『封印の地《ふういんのち》』で、彼と会った時にね……あの時の僕は〝影《かげ》〟だったけど……この〝鍵《かぎ》〟を渡《わた》そうと思ったんだよ」

フェロードが懐《ふところ》から何かを取り出す。

それは一本の〝灰色の鍵〟だ。

「ほう？《罪刑法将《ざいけいほうしょう》》ジャル＝ジアの？」

「能力的に、彼にはその資格があると思ったからね。だから――彼に真理の一端を見せた……例の紋章《もんしょう》でね」

「…………」

「でも……おかしいよね？真理の一端を見せられた魔術師《まじゅつし》は、その神秘の深奥《しんおう》がもたらす多大なる誘惑《ゆうわく》に勝てないはずなのに。皆《みな》、その最終目的は違《ちが》えど、天の智慧《ちえ》研究会に賛同して入会し、神を信仰《しんこう》するように真理を追い求めるはずなのに……あの時の彼は、僕の誘《さそ》いを、意味不明なことを言って突っぱねたんだ」

「……ふむ？恐れながら大導師様の見込み違い……真理の尊さすら理解できぬ、真性の狂人《きょうじん》だったのでは？」

「そう考えるしかないかな。ああ、そうそう。そう言えば、〝青い鍵〟……《雷霆神将《らいていしんしょう》》ヴァル＝ヴォールを渡した彼、アルベルトにもフラれちゃったみたいだし……やれやれ、最近は、なぜか勧誘《かんゆう》が上手《うま》くいかなくて困るなぁ」

「ふむ。真理を掴む好機を得ながら、つまらぬことに拘《こだわ》り、尻込《しりご》みし、それを見送る……所詮《しょせん》、それまでの者ということでしょう……うーむ、私も少し残念ですな……」

と、その時、パウエルは、フェロードが少し沈思《ちんし》していることに気付く。

「……どうかなされましたかな？」

「や、たいしたことじゃないんだ。ジャティスにしろ、アルベルトにしろ……なんか、登場人物が僕の脚本と演出から外れることが、最近、多くなったな……と。うん、本来なら外れるはずがないのに一体、何が……いや、誰が原因なんだろうね？　ってね」

「はて、見当も付きませぬなぁ……ただの偶然《ぐうぜん》なのでは？」

「そうだね。長い歴史上、そういうこともあるかな？　まぁ、それに容易に修正が可能な範囲《はんい》内だ。気にしても仕方ないよね」

くすり、と。フェロードが微笑《ほほえ》んだ。

「問題は、僕らがこれからどう動くか……だ」

「そうですな。一度、この儀《ぎ》式《しき》が始まった以上、後戻《あともど》りはできませぬ。なにせ次の星辰《せいしん》が巡《めぐ》るのは、千年後……これは計画を前倒《まえだお》しにするしかありますまい」

「帝国《ていこく》と王国の戦争……自然に起きるのを待つのではなく、強引《ごういん》に起こす……かな？」

「左様。そのためには……やはり、我々が表だって動く必要がありますが」

「うん。ジャティスの思惑《おもわく》通り、僕らは表舞台《おもてぶたい》に引き摺《ず》り出されたというわけだ」

「しかし……間に合いますかな？」

パウエルが、少しずつ成長を続ける不定形の怪物を見上げながら言う。

「邪神《じゃしん》降臨まで後一ヶ月というところです。その間に、あの聡明《そうめい》なるアルザーノ帝国女王は世界各国をまとめ上げ、我らへの反撃《はんげき》作戦を実行するでしょう。

そうなれば、最終決戦地は、ここミラーノ……肝心《かんじん》の、帝国の地で大量の血を流すということはできますまい」

「大丈夫《だいじょうぶ》だよ。人類の反撃作戦は遅《おく》れに遅れるから」

余裕を感じさせる表情で、フェロードが微笑む。

「なにせ、帝国側には、イグナイト卿がいる。こういうことを見越して……僕は彼に〝赤い鍵〟を譲渡《じょうと》しておいたのだからね」

「なるほど……このタイミング。彼なら〝動く〟でしょうな。結果、彼も我々に合流することになるでしょうし、一石二鳥ですな」

「僕は、しばらくの間、この杜撰《ずさん》な邪神招来の儀式制御《ぎしきせいぎょ》と、降臨した邪神の制御権奪取《だっしゅ》の作業に専念するよ。パウエル、君は……」

「ええ、承知しております。シナリオルート18＝6ですな？　さっそく、エレノアを動かしましょう……後の仔細《しさい》はこちらに一切《いっさい》お任せあれ」

パウエルは恭《うやうや》しく一礼して、呟《つぶや》くのであった。

「天なる知恵《ちえ》に栄光あれ──」

邪神降臨まで、一ヶ月。

今、破滅《はめつ》の時が刻一刻と近付いていた──

幕間Ⅰ　とある在りし日の惨劇《さんげき》

それは今から、十年以上も前の話——

燃えている。
帝国軍の一隊がぐるりと囲む、とある辺境の農村が燃えている。
家々も、畑も、村人も。その平穏《へいおん》な暮らしも。
悲哀《ひあい》も、激憤《げきふん》も、慟哭《どうこく》も、その場にあった何もかもを燃やし尽《つ》くしていく。
全てが真っ赤に染まり、天は紅蓮《ぐれん》の慟哭に焦《こ》がされた。
そんな、燃え落ちる村を囲む軍人達の中に——その男はいた。
(素晴《すば》らしい)
アゼル＝ル＝イグナイト卿だ。
その手が握《にぎ》り締《し》めているのは、〝赤い鍵〟。
村を燃やす炎《ほのお》が強まれば強まるほど、その〝赤い鍵〟の輝きは増していく。

その鍵は、とある術式によって、燃やされる村人達の命を吸っているのだ。

(力が漲《みなぎ》る……自分自身が人間を超えた高次の存在へと生まれ変わっていく……ふん、まあ、業腹《ごうはら》だが、あの男の助言の通り、この村の連中は、特別な古代人の血を引く末裔《まつえい》だった……ということか)

この燃え落ちる村の名は、グスタ。

辺境にありながら、それなりの規模と人口を誇《ほこ》っていたこの平和な村は、本日、地図から永遠に姿と名前を消した。

……とある男の、下劣《げれつ》な野望と欲望《よくぼう》の生贄《いけにえ》となって。

(だが、私は決して、あの男には下らぬ。この力を利用し、あの男すら凌駕《りょうが》し、その思惑を超える。全ての頂点に立つ。……これはそのための準備なのだ)

されど、その惨劇を引き起こした当の男に罪悪感はない。

男にとって、周囲の全ては利用すべき駒《こま》であり、消耗品《しょうもう》に過ぎないからだ。

(目的は完了《かんりょう》した。後は証拠《しょうこ》を残さぬよう——)

イグナイト卿が、部下達に号令を飛ばそうとした、その時である。

「父上——ッ!」

空を一騎《き》の神鳳《フレスベルク》が矢のように過《よ》ぎり——

その背から何者かが飛び降り、舞《ま》い降りてくる。

少女だ。真新しい魔導士《まどうし》礼服に身を包んだ、十代半ばの少女。

少女は軽《かろ》やかに着地すると、その透《す》き通るように鮮《あざ》やかな真紅《しんく》の長髪《ちょうはつ》を棚引《たなび》かせ、イグナイト卿の下《もと》へと駆《か》け寄ってくる。

そして、その清廉《せいれん》なる紫炎《しえん》色を湛《たた》えた瞳《ひとみ》で、イグナイト卿を睨《にら》み上げた。

「なんだ、リディア。貴様には待機を命じただろう？」

「父上、お気は確かですか⁉　本当に、あの作戦を実行してしまわれたのですか⁉」

不機嫌《ふきげん》そうに睨み返してくるイグナイト卿に怯《ひる》まず、少女——リディアは、イグナイト卿へと食ってかかる。

「なんという……なんということを……ッ⁉　父上はご自分の為《な》されたことを理解していらっしゃるのですか⁉　グスタの人々に一体、どんな罪が⁉」

「ふん。言っただろう？　グスタに未知なる〝疫病《えきびょう》〟が流行している、と」

イグナイト卿が冷たく返す。

「ここで封《ふう》じ込めなければ、いずれ、多大なる犠牲者《ぎせいしゃ》が帝国民に出るだろう。そうなってしまってからでは遅《おそ》い。良いか？　これは必要な犠牲であり、正しい判断——」

「その〝疫病〟は、本当に実在したのですか⁉」

リディアがさらに反論する。

「私も多方面から調査しました！　ですが、その〝疫病〟が存在した証拠は――」

「ふん。未熟な貴様の、即興《そつきよう》調査結果など参考にもならんな」

が、イグナイト卿がリディアの言《げん》を鼻で一蹴《いっしゅう》した、その時だ。

「父上……ッ！　イグナイトは、帝国の魔導武門の棟梁《とうりよう》であり、力を持つ者の義務を背負う者！　持たざる弱き民《たみ》を守る真の貴族です！」

一際《ひときわ》強き意志と瞳をもって、リディアが毅《き》然《ぜん》と訴《うった》えた。

「その尊き魔導の灯火《ともしび》で暗き闇《やみ》を払《はら》い、人々を守り、人々の行く先を明るく照らし導く者――それが《紅焔公《ロード・スカーレット》》イグナイトの誇りではなかったのですか!?」

「…………」

「なのに……なのに……ッ！　その守るべき人達を、どうしてこんな――ッ！」

と、その時だ。

不意に、イグナイト卿が手を伸《の》ばし、リディアの細い首を掴《つか》む。

そして、容赦《ようしゃ》なく首を絞《し》め上げながら、そのままリディアを吊《つ》り上げていた。

「か――ッ!?　あ――」

「口の利《き》き方に気をつけろ、我が娘《むすめ》」

イグナイト卿の冷酷《れいこく》な目が、手の先で悶《もだ》え苦しむリディアを冷たく射貫《いぬ》く。

「貴様が、あの愚図《ぐず》のアリエスならば、この場で即《そく》くびり殺しているところだ」

どさ！　と、イグナイト卿がリディアの身体《からだ》を放《ほう》る。

「げほっ！　ごほ……ッ！　そんな……ッ！」

リディアが地に這《は》いつくばり、咳《せ》き込みながら、絞《しぼ》り出すように言った。

「な、なんということを仰るのですか……ッ!?　妹も……アリエスも、父上の実の娘なのですよッ!?　なのに……ッ!?」

「ふん。あんな無能は私の娘ではない。私の血を受けていながら、なんてザマだ」

「もっと、あの子を見てあげてください！　確かに、炎の魔術《まじゅつ》の才能はありませんが……あの子には幻術《げんじゅつ》の――」

「黙《だま》れ」

ぴしゃり、と。イグナイト卿が切り捨てる。

気付けば、その静かな佇《たたず》まいには、致命《ちめい》的な怒気《どき》が漲っていた。

その威《い》に気圧《けお》されて、リディアが押し黙る。

「リディア。貴様は、私の期待通り優秀《ゆうしゅう》だ。ゆえに、私はある程度の自由を許している。だが、貴様があまりにも逆らうようならば――」

ぼっ！　イグナイト卿が指先に炎を灯《とも》し、それを蹲《うずくま》るリディアの眉間《みけん》へと突《つ》きつける。

「……ッ！」

だが、リディアは怯まず、その炎を、そして父親を睨み返す。

しかし、歴代イグナイトの中でも、指折りの才に恵《めぐ》まれたとはいえ、今のリディアはまだ未熟。父との力量差は歴然としている。

そして、イグナイト卿は、やると言ったら、やる男。

その相手が実の娘だろうが、肉親だろうが。誰《だれ》であろうが、容赦しない。

それはリディアが一番よく知っている。

「……く」

リディアは思う。

父は間違《まちが》っている。

何か得体の知れない目的と理由で、この村を滅《ほろ》ぼしたことも。

妹アリエスへの理不尽《りふじん》な冷遇《れいぐう》と仕打ちも。

だから、ここで自分を貫くことは、常に正しくあろうとするリディアにとって、やぶさかではない。実の娘である自分が、父の暴走を止めなければならない。

だが……もし、自分がここで意地を張って、殺されたら——一体、誰がアリエスを守るのか？

イグナイト秘伝の炎の魔術の才に恵まれなかった……たったそれだけで、父から蛇蝎《だかつ》の如《ごと》く嫌《きら》われ、家から冷遇される妹を、一体、誰が——？

「……申し訳ありませんでした、父上」

やがて、リディアは悔《くや》しげに頭《こうべ》を垂れる。

「私が間違っていました。出過ぎた真似《まね》をお許し下さい……」

「ふん、分かれば良い。利口な者に、私は寛大《かんだい》だ」

そう言い捨て、イグナイト卿《きょう》が踵《きびす》を返す。

「撤収《てっしゅう》だ。全《すべ》ての痕跡《こんせき》を消せ。さぁ、行くぞ——」

……こうして。

今となっては、誰も知らない物語が、密《ひそ》かに幕を下ろすのであった——

第二章　燃え上がる反逆の炎

――その日、自由都市ミラーノは、大混乱に陥《おちい》っていた。

「ジャティスの野郎《やろう》は、本当にロクなことしねえな……ッ！」

グレンが吠《ほ》えながら、腰脇《こしわき》に構えた拳銃《けんじゅう》を乱射する。

銃口から吐《は》き出された、鉛玉《なまりだま》が、前方で蠢《うごめ》く不定形の怪物《かいぶつ》に悉《ことごと》く突き刺《さ》さる。

『8あ4いおえrjgkもf1じゃおいrgkんrぎ79ふいおjk～ッ！』

だが、その不定形の怪物はうねり、蠢きながら奇声《きせい》を上げるだけ。

まるで応《こた》えた様子を見せず、二匹《ひき》の不定形の怪物が恐《おそ》ろしい速度で地を這い、グレンに襲《おそ》いかかってくる。

だが――

「いいいいやぁああああああああああああーーッ！」

蒼《あお》い閃光《せんこう》のようなリィエルの大剣《たいけん》が横一閃《いっせん》し、左の怪物を上下に寸断し――

「《剣の乙女《おとめ》よ・空に刃振《やいばふ》るいて・大地に踊《おど》れ》――ッ！」

システィーナが唱えた、黒魔《くろま》【ブレード・ダンサー】、数十にも及《およ》ぶ真空刃《しんくうじん》が、右の怪物をバラバラの細切れにする。

なぜか、リィエルに斬《き》られた怪物は、そのまま、ざぁ……と細かい塵《ちり》となって霧散《むさん》していくが……

『えいgぢお36t2～～～ッ⁉』

システィーナが細切れにした怪物は、それでもなお活動を止《や》めない。

そのそれぞれの細切れが蠕動《ぜんどう》し、蠢き、寄り集まって、再び元の不定形の怪物に戻《もど》ろうとし始める。

「な、な、なによ、こいつら～ッ⁉」

その不死性に、さすがに戦《おのの》くシスティーナの前で。

轟《ごう》ッ！　凄《すさ》まじき熱波と業火《ごうか》が上がり、戻りかけていた怪物の細切れを焼き尽《つ》くす。

イヴの炎《ほのお》の魔術だ。

これでようやく怪物は沈黙《ちんもく》し、消滅《しょうめつ》するのであった。

「グレン、システィーナ。炎よ」

最後尾《さいこうび》で、冷静に戦況《せんきょう》を窺《うかが》っていたイヴが、凛《りん》と告げる。

「色々試《ため》したけど、あの怪物には、物理・魔術問わず、大凡《おおよそ》あらゆる攻撃《こうげき》が効かない。でも、例外的に炎だけは効く」

「炎……ですか？」

「ええ。そういう概念《がいねん》の存在みたい。こう見えて、案外、植物なのかもしれないわ」

「ちっ、炎熱《えんねつ》系か……魔力喰《まりょくく》うから嫌いなんだよな……」

渋々《しぶしぶ》と、グレンが炎熱系呪文《じゅもん》を唱える態勢に入る。

「でも、なんでリィエルだけは、剣であっさり滅ぼせるのかしら……？」

「ん。わたし、振《ふ》るう剣先に、金色の光が見えるから」

「え？　金色の光……？」

「その子が、常に常識の埒外《らちがい》に居るのは昔からよ。考察は後になさい」

システィーナ達のそんなやり取りを背中に聞きながら。

グレンは、次から次へと湧《わ》いてくる、不定形の怪物達と戦い続ける——

ミラーノ上空に投射された衝撃《しょうげき》の映像が切れた後。

異変はすぐに起こった。

ミラーノ都市内のあちこちから、あの不定形の怪物が湧き始めたのだ。

散発的で、数も然程《さほど》ではないが――その怪物は、人を見かけ次第《しだい》に喰らい付き、呑《の》み込んでいく。

ミラーノ中が大混乱に陥るには、充分《じゅうぶん》であった。

「くそ……マジで、なんなんだこいつら……ッ!?」

グレンが、黒魔【ブレイズ・バースト】の爆炎《ばくえん》で怪物を吹《ふ》き飛ばしながら、呻《うめ》く。

「この怪物……アリシア三世の手記の中でも出てきた怪物ですよね？　ちょっと、性質が違《ちが》うみたいですけど……」

ルミアが《ルミアの鍵《かぎ》》で、怪物を次元の亀裂《きれつ》の狭間《はざま》へ追い落としながら、言う。

「ひょっとして、あの儀式《ぎしき》で呼び出されて、余った怪物達が漏《も》れて……？」

「あの映像見る限り、そうとしか考えられねーな」

グレンは周囲を見渡《みわた》す。

大混乱、半狂乱《はんきょうらん》で方々へ逃《に》げ惑《まど》う人々。耳をつんざくような大喧噪《けんそう》。怒号《どごう》。

やはり、次から次へと、どこからともなく現れる怪物達。

どうやら、怪物達は地下から湧いているようだが、詳《くわ》しく確認《かくにん》している暇《いとま》はない。

この一帯の地区は、まだ怪物の数は少ない。

だが、一気に大量出現してしまった地区もあるらしく、遠くからの喧噪と逃げ惑う人々の流れが、その事実を如実《にょじつ》に伝えてくる。

どう収拾《しゅうしゅう》つけたらいいのか、最早《もはや》、まったくわからなかった。

「ええい、俺達だけじゃ対処しきれねえぞ……ッ!?」

それに、ホテルに待機させている学院の生徒達が心配だ。

一刻も早く、戻らなければならない。

生徒達を連れて、このミラーノを脱出《だっしゅつ》しなければならない。

だが、こうして今、人々を襲っている、目の前の怪物達を無視するわけにもいかず――

そんな焦《あせ》りが、グレンの集中と注意力を散漫《さんまん》にさせていた。

「グレン！　後ろよ!?」

イヴが警告を発した時は――遅《おそ》かった。

「な――ッ!?　しま――ッ!?」

いつの間にか、グレンの背後に超《ちょう》接近していた不定形の怪物。

今、まさにグレンへ覆《おお》い被《かぶ》さろうと、その身体《からだ》を大きく広げていて――

「せ、先生!?」

「ちょっと――嘘《うそ》でしょ!?」

ルミアも、システィーナも、リィエルも。

眼前の怪物の対処に手一杯《いっぱい》で、グレンへのフォローが間に合わない。

「くそ――ッ⁉」

グレンが為《な》す術《すべ》も無く、怪物に呑み込まれようとしていた――その時だった。

こうっ！

真紅《しんく》に輝《かがや》く紅炎《こうえん》が、グレンを中心に弧《こ》を描《えが》き、瞬時《しゅんじ》に怪物を消滅させていた。

「な――ッ⁉」

凄まじい威力《いりょく》だ。今までイヴが振るっていた炎より数段、熱量が高い。

「今の、イヴか⁉　悪《わり》い、助かった……」

グレンが安堵《あんど》の息を吐《つ》いて、礼を言う。

「ち、違うわ……」

だが、当のイヴは呆然《ぼうぜん》とそれを否定した。

「は？　バカ言え。あんな威力の炎、お前くらいしか――」

「私じゃ……ない……」

気付けば、イヴは呆然と通りの向こうを見据《みす》えている。まるで、幽霊《ゆうれい》にでも出会ったかのような表情を、その顔に張り付けて。

そんなイヴが見据える先に——左手に紅炎を宿した女が佇《たたず》んでいた。

帝国宮廷魔導士団特務分室《ていこくきゅうていまどうし》の魔導士礼服に身を包んだ、二十歳《はたち》過ぎ程の女だ。

燃え上がる炎のような長い赤髪《あかがみ》、優《やさ》しげな紫炎色《しえんしょく》の瞳《ひとみ》。

その精緻《せいち》に整った容姿は、どこか——

（似てる……？　イヴに……？）

グレンが、ちらりとイヴの横顔を盗《ぬす》み見ているのを余所《よそ》に。

「嘘……ね、姉さん……？　リディア姉さん……なの……？」

イヴが、そんなことをぽそりと呟《つぶや》いた……その時だった。

その女はさっと手を上げ、背後で隊伍《たいご》を組む帝国軍魔導兵の小隊へ、号令をかけた。

「かかりなさい！　最優先は市民の救助！　安全を確保しながら、各隊随時《ずいじ》《根》を掃討《そうとう》するのです！」

「「「おおおおおおおおおおおおおおおおおおおー一ッ！」」」

すると、魔導兵達が鬨《とき》の声を上げ、統率《とうそつ》が取れた動きで散開、周囲に存在する怪物へ襲いかかっていく。炎の魔術《まじゅつ》を唱え、卓越《たくえつ》した連携《れんけい》で怪物を押し返していく。

それで、その場の趨勢《すうせい》は決したのであった。

「女王随行《ずいこう》の帝国軍が動いてくれたのか……ふぅ……助かった……」

安堵の息を吐くグレン。

この援軍《えんぐん》に、システィーナも、ルミアも、リィエルもほっと胸をなで下ろしていた。

「……ん？」

と、その時。グレンは、先程《さきほど》の女がゆっくりとこちらに歩いて来ることに気付く。

明らかに、グレンに用がある……そんな体《てい》だ。

グレンが、思わず居住まいを正していると。

「ね、姉さんっ！」

突然《とつぜん》、イヴがその女の下《もと》へと駆《か》け出していた。

その表情に、喜び、悔恨《かいこん》、悲哀《ひあい》、懺悔《ざんげ》……様々な感情を複雑に浮《う》かべて——

「リディア姉さん……ッ！　わ、私……ッ！」

だが——

「……え？」

すっ、と。女は、イヴの脇《わき》を、ごく自然に通り過ぎる。

「…………ぁ」

完全に無視されたイヴは、愕然《がくぜん》と立ち尽くすしかなかった。

（え？　なんだ？　今の……？）

あまりにも、不自然だ。

どういうことだと、グレンが目を瞬《しばたた》かせていると……

「どうも、ご協力ありがとうございます」

グレンの前にやってきた女が、穏《おだ》やかに一礼した。

「貴方《あなた》、元帝国宮廷魔導士団特務分室執行《しっこう》官ナンバー0《愚者《ぐしゃ》》のグレン＝レーダスさんですね？」

「あ、いや……なんで俺のことを知って……？」

「貴方は有名人ですから」

くすくすと柔和《にゅうわ》に微笑《ほほえ》みながら、女が続ける。

「私は、今回の随行帝国軍、特別派兵師団司令官にて、帝国宮廷魔導士団特務分室室長、執行官ナンバー1《魔術師》のリディア＝イグナイトと申します」

「……ッ!?」

「我々が駆けつけるまで、よくぞ市民を守ってくれました。おかげで、この一帯の被害《ひがい》は最小限に抑《おさ》えられそうです。心よりお礼申し上げます」

イグナイト。このリディアという女は、イグナイトを名乗った。

（つまり――）

グレンがちらりと、前方のイヴを見る。

イヴは呆然と立ち尽《つ》くしたままだ。その背中はいつも以上に小さく見える。

グレンに背を向けているため、今、どんな顔をしているのかは窺えない。

どうにもイヴが気になるグレンに構わず、リディアは朗《ほが》らかに話を続ける。

「現在、帝国軍がミラーノ市内へ即時《そくじ》緊急《きんきゅう》展開し、市民の救出と、怪物《かいぶつ》の掃討作戦を行っています。どうかご安心を。後は私達にお任せください……」

「…………」

そんなリディアの言葉も耳に入らず。

グレンは、イヴの背中を見続ける。

（イヴ……）

リディアがその場を去るまで、ついぞイヴが振り返ることはなかった――

ルヴァフォース聖暦《せいれき》１８５３年、グラムの月９日。

レザリア王国代表選手団全滅《ぜんめつ》による、魔術祭典中止。

凄惨《せいさん》なるレザリア王国首脳陣《じん》暗殺事件。

邪神《じゃしん》の眷属《けんぞく》招来の儀式発動。それに伴《ともな》う《根》の大発生。

激動の一日から、一夜が明けて――

ルヴァフォース聖暦1853年、グラムの月10日。

自由都市ミラーノ、ティリカ＝ファリア大聖堂の大ホールにて。

ミラーノに居合わせた各国首脳陣によって、緊急《きんきゅう》会議が開かれていた。

だが、ことの重大さゆえに、首脳陣の雰囲気《ふんいき》は重苦しい。

そんな会議の中に――

「はい。確かに連中は、マリア＝ルーテルのことを、ミリアム＝カーディスと、そう呼びました。俺がジャティスや第十三聖伐執行隊《ラスト・クルセイダース》について知っていることは以上です」

――グレンもまた、重要参考人として、召喚《しょうかん》を受けていた。

「ありがとうございます」

満場一致《まんじょういっち》で暫定《ざんてい》議長を務めることになったアリシア七世が、グレンの報告を労《ねぎら》う。

「次、ミラーノの状況《じょうきょう》はどうですか？」

「はい、報告いたします」

帝国宮廷魔導士団特務分室現室長《魔術師》のリディア＝イグナイトが、一歩前に出ると、穏やかに話し始める。

「件《くだん》の邪神招来の儀式《ぎしき》によって、ミラーノの地下から無限発生し続ける不定形の怪物……前大戦に倣《なら》い《根》と呼びますが……《根》は、都市中の彼方此方《あちこち》に、地下から少しずつ溢《あふ》れるような形で出現しています。

この《根》は積極的に人間を喰《く》らう性質があるため、残念ながら、発生初期の段階でミラーノ市民に幾《いく》ばくかの被害が出ました」

「──ッ!?」

「しかし、有事に備え、自由都市ミラーノ西域に待機していた、我が帝国軍一個師団を緊急再編制、ミラーノ全域に即時《そくじ》展開し、市民の避難誘導《ひなんゆうどう》と《根》の制圧、そして、断絶結界構築による《根》の発生ポイントと地下遺跡《いせき》の封鎖《ふうさ》作業をすでに完了致《かんりょういた》しました」

そして、リディアがその場の一同へ、ペコリと頭を下げる。

「緊急事態ゆえに、全《すべ》て私の一存と独断です。許可なく有事協定ラインを越《こ》えて都市内に軍を展開したこと、それが事後承諾《しょうだく》になってしまったこと、どうかご容赦《ようしゃ》ください」

確かに、リディアの行為《こうい》は、一軍の司令官を超えた多大なる越権《えっけん》行為だ。平時ならば、さぞや大きな国際問題に発展することだろう。

だが、唐突《とうとつ》な事態に、各国の市内戦力展開がもたつきにもたつく中、リディアのこの迅《じん》速《そく》な決断と采配《さいはい》が、地下から湧《わ》き出る《根》を封《ふう》じ込め、市民の被害と混乱を最小限に抑えたこと。

そして何より、無限に発生する《根》によって、逃《に》げ場を失った各国首脳陣の命を守ったことに疑いようはなく。

「「「…………」」」

その場からは、文句の一つも出ようはずがなかった。

（これが、特務分室の現室長、《魔術師》のリディア＝イグナイトか……）

グレンが、リディアの横顔を流し見る。

物腰穏《ものごしおだ》やかで優しげな、まるで地母神ような美貌《びぼう》の女性。

硬質《こうしつ》なイヴと方向性こそ違《ちが》えど、その精緻に整った容姿は、やはり──

（似ているな、イヴに。やれやれ、姉妹《しまい》か……）

グレンも、かつて、リディア＝イグナイトという女魔導士が、帝国軍に居たということは知っている。

リディア＝イグナイト。イヴの母親違いの姉。

つまり、帝国の魔導武門の棟梁《とうりよう》、イグナイト公爵《こうしやく》家の嫡子《ちやくし》。アルザーノ帝国女王府国軍大臣兼《けん》、国軍省統合参謀《さんぼう》本部長、アゼル＝ル＝イグナイト卿《きよう》の正室の娘《むすめ》なのだ。

（……驚《おどろ》いたぜ。過去に何らかの事故で、魔術能力を完全に喪失《そうしつ》したと聞いていたが……

まさか、現場復帰していたとはな……）

そして、グレンは、このリディアに、今や崇拝《すうはい》に近いほどの畏敬《いけい》を覚えていた。

昨日の出来事を思い出す。

ジャティスの仕掛《しか》けで突如《とつじょ》発生した不定形の怪物《根》によって、ミラーノは一時期大混乱に陥《おちい》った。

だが、リディアは独断で帝国軍を動かし、ミラーノ各地へ迅速展開、卓越した指揮能力で市民を救出、あっという間に《根》を押し返したのだ。

さらには、《根》の発生ポイントに封鎖結界を展開して《根》を封じ込め、今は帝国軍の主導で市民達の避難を続々と行わせている。非常時において、現場判断による最良最高の一手を、リディアは粛々《しゅくしゅく》と打ったのだ。

結果として、ホテルで待機していた生徒達の命も救われたのである。

（指揮官としては、俺が知る限り……世界で二番目にデキる女だな）

そして、グレンはちらりと傍《かたわ》らに目を向ける。

「………………」

イヴが、リディアから隠《かく》れるように、グレンの後ろで小さく俯《うつむ》いていた。

グレンと共に諸処の報告にやって来たイヴだが、昨日、リディアの姿を見て以来、ずっとこんな調子だ。らしくないことこの上ない。

（どうしちまったんだ、こいつ？　……まぁ、色々と複雑な事情があるのは、想像に難《かた》くねえけどよ……）

なにせ、イヴにとって、リディアは追放された自分の代わりに、再び次期当主の座に返り咲《ざ》いた腹違いの姉だ。色々物思うことはあっておかしくない。

（しかし、このリディアはリディアで、何かおかしいしな……）

グレンは、昨日、リディアがイヴをまるで空気のようにスルーしたことを思い出す。

今も、イヴがここに居ることに気付いているはずなのに、イヴを気にしている様子が微《み》塵《じん》もない。

まるで、赤の他人同士のようにも思えてくる無関心さ、淡泊《たんぱく》さだ。

（やれやれ……なんか、面倒臭《めんどうくせ》ぇ予感がプンプンするぜ……）

グレンが溜《た》め息を吐いていると、リディアの報告は《根》を封じ込める結界の概要《がいよう》へと移っていた。

「……《根》の発生ポイントは、提示された資料の通り、合計八カ所です。それが全て、ミラーノの地下に広がる遺跡空間と直結しています。

件の邪神の眷属招来の儀式は、その遺跡の最深部にて行われており、《根》の発生はその儀式の副産物的なものであると予想されます。

霊脈《レイ・ライン》回線を通して収集した情報によれば、現在、ジャティス＝ロウファンは行方《ゆくえ》不明。

そして、現在の儀式の執行者は――天の智慧《ちえ》研究会思考指導者、第三団《ヘヴンス・オーダー》《天位》【大導《ヘヴ》師《ン》】フェロード＝ベリフ」

リディアの言葉に、一瞬《いっしゅん》、その場がざわつく。

ようやく判明した世界の敵――その名前に。

「ですが、その件の地下儀式場周辺は、儀式の魔術《まじゅつ》的影響《えいきょう》で空間が歪《ゆが》み、現在、こちらからはまったく手が出せない状況です。ミラーノ地下区画には《根》の数も多く……現時点で、儀式場に潜《ひそ》む大導師を打倒《だとう》するのは、ほぼ不可能と言っていいでしょう。

幸い、大導師は儀式の完遂《かんすい》に専念するらしく、現状、主立った動きは見せません。

データによれば、件の邪神がマリア＝ルーテルを核《かく》として本格降臨を果たすのは、およそ一ヶ月後。……《根》を封殺《ふうさつ》する結界も一時しのぎに過ぎません。早急《さっきゅう》に何らかの対策を立てる必要があると具申します。私からの報告は以上です」

報告を終え、リディアが一礼して下がる。

「ありがとうございます。次に、件のミラーノの地下に広がる遺跡についてですが……専門家の見識を聞きたく存じます。フォー……」

「ふっ！　待っていたぞッッッ！」

　ばんっ！

　女王に名前を呼ばれるのを待つまでもなく、壇上《だんじょう》に一人の男が上がっていた。

　獅子《しし》のたてがみのような頭髪《とうはつ》、頑健《がんけん》なる肉体。いかにも頑固で偏屈《へんくつ》そうな造作の顔。

　アルザーノ帝国《ていこく》魔術学院魔導考古学者――フォーゼル＝ルフォイ＝エルトリアだ。

「あの遺跡が何か知りたいのだな⁉　良いだろう、特別にこの偉大《いだい》なる魔導考古学者フォーゼル＝ルフォイが直々に語ってやろう！　件の遺跡『ナイアールの祭祀場《さいしじょう》』を語るには、まず話は旧古代前期――それ即《すなわ》ち聖暦前８００年ほど前まで遡《さかのぼ》らなければならないな！　当時は、まだ超魔法《ちょうまほう》文明と呼べるほどの文明は築かれておらず、魔都《まと》メルガリウスも魔法王国と呼べるものも存在しなかった！　だが、その頃《ころ》から《天空の双生児《タウム》》と呼ばれる双《ふた》子《ご》の神性《しんせい》と共に、民《たみ》を束ねて国を作らんと活動を続けるとある人物の記録が、各地の碑文《ひぶん》や伝承に残っているのだッ！　僕はこの人物こそが、後の旧古代中期において魔王《まおう》と呼ばれた暴君『ティトゥス＝クルォー』と同一人物だと踏《ふ》んでいてな！　何⁉　時代と年代が全然違う⁉　うるさいバカ！　ド素人《しろうと》は黙《だま》っていろッッッ！」

　あ、コレ、話長くなるヤツだ。

　グレンは、フォーゼルの話と存在を、完全に意識からシャットアウトした。

ドン引きの各国首脳陣の前で、滾《たぎ》る熱狂《ねっきょう》と共に延々語るフォーゼルを余所《よそ》に、グレンは背後のイヴに声をかける。

「おい、イヴ……お前、大丈夫《だいじょうぶ》か？」

「……え？」

いかにも意外そうに、イヴが視線を上げ、グレンを見る。

「事情に深く突《つ》っ込むような無粋《ぶすい》な真似《まね》はしねえ。ただ、お前の顔色、相当悪いぞ？」

「……」

「もし、キツいなら休んでいろ。後の報告は俺がやっといてやるから」

いつもなら、グレンがこう言えば、〝余計なお世話よ〟だの、〝貴方《あなた》にこの私の代理が務まるわけないでしょう？〟だの、ツンケンした言葉が即座《そくざ》に飛んで来るはずだ。

なのに……

「……ううん……大丈夫……」

イヴは右手で左腕《ひだりうで》を押さえ、消え入るような声で呟《つぶや》くだけだ。

「私は……大丈夫……そう……大丈夫……だから……」

そして、さらに自分の視界からリディアを外すように、顔を背《そむ》けて俯いてしまう。

（……やれやれ……調子狂《くる》うぜ）

せめてリディアからイヴがより隠れるように、グレンは立ち位置を変えながら、溜め息を吐《つ》くしかなかった。

そうしている間にも――

「――つまり！　当時の王には『力』が必要だったんだよ！　『力』が！　当時、人智《じんち》を超《こ》えた強大な力を持つ様々な原生生物や魔獣《まじゅう》が跋扈《ばっこ》し、数多くの氏族や部族、蛮族《ばんぞく》が麻《あさ》のように乱れては混沌《こんとん》の争いを繰《く》り広げていた、まさにカオス＝ザ＝カオスワールドだった北セルフォード大陸北西岸一帯を統一し、平和と安寧《あんねい》をもたらすには、とにもかくにも力が必要だった！　ゆえに！　《天空の双生児《タウム》》は貸《か》し与《あた》えたのだ！　《王》に邪神《じゃしん》の眷属《けんぞく》招来の術をッッッ！　そのために、星辰《せいしん》の巡《めぐ》りに合わせた天球儀《てんきゅうぎ》式場が必要であり、その一つがここミラーノにある儀式場だ！　ああああああああっ、くっそ、腹が立つッ！　ここの儀式場に、最初に目を付けたのはこの僕だぞ⁉　後でグレン先生と一緒《いっしょ》に調査する予定だったのに、あんな状況では調査できないではないかッッッ！　あの大導師とかいうバカ野郎《やろう》ッ！　誰《だれ》だか知らんが、後でブン殴《なぐ》ってやるッッッ！」

――フォーゼルの暴走は続いていた。

「え、ええーと……つまり一言でまとめると、あの儀式場は、古代に築かれた『邪神の眷属招来のための儀式場』……ということでいいのですね？」

額に脂汗《あぶらあせ》を浮《う》かべ、笑《え》みを引きつらせたアリシア七世が、まとめにかかる。

「一言で語ればそうなるが、当然一言で終わらせる気などないッ！　話は続くが、旧古代中期の末期にこんな話があってな、いわゆる『正義の魔法使い』の故郷は、魔王が操《あやつ》るこの邪神の眷属――『邪神兵』によって滅ぼ……む⁉　なっ、何をする貴様ぁ⁉　話はまだ一割も終わってないぞ⁉　放せぇえええええーーッ⁉」

結局、フォーゼルは二人の帝国軍将校に両脇《りょうわき》を固められて、ずるずると引きずられながら、ホールから強制退出させられていく。

「はぁ～……」

グレンは、そんなフォーゼルを呆《あき》れたように見送るのであった。

「……こほん」

そして、アリシア七世が咳払《せきばら》いを一つして、気を取り直す。

「以上で、この自由都市ミラーノで起きた、大凡《おおよそ》の事態は判明しましたね」

そして、事態を整理した各国首脳陣《じん》が、改めてことの重大さに頭を抱《かか》え始めた。

「しかし、まさか、あの邪神の眷属が……ッ！」

「こ、これでは本当に、あの二百年前の魔導《まどう》大戦の再来ではないか……ッ！」

「あの惨劇《さんげき》が、また繰り返されるというのか……ッ⁉　冗談《じょうだん》ではないぞ……ッ！」

ざわざわと、ざわめく首脳陣。

しばらくの間、アリシア七世は場が落ち着くのを待ってから、厳《おごそ》かに発言した。

「では、最後に。そろそろ、避《さ》けては通れぬ問題に触《ふ》れましょう。ファイス＝カーディス司教枢機卿《すうききょう》……いいですね？」

アリシア七世の目が、会談の一席に腰掛《こしか》けるファイスを鋭《するど》く射貫《いぬ》く。

「卿の生家、カーディス家とは？　あの邪神といかなる関係が？　そして、アルザーノ帝国魔術学院の生徒マリア＝ルーテル……いえ、ミリアム＝カーディスとの関係は？」

「…………」

ファイスはしばらくの間、手を組んで目を閉じ、沈黙《ちんもく》を保っていたが。

「わかりました。全《すべ》てをお話ししましょう」

やがて、覚悟《かくご》を決めたように厳かに語り始めた。

「マリア……ミリアム＝カーディスは……私の実の娘《むすめ》です」

途端《とたん》、ざわつき始める一同を余所に、ファイスは淡々《たんたん》と言葉を続ける。

「そして、カーディス家は、古代文明において、邪神招来の儀を執《と》り行った神官家の末裔《まつえい》……『無垢《むく》なる闇《やみ》の巫女《みこ》』を輩出《はいしゅつ》する血統の生き残りです。

聖エリサレス教会教皇庁は、そんなカーディス家を、いざという時の軍事戦略的切り札……いわゆる『信仰兵器《しんこう》』にするために、己《おの》が陣営《じんえい》に囲っていたのです。

もっとも、今となってはカーディス家の血は薄《うす》れて久しく、『無垢なる闇の印』を身体《からだ》に持った『無垢なる闇の巫女』も、何世代かに一人生まれるか、生まれないか……という程度。……ですが、生まれる時は生まれます」

「まさか、二百年前の魔導大戦も⁉　教会が……貴様ら一族がッッッ⁉」

誰かの糾弾《きゅうだん》が、会場内の空気を震《ふる》わせる。

「ええ、残念ながら、当時は『無垢なる闇の巫女』が生まれてしまった世代でした。ですが邪神招来の儀式法は、当家が教会に取り込まれた当初から失伝しています。なのに、なぜ、二百年前、邪神が招来されてしまったのか、当家最大の謎《なぞ》でしたが……」

まさか、あんな方法があったとは……と。ファイスが諦《あきら》めたように溜め息を吐《つ》く。

（なるほど、皮肉な話だ）

グレンはファイスの話を聞きながら物思う。

（お笑いだぜ。聖エリサレス教会……信仰上の〝唯一概念神《ニセモノ》〟を崇《あが》め、他者にそれを強要しておきながら、その実、密《ひそ》かに〝外宇宙の邪神《ホンモノ》〟を囲ってたなんてな。バレたら信仰崩壊《ほうかい》って、レベルの話じゃねえ。

教会としてはひた隠《かく》しにしたかったはずだ。邪神の存在が大きく関《かか》わる古代文明の存在そのものを否定したかったはず……〝なかったもの〟にしたかったはずだ。

だが、ロラン＝エルトリアが『メルガリウスの魔法使い』で古代文明を暴《あば》いた。おまけにカーディス家までつつき始めた。こりゃ確かに火刑台《かけい》ルート一直線だぜ……）

グレンが『アリシア三世の手記』の内容と照らし合わせて考察している間にも、ファイスの話は続く。

「そして、ついに恐《おそ》れていたことが起きました。ええ、私の世代になって……再び生まれてしまったのです……『無垢なる闇の巫女』……我が娘ミリアム＝カーディスが」

ざわ、ざわ、ざわ……

ファイスの明かす真実に、首脳陣がざわつき始める。

「ミリアムが誕生した時、私は思いました。魔導大戦……二百年前の悲劇だけは繰り返してはならないと。ゆえに、私は八年前、ミリアムを病死したことにし、マリア＝ルーテルとして、密かに帝国側へと亡命させたのです。

その亡命の際、私に多大なる力を貸してくれた御方《おかた》が、フューネラル教皇猊下《げいか》……当時はまだ新任の枢機卿でしたが……」

ファイスが頭を抱えて項垂《うなだ》れたる。

「まさか、猊下が……あの聡明《そうめい》なる猊下が、天の智慧《ちえ》研究会だったなんて⁉　ああ、きっと、あの頃から、私は……いえ、教会の全てが、猊下の掌《てのひら》の上だったのでしょう」

その顔には、今にも首を吊《つ》りかねないほどの懺悔《ざんげ》の表情が張り付いている。

だが、人の心は醜《みにく》い。

操られていた、知らなかった……それで済むはずもない。

「ふ、ふざけるなッ！」

ファイスの告解に、各国の首脳達が口々に糾弾の声を上げ始めた。

「貴様ら、聖エリサレス教会の欺瞞《ぎまん》がこのような事態を招いたのだぞッッッ⁉」

「この責任はどう取るつもりなのかねッッッ⁉」

様々な罵詈《ばり》雑言《ぞうごん》が、ファイスを殴りつける。

罵《ば》倒《とう》、罵倒、罵倒。

「…………」

当のファイスはただ、黙ってそれを受け止めるだけであった。

「そもそも、ファイス司教枢機卿！　貴様が天の智慧研究会に、ただ利用されていただけという話だって疑わしいッ！」

「そうですわ！　本当は裏で繫《つな》がっていて、全てが予定調和なのではなくて⁉」

「この責任は徹底的《てってい》に追及《ついきゅう》してやるからなッ！　覚悟しろッッッ！」

そんな無抵抗《ていこう》のファイスを、一方的に糾弾する各国首脳陣を前に……

（ああクソ！　どうして、どこもかしこもバカばっかなんだ！）

今は傍観者《ぼうかんしゃ》に過ぎないグレンも、さすがに苛立《いらだ》ちを禁じ得ない。

（今は、責任の所在をゴチャッてる場合じゃねえだろ⁉　世界の危機なんだぞ⁉

大体、ファイスさんがクロなら、なんで、こんなレザリア王国なんていう終わった沈没《ちんぼつ》船に残ってるんだよ⁉　わかれよ、そのくらい⁉

そもそも、今、ファイスさんがいなくなったら、レザリアはどうなるんだよ⁉　他《ほか》に政治のできる指導者が、もう一人もいないんだぞ⁉　レザリアが崩壊《ほうかい》したら、お前らの国だってピンチなんだぞ、わかってんのか⁉）

レザリア王国は、強引《ごういん》な宗教浄化《じょうか》政策で、国内外に多大なる不満を抱えていた国だ。

崩壊すれば、その周辺一帯で未曾有《みぞう》の大紛争《ふんそう》が起き、莫大《ばくだい》な人口を抱える王国からは大量の難民が発生するだろう。

となれば、周辺諸国の経済崩壊は必須《ひっす》。世界的な大恐慌《だいきょうこう》は、さらなる紛争を呼ぶ。

これは経済的な意味でも、世界存亡の危機であるのだ。

だが、そんなグレンの心中とは裏腹に……

「どうしてくれる⁉　どうしてくれるんだ⁉　賠償《ばいしょう》だ！」

「責任！　責任を取れ！　責任を取れ！　賠償しろ！」

「なんとかしろ！　なんとかしろ！」

……糾弾と罵倒の嵐《あらし》が止《や》むことはなく。

いよいよ、グレンが怒鳴《どな》りつけてやろうと、大きく息を吸い込んだ……

まさに、その時だった。


「静粛《せいしゅく》に」


魂《たましい》を打つような、凛《りん》とした声がホール内に響《ひび》き渡《わた》った。

アリシア七世だ。その声色《こわいろ》があまりにも気高く、決然とした揺《ゆ》るぎなき意志に漲《みなぎ》っていたため、誰《だれ》もが彼女を無視できない。

あれだけみっともなく荒《あ》れていたその場が、一瞬《いっしゅん》で静まりかえっていた。

（……陛下⁉）

グレンが目を丸くして見守る中、アリシアが毅然《きぜん》と立ち上がり、言葉を放つ。

「今は、責任の所在を問う時でも、不手際《ふてぎわ》の賠償請求《せいきゅう》をしている場合でもありません。世界の危機に、共に立ち向かわなければならない時なのです」

「…………」

「最早《もはや》、これは帝国《ていこく》、王国間の国際紛争で収まる話ではないのです。

理解されていますか？　かの有名な、国際的魔術《まじゅつ》テロリスト集団、天の智慧研究会。その首魁《しゅかい》たる『大導師』が、ついにその正体を白日の下《もと》に晒《さら》し、かの二百年前の魔導大戦の引き金となった、邪神《じゃしん》招来の儀式を執《と》り行っているのです。

これを世界の危機と呼ばずして、なんと呼ぶのでしょう？　この世界に、長年煮《に》え湯を飲ませ続けて来た、かの邪悪《じゃあく》なる組織が強大な邪神の力を手にしたら……この世界の構造が確実に崩壊するであろうことは想像に難《かた》くないでしょう？」

沈黙。

誰もが、アリシア七世の言葉を傾聴《けいちょう》している。

「そもそも、レザリア王国が崩壊するだけでも莫大な難民が溢《あふ》れ、周辺諸国への多大なる被害《ひがい》は免《まぬか》れません。最早《もはや》、どの国にとっても他人事《ひとごと》ではないのです。

私達は手を取り合い、力を合わせなければなりません。

この世界の危機を前に、常日頃《つねひごろ》の禍根《かこん》を忘れ、共に足並みを揃《そろ》え、共に立ち向かわなければならないのです！　今回、平和祭典そのものは悪《あ》しき意思によって崩壊しましたが、その根底に通う理念だけは崩壊させてはならないのです！

皆《みな》さん、どうか力を貸して下さい！　そして、共に輝《かがや》かしい明日と未来のために戦いましょう！　私達全員で、世界を救うのです！」

やがて、アリシア七世の言葉が尽《つ》きる。

しん……最初は、圧倒《あっとう》的な沈黙がその場を支配していた。

だが。

ぱちん、と。誰かが一つ、手を叩《たた》くと。

ぱちん、ぱちん。……ぱち、ぱち、ぱち……

それに追従するように、あちこちで拍手《はくしゅ》が上がり始めて。

それは、徐々《じょじょ》に強さと勢いを増していき――

最終的には、洪水《こうずい》のような拍手が、どっとホールを満たすのであった。

（ははっ、さすが陛下だ……俺とは役者が違《ちが》うぜ）

ただ一度の演説で、見事その場の流れと空気を変えたアリシア七世の姿を、グレンは尊敬と畏怖《いふ》の目で見つめ続ける。

きっと、あれこそが、生まれながらに人の上に立つことを運命づけられた、真なるカリスマの姿なのだろう。

(ああ、大丈夫《だいじょうぶ》だ。女王陛下がいる限り、何も問題はない！)

ならば――

(俺は、俺のすべきことをしねえとな。さて、どうするか……？)

そんなことをぼんやりと考えるグレンを尻目《しりめ》に。

会議は、アリシア七世主導で、これからの各国の動きや方針をテキパキと決めていくのであった。

そんな風に、会場が盛り上がる一方――

(ちっ……拙《まず》いな。アリシア七世……あの小娘《こむすめ》め……ッ！)

アリシア七世の独壇場《どくだんじょう》となってしまった緊急《きんきゅう》会議を、密かに抜《ぬ》け出したアゼル＝ル＝イグナイト卿《きょう》は、大聖堂の通路を足早に歩きながら毒づいていた。

(くそ！　私はあの女を、少々過小評価していたらしい……ッ！)

しょせん、女ゆえの惰弱《だじゃく》な弱腰穏健《よわごしおんけん》派だと思っていたが、実際はどうだ？

この有事の際に、顕然《けんぜん》と見せつけたあの大器、あの手腕《しゅわん》、なにより、あのカリスマ。

あの女は覇王《はおう》だ。平時の飾《かざ》らない立ち居振《ふ》る舞《ま》いが、ごく自然と他者を跪《ひざまず》かせる。

アリシア七世は、野心がないだけで、〝その気〟になれば、世界の全《すべ》てを呑《の》み込み、従え、支配することができる、最強の覇王だったのだ。

（……否《いな》。違うッ！　あの小娘如《ごと》きに帝国は……世界は救えぬ……ッ！　この世界を救えるのは、頂点に立つのはこのアゼル＝ル＝イグナイト、ただ一人……ッ！）

そう、自分は違う。

自分はそこいらの凡俗《ぼんぞく》とは違い、もっと遥《はる》か高みにいる存在なのだ。

（そうだ……何しろ、私は〝選ばれた〟のだ！　選ばれし存在なのだ！）

イグナイト卿は、懐《ふところ》から一本の〝赤い鍵《かぎ》〟を取り出し、それを凝視《ぎょうし》する。

（自分は凡俗どもとは違う。確かに、この〝鍵〟は受け取ったが、決して、かの大導師の膝下《しっか》に屈《くっ》したわけではない！　私は逆に大導師を利用しているのだッ！

かの大導師の目論見《もくろみ》を崩《くず》し、この私が世界を救うためになッ！

そう、イグナイトこそが世界の支配者であることを、私は証明するのだッ！）

そのために、自分は今まで暗躍《あんやく》し、こつこつと準備し、力を蓄《たくわ》えてきたのだ。

そのために、知る人ぞ知る『グスタの悲劇』も起こした。人間も辞《や》めた。

（だが……今、私が長年築き上げてきた盤面《ばんめん》が、根本からひっくり返されようとしている……ッ！　あの、小癪《こしゃく》なジャティス＝ロウファンによって……ッ！）

今の流れのまま行けば、この難事を乗り越《こ》えた時──帝国の頂点に燦然《さんぜん》と輝き立ち、全世界の崇敬《すうけい》を一身に集めているのは、確実にアリシア七世だ。

そうなれば、もうどこをどうやっても、下克上《げこくじょう》は叶《かな》わないだろう。

（拙い……今のままでは……ッ！）

焦燥感《しょうそうかん》が、イグナイト卿の身を焦《こ》がす。

だが、不思議と不安と迷いはない。

今、一つの結論に向かって、イグナイト卿は至極《しごく》冷静に冷酷《れいこく》に思考を重ねていた。

手持ちのカード。現在のミラーノの状況《じょうきょう》。己《おの》が膝下の軍の配備状況。各国の状況。

そして——

「いや——むしろ、これは好機なのではないのか？」

それに思い至った時。その結論に達した時。

イグナイト卿の全身は、静かな興奮と高揚《こうよう》に燃え上がっていた。

それは、決して消し得ぬ大火勢の野心となって、激しく焦熱《しょうねつ》する。

（そうだ……ッ！　他の凡俗どもならば、愚《おろ》かにも、この絶大なる好機を前に尻込《しりご》みするのだろうが……このイグナイトである私に、それはない！

今だ……むしろ、今だからこそなのだ！　今こそが、この私が全ての頂点に立つ、絶好の好機！　私の人生の全ては、今、この時のためにあったのだ——ッ！）

そして。

「イリア＝イルージュよ。居るか？」

「はーい、ここに！　我が愛しのあるじ様《マイ・ロード》！」

イグナイト卿の傍《かたわ》らに、一人の少女がまるで蜃気楼《しんきろう》のように現れる。

後ろでまとめた明るい亜麻色《あまいろ》の髪《かみ》。人懐《ひとなつ》っこくもどこか薄《うす》ら寒い微笑《ほほえ》み。

元・帝国宮廷魔導士団《きゅうていまどうし》特務分室執行官《しっこうかん》ナンバー18《月》のイリアであった。

「どうかされましたかー？　なんでもご下命、どうぞどうぞ！」

いつものように、どこか道化《どうけ》じみた様子で応じるイリアへ。

「動くぞ」

イグナイト卿は短く、決然と告げた。

「え？」

途端《とたん》、イリアが硬直《こうちょく》する。その道化じみた笑《え》みが凍《こお》る。

そんなイリアに構わず、イグナイト卿はさらに続ける。

「リディアと軍へ、秘密裏《ひみつり》に通達しろ……〝大義を成す〟とな」

「え？　あの……い、今ですか⁉」

途端、あの人を食ったようなイリアが、目に見えて狼狽《うろた》え始める。

「こ、このタイミングで……ですかッ!? だ、だって、まだ……」

「なんだ? 貴様、この私に逆らうのか?」

「い、いえ! そんなことは! ……わっ、わかりました! リディア様に、卿の意向をお伝えしてきます!」

苛立《いらだ》ちと怒気《どき》を向けられ、イリアが慌《あわ》てて幻《まぼろし》のように姿を消す。

イグナイト卿はそんなイリアを尻目に、低く、昏《くら》く嗤《わら》い始める。

「ふっ……ついに……ついにだ……」

〝赤い鍵〟を握《にぎ》りしめ、野心に燃える表情で凄絶《せいぜつ》に嗤うのであった。

「この私が頂点に立つ時がやって来たのだ……むしろ、遅《おそ》すぎたくらいだ……ククク……ふははははは……ふははははははははははははーーッ!」

そんなイグナイト卿の歓喜《かんき》の哄笑《こうしょう》を聞く者は、誰もいなかった——


ごと、ごと、ごと……

自由都市ミラーノ中央区三番街のメインストリートにて。

四頭馬仕立ての豪奢《ごうしゃ》な馬車数台が、縦列でゴトゴトと石畳《いしだたみ》の道路を行く。

今回、首脳会談に出席した帝国政府側の要人達が乗る馬車であり、その列中央の一台はアルザーノ帝国女王、アリシア七世の王室馬車だ。

そして、その周囲を、馬に乗った女王直属の親衛隊がぐるりと隙《すき》なく固めている。

先刻、会議を終えた女王陛下は、このミラーノでの活動拠点《きょてん》である帝国領事館への帰路の途上《とじょう》であった。

ごと、ごと、ごと……

様々な宗教建築物と美しい水路、橋に飾られた都市、ミラーノ。

つい先日まで、何十年ぶりかの魔術祭典を祝う人々で賑《にぎ》わいに賑わっていた面影《おもかげ》が見えないほど、その区画は閑散《かんさん》としていた。

この中央区画は《根》の発生地の一つが近かったため、帝国軍主導による市民達の緊急《きんきゅう》避難《ひなん》が早々に行われたのだ。

無論、ミラーノのような大都市の市民全員が、ミラーノを脱せたわけではない。

東西南北の区画では、今も大混乱の最中、避難《ひなん》の真っ最中だ。

帝国軍はミラーノ全域に広く薄く展開し、今も厳戒《げんかい》態勢を敷《し》いている。

この中央区の静けさは、仮初《かりそ》めの静寂《せいじゃく》に過ぎない。

そんな寂《さび》れた街中を行く、女王陛下の馬車の中に……

「ええと……本当にいいんですかね？　俺みたいなのが、陛下と一緒《いっしょ》で……」

「いいんですよ」

グレンは馬車内のシートに、アリシア七世と二人きり。並んで腰掛《こしか》けていた。

さすがに女王陛下の隣《となり》のためか、グレンは背筋を伸《の》ばして恐縮《きょうしゅく》しており、アリシアはいつものように気品に満ちた佇《たたず》まいでリラックスしている。

先の会議の終了後《しゅうりょうご》、とりあえず、グレン達がアルザーノ帝国《ていこく》代表選手団の待つ公営ホテルまで戻《もど》ろうとした時、なんと、女王の方から、声がかかったのである。

〝よろしければ……道中、ご一緒しませんか？〟と。

(知らん仲じゃないとはいえ、相手は女王陛下だし……しかも、今や世界の行く末を左右する超《ちょう》ＶＩＰ様だ……うう、緊張《きんちょう》するぜ)

どこまでも小市民なグレンであった。

ちなみに、イヴはフォーゼルと一緒に、後続の馬車に乗車している。

フォーゼルと相席すると決まった時、イヴのもの凄《すご》く嫌《いや》そうな顔が印象的だった。

が、それはともかく。

「はぁ……」

どうにも、グレンが緊張を隠《かく》しきれないでいると。

「ふふ、どうか、そう硬《かた》くならないでくださいな」

不意に、アリシアがグレンに話しかけてくる。

「実は、貴方《あなた》と少しお話がしたかったのですよ、グレン」

「俺と？　ですか？」

「ええ」

目を瞬《またた》かせるグレンへ、アリシアがこくりと頷《うなず》く。

「うーん、光栄っちゃ光栄っすけど……俺はもう軍を抜けてますし、陛下にこう特別声をかけてもらえるようなヤツじゃないんすけどねぇ……ははは」

意外なアリシアの言葉に、グレンがそうおどけていると。

「……いえ、貴方だからこそ、話せるのです」

「陛下？」

グレンが首を傾《かし》げ、アリシアの横顔を見る。

すると。恐《おそ》らく、たった今、アリシアは何らかの心の回路を切り替《か》えたのだろう。

「……本当に……大変なことに……なってしまいましたね」

今のアリシアの横顔に、世界を堂々と相手取っていた辣腕《らつわん》の女王の姿はなく——ただただ、激動の混沌《こんとん》を前にして不安と困惑《こんわく》に揺《ゆ》れる、一人の疲《つか》れきった女がいた。

「……陛下……？」

「ごめんなさい、グレン。各国首脳陣《じん》の前であれほどの大言を叩《たた》いておいて……私は不安なのです。不安で、不安で、仕方ないのです……」

アリシアの花弁のように可憐《かれん》な唇《くちびる》から、溜《た》め息が漏《も》れる。

こんな弱々しいアリシアは、先の会談で見せた威風堂々《いふうどうどう》たる姿からは想像できない。

「考えても、考えても、悪い想像しか浮《う》かばないんです。天の智慧《ちえ》研究会……大導師……魔導大戦……邪神《じゃしん》の眷属《けんぞく》……良き未来がまったく描《えが》けないのです。このまま世界は混沌と災厄《さいやく》の渦中《かちゅう》に呑《の》み込まれ、永遠の暗黒に閉《と》ざされてしまうのではないのかと……」

「……ッ⁉」

「私はアルザーノ帝国女王。民《たみ》を、国を、そして世界を守る義務があります……でも、同時に、このまま目と耳を塞《ふさ》ぎ、娘《むすめ》達と共に世界の果てまで逃《に》げ出したい……そんなことを心のどこかで考えている弱い自分が嫌になります……」

この時、グレンは自分の蒙昧《もうまい》さと脳天気さを、否応《いやおう》なく悟《さと》った。

超人《ちょうじん》と思われる女王陛下とて人間。一人の女。一人の母だ。

〝この人さえ居れば大丈夫《だいじょうぶ》〟。〝全て、この人に任せれば上手《うま》くいく〟。

一体自分は、たった一人の女性に重責を勝手に押しつけて、持ち上げて、何を勝手に安心していたのだろうか？　バカにも程《ほど》があるだろう？

「こんなこと……グレン、貴方にしか話せないのです。もう、私の家臣でなくなってしまった、貴方にしか……」

そう、話せない。家臣や部下には決して話せない。

アリシアは女王なのだ。その弱気や愚痴《ぐち》は全体の士気や求心力に関《かか》わる。

国家を背負う女王は、決して人前で弱さを見せてはならないのだ。

「……愚痴を聞いてくれて、ありがとうございます、グレン」

やがて、アリシアは再び思考回路を切り替えたのか、晴れ晴れとした表情で言った。

「少しだけ、楽になりました。私は戦えます」

「…………」

「グレンは、エルミアナを……帝国《ていこく》の未来を担《にな》うアルザーノ学院の子供達を、どうかよろしくお願いします。貴方が彼女らを守ってくれるなら……私は心置きなく、未来のために戦えますから……この命の最後の一滴《ひとしずく》まで」

と、その時だった。

「陛下」

グレンはアリシアを真っ直《す》ぐ見つめ、宣言した。

「帝国軍を抜《ぬ》けた俺が、今さら一体、何を吐《ぬ》かすんだと思われるかもしれませんが……俺は貴方の味方です」

「グレン……？」

「軍時代、陛下はこんなどうしようもないクソガキの顔と名前を覚えてくださり、優《やさ》しい言葉をくださり、そして……色々と良くしてくださいました」

いつになく、柄《がら》にもなく、かしこまった台詞《せりふ》が、グレンの口から次々と出る。

言わなければならないと思った。

伝えなければならないと思ったのだ。

「今は一教師に過ぎない俺ですけど……その大恩は忘れてません。今の俺に何ができるかはわかりませんが……必ずや、俺なりのやり方で、陛下と陛下が愛する帝国に貢献《こうけん》することを俺は誓《ちか》います。だから──……」

……だから、なんだ？　グレンがふと我に返る。

こんな何の力もない一教師に、三流魔術師《まじゅつし》に、一体、何ができるんだ？

陛下から、少々目をかけてもらえたくらいで、俺は何をのぼせ上がっているんだ？

何を勘違《かんちが》いしているんだ？

「……いえ、すんません。俺ごときが過ぎた口を……」

たちまち、グレンは自己嫌悪《けんお》に陥《おちい》るが。

「ありがとうございます、グレン」

アリシア七世は、にっこり朗《ほが》らかに微笑《ほほえ》むのであった。

「貴方のような民がいる国の元首であることを、私は誇《ほこ》りに思います」

「へ、陛下……」

そして、アリシアはグレンの心中を見透《みす》かすように、くすくす笑いながら言う。

「それと。あまり自分を卑下《ひげ》しては駄目《だめ》ですよ？」

「え？」

「気付いてないかもしれませんが……グレン、貴方は貴方が思っている以上に、周囲の人々に大きな影響《えいきよう》を与《あた》え、動かすことができる人なのですから」

それ、どういう意味っすか？

グレンが、そう問い返そうとした──まさに、その時であった。

どんっ！

その周囲一帯が、まるで大地震《おおじしん》のように震《ふる》えたのだ。

「きゃっ⁉」

「な────ッ!?　なんだ!?」

馬車が数十センツ程《ほど》、上下し、激しい震動《しんどう》がグレン達を襲《おそ》う。

「なんだッ!?　何が起きた!?」

ただ事ではない気配を察したグレンが、馬車の扉《とびら》を蹴《け》り開けて外へ飛び出すと……

そこには信じられない光景が広がっていた。

「な……なんだよ、これ……？」

街が──様変わりしていたのだ。

周囲の建物が無惨《むざん》に崩《くず》れ、燃え上がり、まるで地獄《じごく》の底のような様相を呈《てい》している。

恐らく、軍用攻性呪文《アサルト・スペル》の一斉掃射《いっせいそうしゃ》が、この馬車を目掛《めが》けて襲ったのだろう。

周囲の王室親衛隊が咄嗟《とっさ》に展開した魔力障壁《まりょくしょうへき》結界の表面に、激しい攻撃《こうげき》的な魔力が未《いま》だバチバチと音を立てて爆《は》ぜていた。

そして、親衛隊員達は、完全臨戦態勢で馬車を守るように身構えている。

「う、嘘《うそ》だろ……まさか、今のって……ッ!?」

間違《まちが》いなく──攻撃だ。

移動中の女王アリシア七世を狙《ねら》っての狼藉《ろうぜき》だ。最早《もはや》、疑いようもない。

（し、信じられねえ……このタイミングでだとぉ!?　一体、どこの誰《だれ》が……ッ！）

グレンが、あまりの急転直下の事態に唖然《あぜん》としていると。

「グレン！　敵よッ！」

そんなグレンの前に、後続馬車に搭乗していたイヴが駆《か》け寄ってくる。

「構えて！　女王陛下を守るの！」

「マジかよ、クソッたれ――ッ！」

イヴの切羽《せっぱ》詰《つ》まった表情から、逼迫《ひっぱく》した状況《じょうきょう》を察したグレンが、腰の拳銃《けんじゅう》を引き抜きながら、イヴと背中合わせに周囲を警戒《けいかい》する。

「イヴ、敵はどこのどいつだ⁉　天の智慧研究会か⁉　レザリア王国の残党か⁉　それとも帝国に敵対するどっかの国か――ッ⁉」

すると、イヴが一瞬《いっしゅん》、言葉に詰《つ》まり……答えた。

「敵は――…………」

「……なんだと？」

イヴの言葉自体は、はっきりと聞き取れたし、聞き慣れた言葉でもあった。

だが、まったく意味がわからなかった。

というより、頭が理解を拒否《きょひ》していた。

なぜ？　どうして？　そんな疑問ばかりが渦巻《うずま》き、グレンに理解を許さなかった。

そして、戸惑《とまど》うグレンを置いてけぼりに、周辺一帯に次々と人の気配が出現する。

女王と親衛隊達を、ぐるりと包囲するように、次々と現れる。

その連中は——なんと、帝国軍の軍服に身を包んでいたのであった。

「……は？」

あまりにも想像の外《ほか》を行くその光景に、グレンが呆《ほう》けていると。

「……聞こえなかったの？　グレン」

背後のイヴが、いつになく緊張《きんちょう》に満ちた声で、低くはっきりと、もう一度告げる。

「敵は——アルザーノ帝国軍よッッッ！」

そして、その瞬間《しゅんかん》。


ォオオオオオオオオオオオオオオオオオオオオオオオオオーーッ！


周囲を囲む帝国軍将兵から、鬨《とき》の声が上がり——

魔導兵達が一斉《いっせい》に、呪文を唱えながら、突撃《とつげき》を開始してくるのであった——


〜〜〜

ルヴァフォース聖暦《せいれき》１８５３年、グラムの月10日。

その日、アルザーノ帝国軍一個師団総兵力約５０００は、邪神の眷属招来の儀《ぎ》によって発生する《根》への対処と、ミラーノ市民の避難誘導《ひなんゆうどう》、都市内警備のため、ミラーノ全域に薄《うす》く広く展開していた。

しかし、これは完全にアルザーノ帝国軍の独壇場《スタンドプレイ》であり、このままでは各国の面子《メンツ》が立たない。

よって、アルザーノ帝国軍は、ミラーノ都市外で待機する各国の随行《ずいこう》軍と、警備範囲《はんい》の分担と引き継《つ》ぎを行うこととなっていた。

が、その引き継ぎの際、唐突《とうとつ》にアルザーノ帝国軍が武力蜂起《ほうき》。

アルザーノ帝国軍と都市警備を入れ替わろうとしていた各国軍へ、大打撃《だげき》を与える。

不意を打たれた各国軍は、為《な》す術《すべ》無くミラーノ都市外へ敗走。

同時に、アルザーノ帝国軍は、ミラーノ市内における各国の領事館を襲撃《しゅうげき》、各国首脳陣の身柄《みがら》を、電撃《でんげき》的に拿捕《だほ》・拘束《こうそく》してしまう。

首脳陣が人質《ひとじち》として抑《おさ》えられてしまった各国の随行軍は、完全に機能停止。

ミラーノ都市外縁《がいえん》部に展開する帝国軍と、睨《にら》み合いの形となる。

さらに――ミラーノ都市内部に展開された帝国軍は、己《おの》が主君、アルザーノ帝国女王アリシア七世へと牙《きば》を剝《む》くのであった――

～～～


「一体、どうなっているんじゃ⁉　なぜ、帝国軍がアリシアちゃんを⁉」

「わかりません！　ですが――ッ！」

駆ける、駆ける、駆ける――

混乱しきったミラーノ都市内を、バーナード、クリストフ、アルベルトの三人が《疾風脚《シュトロム》》で駆ける。

建物の屋根伝いに、壁《かべ》伝いに、飛翔《ひしょう》するように駆け抜ける――

「各国随行軍への引き継ぎを狙った電撃作戦、各国首脳陣の身柄を次々と取り押さえていくこの手際《てぎわ》……この洗練された軍行動は最早、人間業《わざ》じゃない！」

「なんと……ッ⁉」

「余程《よほど》、前々から準備されていたのでしょう……クソッ！　僕としたことが、これほどの大それた計画が軍内に進行していたことに気付かなかったなんて……ッ！」

普段《ふだん》、温厚で穏《おだ》やかなクリストフにしては、珍《めずら》しい悪態が口を突《つ》いて出る。特務分室内では情報を担当するクリストフにとって、この状況は屈辱《くつじょく》の極《きわ》みなのだろう。

「陛下が……僕のせいで、陛下が……ッ！」

「違《ちが》うな」

すると、最後尾《さいこうび》を駆けるアルベルトが、冷静に淡々《たんたん》と言う。

「お前が察知できぬのも無理はない。なにせ、これは以前からの計画ではない。恐《おそ》らく、今回の反乱の首謀者《しゅぼうしゃ》が、何らかの事情で、やむなく行った突発《とっぱつ》的な行動だ」

「え⁉」

「遠見の魔術で確認《かくにん》したが、今、女王陛下に向かって攻撃を仕掛《しか》けている賊軍《ぞくぐん》……〝あまりにも感情がなさすぎる〟」

「……どういうことじゃ？」

「一見、何らかの大義のために迷いなく戦っているように見える。だが、その実、陛下への反逆行為《こうい》に対する、微《かす》かの迷いも動揺《どうよう》もなく、あまりにも精密で人形的な組織行動を行っている。ミラーノ各地に展開している帝国軍《ていこく》も同様だ」

「つまり、〝何かされている〟……〝操《あやつ》られている〟ということですか⁉」

「それを差し引いても、賊軍の司令官の采配《さいはい》は神がかっているがな」

クリストフの問いに、アルベルトが静かに頷《うなず》く。

「しかし、あれだけ大勢の人間を操るなんて、誰が、一体どうやって……？」

「方法は不明だ。だが、今回、女王陛下に護衛随行した戦力の大半が、主に誰の統制下にあった師団かを考えれば、首謀者は恐らく……」

「おいおい、まさか……ッ!?」

アルベルトの分析《ぶんせき》に、バーナードがギョッとしながら応じる。

「いやいやいや！　いくら、あやつとて、まさか……こんな状況で、こんな大それたことするわけが――ッ!?」

「ああ、するわけない。……誰もがそう思っていた。女王陛下も……恐らく、当の反乱首謀者本人もな。……だが、そこを突かれた」

「今は、首謀者や動機、カラクリを論じている場合ではありませんね。……先を急ぎましょう、二人とも。今は一刻も早く、陛下の下《もと》へ――」

クリストフが、急ぐことを促《うなが》した……その時だった。

「お前達！　九時の方向だ！　よけろッ！」

突然《とつぜん》、最後尾を飛んでいたアルベルトが鋭《するど》い警告を発する。

途端《とたん》、素早《すばや》く反応し、三人がその場から散開する。

刹那——その区画一帯が、崩落した。

大気を震わせ、耳を劈《つんざ》くような大轟音《ごうおん》と共に、その一帯に超重力《ちょうじゅうりょく》がかかったのだ。

沈《しず》む、沈む、沈む。

全《すべ》てがぐしゃぐしゃに拉《ひしゃ》げ、砕《くだ》かれ、沈んでいく。

まだその区画には逃《に》げ遅《おく》れた人々も居ただろうに、全てが粉々に押し潰《つぶ》され、地の底へと沈んでいったのである。

出来上がった広大なクレーターの中央には、拗《ねじ》くれた牛のような怪物《かいぶつ》が青い炎《ほのお》の鼻息を吹《ふ》き上げながら佇《たたず》んでおり——ゆっくりと消えていく最中《さなか》であった。

「あれは、ソロームの三十六悪魔将《あくましょう》が一柱《てこ》《梃子》のハゲーネ……ッ⁉」

「悪魔召喚《しょうかん》術じゃとぉ⁉」

辛《かろ》うじて逃げ切ったバーナードとクリストフが、一瞬で凄惨《せいさん》な大破壊《はかい》を引き起こした悪魔に戦慄《せんりつ》していると——

「《雷光《らいこう》の戦神よ・其《そ》の猛《たけ》き怒《いか》りを振《ふ》るい・遍《あまね》く全てを滅《ほろ》ぼせ》！」

アルベルトが咄嗟《とっさ》に呪文《じゅもん》を放っていた。

その左手から、極太《ごくぶと》の収束電砲撃《らいほうげき》が、大気を引き裂《さ》き灼《や》いて飛ぶ。

雷砲撃は、とある建物の屋根上に現れていた人影《ひとかげ》に——直撃《ちょくげき》。

だが、城壁《じょうへき》をブチ抜《ぬ》く威力《いりょく》の電砲撃の方が、逆に弾《はじ》かれて四散してしまう。

そして──

「いやはや、こうして会うのは何年ぶりですかな、アベル」

雷砲撃の超威力《いりょく》を難なく払《はら》ったその人物は、にこりと微笑《ほほえ》んでいた。

「……パウエル……ッ！」

その瞬間、アルベルトの総身に、凄《すさ》まじい憤怒《ふんぬ》と憎悪《ぞうお》が燃え上がる。

だが、そんなアルベルトの激情を涼《すず》しげに受け流しながら、その人物……元聖エリサレス教会教皇庁教皇にて、天の智慧《ちえ》研究会第三団《ヘヴンス・オーダー》《天位》【神殿の首領《マジスタ・テンプリ》】──パウエル＝フューネは、実ににこやかに微笑むのであった。

「う……ッ⁉」

「マジかいな……」

その瞬間、クリストフとバーナードが、身体《からだ》の芯《しん》から戦慄する。

対峙《たいじ》しただけで悟《さと》ったのだ。このパウエルという男の規格外さを。

パウエルは最早《もはや》、徳厚き司祭の仮面などとうに脱《ぬ》ぎ捨て、本性《ほんしょう》を隠《かく》す気もない。

その悍《おぞ》ましき本性に向き合った二人の全身に、怖気《おぞけ》がくまなく走り、魂《たましい》そのものが戦闘《せんとう》行動を激しく拒絶《きょぜつ》する。

パウエルがその身に纏《まと》う圧力、魔力《まりょく》、存在感、威厳《いげん》すらあるその様――その全てが、未《いま》だかつて経験したことのない高異次元の領域のものなのだ。

まさに、魔人《まじん》――最凶最悪《さいきょう》の壁が、自分達の前に現れたのである。

「ふむ……思えばかれこれ、八年ぶりですな。健勝そうでなによりです、アベル」

「黙《だま》れッ！　俺をその名で呼ぶなッ！　貴様が奪《うば》った俺の家族と姉ッ！　忘れたとは言わさんぞッ！」

激情のままにアルベルトが吠《ほ》えかかるが――

「ええ、もちろん覚えてますよ？　まるで春の暖かな日だまりのように」

パウエルは飄々《ひょうひょう》とした態度を崩《くず》さない。

「ああ、あの頃《ころ》は子供達がいて……そして、貴方《あなた》の姉君アリアがいて……皆《みな》、幸せで……ええ、あの頃は実に良かったですな。かくいうこの私も、家族とは本当に良いものだと、がらにもなく思ったものです」

「それを下劣《げれつ》で邪悪《じゃあく》な欲望《よくぼう》のままに奪い、壊《こわ》したのは何処《どこ》の誰《だれ》だ⁉」

「仕方ないことだったのですよ、アベル。全ては大導師様のため、全ては大いなる真理……天なる智慧のため。必要な犠牲《ぎせい》だったのです」

「俺をその名で呼ぶなと言っているッ！　俺の名は、アルベルト＝フレイザーッ！　貴様を地獄《じごく》へ叩《たた》き落とすために、地獄から舞《ま》い戻《もど》ってきた戦鬼《せんき》だッッッ！」

アルベルトから噴《ふ》き上がる憎悪と憤怒は、いよいよ際限がなくなる。

その激しさは、それだけで自身を焼き尽《つ》くしてしまいそうなほどだ。

「ふふ、いいですね、その強い情念……激情……アベル、やはり貴方は……」

そんなアルベルトの姿に、パウエルは満足げに顎《あご》を撫《な》でるが……

すっ……と。

不意に、まるで憑《つ》き物が落ちたように、アルベルトに普段の冷静さが戻る。

「おや？　どうしましたか？　アベル」

「……今は貴様に付き合っている暇《ひま》は無い」

不思議そうなパウエルへ、アルベルトが突き放すように吐《は》き捨てる。

「退《ど》け。退かぬなら押し通る。それだけだ」

「ほう？　意外ですなぁ」

そんなアルベルトを前に、パウエルが小首を傾《かし》げる。

「存外と冷静のようだ。貴方ならば、もっと逆上するかと。さては……もう、あの日の怒りも、憎《にく》しみも忘れましたかな？」

「…………」

パウエルの言葉に、ふと、アルベルトの脳裏《のうり》に蘇《よみがえ》る懐《なつ》かしい光景——

自分がまだ、アベルと名乗っていた、無知な少年だったあの頃。

最愛の姉、アリアが常に傍《そば》に居たあの頃。

孤児院《こじいん》の子供達が、いつも楽しそうに笑っていたあの頃。

脳裏に鮮明《せんめい》に浮《う》かぶそれらのイメージが、がしゃんと硝子《ガラス》のように砕け散っていく。

あの頃の自分は、なんと愚《おろ》かで、盲目《もうもく》で、幸せだったことか——


「無論、忘れた日などない。実際、先刻、俺は貴様を見た瞬間《しゅんかん》、無様に我を失いかけた」

そう、普段、あれほど冷静沈着《ちんちゃく》で、氷のような判断力を持つアルベルトが。

この時ばかりは、激情を制御《せいぎょ》できなかったのである。

「だが……俺は、ある男から教わった」

先刻と変わらぬ憤怒に燃えた瞳《ひとみ》でパウエルを睨みながら、アルベルトが告げる。

「ある男……？」

「あの男ならば、今、己が為《な》すべきことを間違《まちが》えない。……迷いながらもな」

「…………」

「……翁《おきな》。クリストフ」

アルベルトが、一歩前に出て、言った。

「構えろ。女王陛下の危機だ。俺達は一刻も早く戻らなければならない」

そんなアルベルトの静かだが、力強い叱咤《しった》に。

ようやくパウエルの存在感に呑《の》まれていたクリストフとバーナードが、こくりと頷き、身構える。

さすがは歴戦の魔導士《まどうし》、もうすでに臆《おく》する心も迷いもなかった。

だが、仲間を叱咤するそんなアルベルトの姿を見たパウエルは——

「はぁ……アベル。貴方は存外、つまらぬ男に成り果てましたなぁ」

どこか落胆《らくたん》したように呟《つぶや》く。

「成る程《ほど》、惰弱《だじやく》。我欲《がよく》と渇望《かつぼう》を押し通してこそ魔術師《まじゆつし》でしょうに。嗚呼《ああ》、道理であの〝青い鍵《かぎ》〟を恐れ、拒絶したわけです。

このまま、私に対する激情と、昏《くら》い復讐《ふくしゆう》の渇望に身を任せ、問答無用で殺しにかかって来てくれるようであるならば、まだ〝見込み〟があったというのに」

「何とでも言え。貴様の見込みなど糞喰《くそく》らえだ。反吐《へど》が出る」

「うーむ……ですが、貴方ほどの才を此方《こちら》側へ引き込めぬのは、あまりにも惜《お》しい……さて、どうしたものか……？」

パウエルが指輪のついた腕《うで》を掲《かか》げる。

「実はですね、私の役目は、貴方達三人の足止めだったのです」

「……？」

「なにせ、貴方達三人は〝英雄《えいゆう》〟と呼べる逸材《いつざい》ですからね……早々に女王の下へ馳《は》せ参じれば、折角のこの騒乱《そうらん》が早期に解決してしまう可能性があります。だから、適当に貴方達を痛めつけ、盤上《ばんじょう》から追い払うだけのつもりだったのですが……」

パウエルの禍々《まがまが》しい造形の指輪が黒い光を放ち——周囲一帯に、奈落《ならく》のような巨大《きょだい》な悪魔召喚法陣《ほうじん》を展開していく。

「良い機会です、アベル。貴方に再教育を施《ほどこ》して差し上げましょう……貴方が、私を師父と呼んでいた、懐かしきあの頃のように」

そして、身構えるアルベルト達三人の周囲に、次々と召喚される無数の悪魔達。

形容するのも悍ましい、様々な造形の悪魔達が隊伍《たいご》を組み、アルベルト達を呑み込もうと押し寄せてきて——

「《金色の雷帝《らいてい》よ・地を悉《ことごと》く清め・天に哭《な》きて貫《つらぬ》け》！」

アルベルトが胸元《むなもと》の銀十字聖印を掴《つか》み、それを一つの触媒《しょくばい》として呪文を唱える。

黒魔改《くろま》【パニッシュメント・ホライゾン】。

B級軍用魔術【プラズマ・フィールド】を、アルベルトが独自改良し、最近、ついに完成したアルベルトだけの魔術式。

悪なる魔の者を滅ぼす──聖なる裁きの雷《いかずち》の術だ。

「おおおおおおおおおおおおおおおおおおーーッ！」

数十条を超《こ》える聖なる稲妻《いなずま》が、一斉《いっせい》に天より乱舞《らんぶ》飛来し──

迫《せま》り来る悪魔達を打ち付け、刺《さ》し穿《うが》ち、貫く。

そして、その場を大音響《おんきょう》と共に極光が白熱させ、視界を灼き尽くすのであった。


〜〜〜〜


「俺達は、一体……何をやってるんだぁあああああああーーッ⁉」

グレンが吠えながら、腰脇《こしわき》に構えた拳銃《けんじゅう》を連続掃射《ファニング》する。

咆哮《ほうこう》する銃口。吐き出される無数の死棘《しびょう》。

それが、前方から襲《おそ》いかかってきた帝国《ていこく》魔導兵を穿つ。

どう、と。血飛沫《ちしぶき》を上げて撃ち倒《たお》される魔導兵達を尻目《しりめ》に──

「《白銀の氷狼《ひょうろう》よ・吹雪《ふぶき》纏いて・疾駆《か》け抜けよ》――ッ！」

グレンは、黒魔【アイス・ブリザード】の呪文《じゅもん》を叫《さけ》ぶ。

左手から放たれた、強烈《きょうれつ》な凍気と氷礫《ひょうれき》の嵐《あらし》。

それが、左方から隊伍を組んで【ライトニング・ピアス】を掃射しようとしていた、魔導兵の一隊を吹《ふ》き飛ばす。

「くそぉ……クソ、クソ、クソォォオオオオオオオオーーッ！」

だが、そんなグレンへ。

魔力の漲《みなぎ》った細剣《レイピア》を腰《こし》だめに構えた三人の魔導兵が、容赦《ようしゃ》なく突進《とっしん》してきて。

「おおおおおおおおおおーーッ！」

「く――ッ⁉」

呪文の終《つい》、マナ・バイオリズムのカオス状態を突《つ》かれたグレンが、それに対抗《たいこう》する術《すべ》なく歯噛《はが》みして身構えていると。

「《鋭《するど》く・吠えよ炎獅子《えんじし》》――《吠えよ》、《吠えよ》ッ！」

轟《ごう》ッ！　弧《こ》を描《えが》いて飛来する超《ちょう》熱火球、三発。

爆炎と爆熱の渦《うず》がグレンの周囲に上がり、襲いかかる魔導兵を吹き飛ばしていた。

「嘆《なげ》いている場合じゃないでしょう⁉　しっかりしなさいッ！」

イヴだ。

右手に魔術の炎《ほのお》を宿したイヴが、グレンの背後を守るように立っていた。

「わかってる！　わかってんだよッ！　だがよ、……だがよッッッ！」

グレンが、ぎり、と歯噛みしながら周囲を見回し、再度吠える。

「こんな理不尽《りふじん》──あっていいのかよッッッ!?」

そこは──地獄の戦場だった。

血の池が地に広がり、燃え上がる炎が天を焦《こ》がす。

闘争《とうそう》。喧噪《けんそう》。断末魔《だんまつま》。命と命の激突《げきとつ》。刻一刻と散華《さんげ》する無数の命達。

女王を守るように展開する帝国王室親衛隊、女王直属指揮下にある官軍と、何者かに統制権を握《にぎ》られた帝国軍師団の賊軍《ぞくぐん》。

同じ国に属する両軍が、真っ向からぶつかり合い、壮絶《そうぜつ》に殺し合っている。何百という兵達が入り乱れて剣を交え、魔術と殺戮《さつりく》の限りを尽くして、すり潰《つぶ》し合っている。

同じ、帝国民が──つい先日まで、味方同士であったはずの者達が。

「なんでだ……ッ!?　なんだって、こんなバカな事になってんだ……ッ!?」

人殺しが嫌《いや》だとか。大好きな魔術で人を殺したくないとか。そんな甘っちょろい感傷を差し挟《はさ》む余地など、微塵《みじん》も存在しないこの残酷《ざんこく》な現実。

守るために、生き残るために、戦わなければならない。

今は殺さなければ、ならないのだ。

「うぉおおおおーーッ！　《猛《たけ》き雷帝よ・極光の閃槍《せんそうもち》以て・刺し穿て》ッ！」

グレンが、呪文《じゅもん》を叫ぶ度《たび》に命が消えていく。

誰かが呪文を唱える都度《つど》、誰かが消えていく。

「女王を討《う》ち取れッ⁉　討ち取るのだぁあああーーッ⁉」

「守れッ！　死守しろッ！　己《おの》が命を燃やし尽くしてもぉおおおーーッ！」

「「「うぉおおおおおおおおおおおおおおおーーッ！」」」

集団と集団が激しくぶつかり合い、剣戟《けんげき》が交錯《こうさく》する度——

「ぐぅ——ッ⁉」

「がっ……はぁ……ッ！」

人が、ボロボロと死んでいく。散っていく。

死神が旋風《せんぷう》となって戦場を渦巻《うずま》き、死の鎌《かま》を敵味方等しく振《ふ》るっていく。

無惨《むざん》に、無意味に、残酷なまでに儚《はかな》く。

どおおおおんっ！

グレンの傍《かたわ》らで炸裂《さくれつ》する、賊軍の爆炎魔術《ばくえんまじゅつ》の咆哮。

「ぐわぁあああああああああーーッ⁉」

「ぎゃあああああああーーッ⁉」

空にちりぢりに吹き飛んでいく友軍の親衛隊達。

「おいッ！　しっかりしろッ！　おいッ⁉」

グレンが、名も知らぬ友軍の親衛隊衛士を抱《だ》き起こすが──

「へ、陛下……へい、かを……、頼……」

虚《うつ》ろな目でそんな事を呟いて……血塗《ちまみ》れの衛士は、ガクリとこと切れた。

「クソッ！」

──と、その時。

「ぉおおおおおおおおおおおーーッ！」

フォーゼルが、迫り来る賊軍兵数名を軽《かろ》やかな身のこなしで殴《なぐ》り倒し、グレンの傍らへ飛び下がってくる。

「グレン先生。死者を悼《いた》むのは生者の特権だ。先《ま》ずは生き残ることを考えろ」

なぜか、意外なほど戦力になっているフォーゼルに、突っ込みを入れる暇《ひま》はない。

「だが、どうすりゃいいんだ⁉　押し潰されるのは時間の問題だぞ⁉」

「……ええ、そうね」

「ああ、拙《まず》いな」

イヴもフォーゼルも、その一点に関してはグレンと同意見らしい。

その表情には、はっきりと焦燥《しょうそう》が浮《う》かんでいた。

そして、ちらりとグレンが中央へ目を向ければ……

「…………ッ！」

そこでは親衛隊に守られたアリシアが、悲壮《ひそう》な顔で戦況《せんきょう》を見守っていた。

アリシアは女王の名の下《もと》に、賊軍に何度も呼びかけたが、誰《だれ》も聞く耳を持たない。

敵に回った帝国軍が、なんらかの洗脳系魔術の影響下《えいきょうか》にあることは明らかだ。

そして、そんなつまらないことで、何の罪もない自国民が互《たが》いに殺し合っているのだ。

女王を守るために、あるいは女王を殺すために。

その女王の胸中――さすがのグレンも察するに余りあった。

(クソが――クソクソクソがぁあああああああああーーッ！)

だが、グレンにも、まったくどうしようもなかった。

そして、賊軍は圧倒的《あっとう》だ。

倒しても倒しても、後から後から押し寄せる。

女王を守るのは、帝国軍の中でも精鋭《せいえい》中の精鋭、剣と魔術を究《きわ》めし王室親衛隊だ。

平時ならば、並の魔導兵《まどうへい》など相手にもならないが、今回は数が違《ちが》い過ぎる。一方的に押し負けるしかない。

市街戦のため、地形的に賊軍が数の差で一気に押し切る作戦ができないから、辛《かろ》うじて均衡《きんこう》を保っているだけで、結局のところジリ貧《ひん》だ。

友軍が全滅《ぜんめつ》するのは、最早《もはや》時間の問題であった。

「くそ……どうする!?　どうする……ッ!?」

このどうしようもなく詰《つ》んだ状況《じょうきょう》に、グレンが歯噛みしていると。

「……グレン殿《どの》。イヴ殿。最早、ここまでです」

現王室親衛隊、総隊長と思われる歳《とし》若い男が、グレンの前に現れる。

「まもなく、賊軍包囲線は我らの防衛線を押し破るでしょう」

イヴはともかく、なぜ俺のことまで知っているんだ？　と聞いている暇などない。

「隊長さん!?　なんとかならねえのかよッ!?」

グレンが脊髄《せきずい》反射でそう返す。

すると、総隊長が覚悟《かくご》を決めたように応じた。

「包囲網《ほういもう》の南側が、都市構造と配置の関係で唯一《ゆいいつ》薄《うす》いです。私を先頭に、我ら王室親衛隊が総力を挙げて、そこを一点突破《とっぱ》すれば、あるいは——」

「…………ッ⁉」

「その先に、ミラーノ脱出《だっしゅつ》の活路があるかどうかはわかりませんが……今は、それしかありません……ッ！」

「待って。貴方《あなた》……死兵になるつもり⁉」

総隊長の意図に気付いたイヴが、悲痛な声を上げる。

活路を開くためとはいえ、あんな激闘《げきとう》の最前線に突撃《とつげき》すれば——特に先陣《せんじん》を切った者はその殆《ほとん》どが生きて帰ってこられないだろう。

だが、これしかないと総隊長は清々《すがすが》しい笑《え》みを浮かべ、応じた。

「この場で前線指揮を務められる将兵は、もう軒並《のきな》み倒されました。ならば、私自ら、先陣を切らねば、この死中に活は求められないでしょう」

「待って！　総隊長の貴方が死んだら、部隊指揮は……女王陛下はどうするのよ⁉」

すると、総隊長はグレンとイヴを交互《こうご》に見て……

「イヴ殿、部隊指揮は貴女《あなた》に……そして、グレン殿、貴方は女王陛下の護衛を」

「……ッ⁉」

「後は二人にお任せします。貴方達二人ならば、残った兵達も納得《なっとく》するでしょう」

「ちょ、ちょ──待て⁉」

グレンが、総隊長に詰め寄り、肩《かた》を摑《つか》む。

「元・特務分室室長で百騎長《ひゃっきちょう》のイヴはともかく、なんで俺なんだよ⁉　俺なんか──」

「貴方だからこそ、ですよ」

総隊長はどこまでも清々しい笑みを返す。

「実は、私……ずっと、貴方に憧《あこが》れていたのですよ。元・執行《しっこう》官ナンバー0《愚者《ぐしゃ》》のグレン＝レーダス正騎士《せいきし》」

「な……ッ⁉　お前、軍時代の俺のこと知って……ッ⁉」

「それだけではありません。実は、半年前の……魔術学院での魔術競技祭の時も、貴方のご活躍《かつやく》は、刮目《かつもく》させていただきました」

「……ッ⁉」

「軍時代も、軍を抜《ぬ》けてからも……貴方が打ち立てる数々の〝武勇伝〟に、私はいつも心躍《おど》らせていました。貴方は私にとって憧れであり、希望だったのです、英雄殿」

貴方にとってはいい迷惑《めいわく》かもしれませんが……と苦笑《くしょう》する総隊長。

だが、確かにグレンが打ち立てた伝説を心の支えに、今まで、数々の苦難を乗り越《こ》えてきたのだと……そんな、感謝に満ちた穏《おだ》やかな笑みであった。

そんな総隊長の笑みに、グレンが絶句していると。

総隊長は抜剣《ばっけん》し、高らかに宣言した。

「誇《ほこ》り高き、王室親衛隊よッ！　今こそ我らが女王陛下の大恩に報《むく》いる時ッ！　陛下を守らんと最期《さいご》までその志を貫《つらぬ》かんたる勇者は、この私に続けぇえええええええええええええええええええええーーッ！」

「「「おおおおおおおおおおおおおおおおーーッ！」」」

「「「女王陛下ぁーーッ！　ばんざぁあああああああああいッッッ！」」」

そして、一際《ひときわ》高い鬨《とき》の声があがり――

王室親衛隊達が、隊伍《たいご》を組んで突撃を敢行《かんこう》する。

当然、賊軍《ぞくぐん》攻性呪文《アサルト・スペル》の激しい斉射《せいしゃ》が、王室親衛隊達に浴びせかけられるが――

彼らは止まらない。

吹《ふ》き飛び、ぼろぼろになりながらも、敵軍最前線へ斬《き》り込み――切り開いていく。

名も知らぬ英雄《えいゆう》達が、文字通り、壮絶なる〝血路〟を切り開いていく。

「隊長さん……」

あの覚悟を、決意を、そして託《たく》されたものを無駄《むだ》にするわけにはいかない。

「イヴ、残存兵力の部隊指揮を頼《たの》む。俺は……女王陛下を守る」

「ええ、……わかったわ」

こうして、女王陛下を守りながらの、絶望的な包囲網突破劇が始まるのであった——


王室親衛隊の乾坤一擲《けんこんいってき》の突撃が、流れを変えた。

南側の賊軍戦線を崩壊《ほうかい》させ、隙《すき》を作ったのだ。

この一撃で、王室親衛隊の総隊長及《およ》び隊長格数名が、壮絶《そうぜつ》な討ち死にを果たすが——彼らの魂《たましい》の咆哮《ほうこう》が、確かに道を切り開いたのだ。

そして、成り行きといえど、部隊指揮を引き継《つ》いだイヴの采配《さいはい》は見事だった。

「一番隊、二番隊、残存兵力の報告！　三番隊と五番隊は東の街路を抑《おさ》えて！　七番隊構え！　九時敵軍前衛に面制圧攻性呪文《アサルト・スペル》斉射ッッ！　射てッッッ！」

最早、イヴ以外に指揮官を務められる者が一人もいない——そんな状況で。

イヴは魔術で全部隊と全戦場の状況を把握《はあく》し、的確な軍采配を振り続ける。

普通《ふつう》の将官ならば、とっくに容量オーバーとなる情報量と戦況を一人で捌《さば》き続ける。

徐々《じょじょ》に包囲網を狭《せば》めていく賊軍を押し返し、脱出ルートを切り開いていく。

「おおおおおおおおおおおーーッ！」

そして、グレンも、いつも以上に研《と》ぎ澄《す》まされた動きで獅子《しし》奮迅《ふんじん》。
イヴが敷《し》いた防衛ラインを突破してくる賊軍魔導兵から、女王を守って戦い続ける。
「──ここは、通さねえッッッ！」
魔術、拳銃《けんじゅう》、帝国《ていこく》式軍隊格闘《かくとう》術、ありあわせの魔道具。
己《おのれ》の全《すべ》てをフル動員し、群れなす賊軍の牙《きば》から、女王を守る、守る、守る──
「グレン⁉　大丈夫《だいじょうぶ》ですか⁉　ああ、酷《ひど》い怪我《けが》を……ッ⁉」
「俺は大丈夫です、陛下！　さぁ、早く、こちらに！　走って！」
そして、女王を守り固めながら、一同はぎりぎりで包囲網から逃《のが》れる、逃れ続ける。
だが、そんなグレンやイヴの奮闘《ふんとう》も虚《むな》しく。
女王側の友軍は、徐々に消耗疲弊《しょうもうひへい》し、追い詰められていく。
（クソ……このままじゃ……ッ！）
と、激戦の最中《さなか》、グレンが芳《かんば》しくない戦況に歯嚙《はが》みするしかなかった、その時だった。
（……ん？）
グレンはポケットに、とある違和感《いわかん》があることに気付いた。
そのポケットには、ある物が入っている。それがグレンに伝える違和感だ。
（なんだ、こんな時に……？　まさか……？）

正直、薄々その予感はあった。多分、そういうことだ。
だが、それを手にとって良いものか。
それを手に取るということは、つまり――
（……俺は……）
グレンは暫《しばら》くの間、逡巡《しゅんじゅん》していたが。
やがて躊躇《ためら》いながらも、決意したように。
ポケットの中から、それを取り出し、耳に当てるのであった。

（……駄目《だめ》だわ……ッ！）
的確に軍の采配をしつつ、自身も前線で炎《ほのお》の魔術を振《ふ》るいながら、イヴが歯噛みする。
（元々、戦力差があったけど、それ以上に賊軍の司令官が上手《うま》過ぎる！）
そう。
即興《そっきょう》ながら、イヴも的確に友軍を指揮してはいたが、賊軍の司令官はそれ以上だ。
イヴの采配の一手、二手先を常に読んだ、余裕《よゆう》ある軍隊捌きをしてくるのだ。
イヴも意地で、盤面《ばんめん》の詰みを避《さ》けてはいるが――最早、時間の問題であった。
（相手がこの司令官じゃなかったら、ミラーノから脱出できたかもしれないのに！）

そして――イヴは、この軍隊捌きの手腕《しゅわん》と呼吸に覚えがあった。

何度も何度も、兵棋《へいぎ》演習で手合わせしたことがある指し手だ。

そして――この状況が、全てを雄弁《ゆうべん》に物語っている。

こんな状況で、こうも鮮《あざ》やかな作戦行動を取れる者など、あの人しかいない。

(まさか……そうなの？　本当にそうなの？　この裏切りの賊軍は……ッ!?)

深く考えている暇《ひま》は……ない。

イヴは矢継《やつ》ぎ早《ばや》に炎の呪文《じゅもん》を唱えながら、軍を指揮していく――

女王陛下を守る友軍は、ミラーノ脱出をかけて必死に戦った。

西に、南に、また西にと、都市中を転戦しながら、必死に活路を求めた。

だが、賊軍はそんな友軍を嘲笑《あざわら》うように先回りし、圧力をかけ、少しずつ少しずつ、すり潰《つぶ》していき――

やがて――

「万事《ばんじ》休すか……ド畜生《ちくしょう》が」

グレンは呆《あき》れたように天を仰《あお》ぎながら言った。

ここは、ミラーノ西地区にある聖ポーリィス聖堂前広場。

そこに女王や、グレン、イヴ並び、友軍の生き残りが身を寄せ合うように集《つど》い――

そして、その区画一帯を、大きくぐるりと取り囲むように、賊軍が包囲している。

女王を守る友軍残存兵力は、僅《わず》か150余名。当初の約半数まで激減。

対する、都市内に広く薄《うす》く展開された賊軍の残存総兵力は、約4500。勝負など考えるのもおこがましいほど、酷い戦力差だ。

「申し訳……ありません……陛下……」

「いえ。本来、私に尽《つ》くす義理などすでにないというのに……貴女はよくやってくれましたよ、イヴ」

悔恨《かいこん》の表情でうなだれるイヴに、アリシアが優《やさ》しげな言葉をかける。

「ったく……そういや、お前もなんで、律儀《りちぎ》にここまで付き合ってるんだよ？」

グレンは隣《となり》に堂々と佇《たたず》むフォーゼルを流し見ながら、呆れたように言う。

「お前こそ、まったく関係ない部外者だろ。さっさと逃《に》げりゃよかったろうに」

「何を馬鹿《ばか》な。遺跡探索《いせきたんさく》に付き合ってくれるんだろう？　まさか、君は約束をすっぽかすつもりか？　絶対に許さんぞ、そんなことは！」

義理《ぎり》堅《がた》いのか、ただの空気読めないアホなのか。

どうにもよくわからないフォーゼルに肩を竦《すく》めつつ、グレンはイヴに問う。

「おい……なんとか、ならんのか？」

「ならないわ」

イヴが悔《くや》しげに呟《つぶや》いた。

「……〝詰《つ》み〟よ。もう、私が打てる手は……ない」

ならば。

後は、最後の一兵となるまで戦うか。

あるいは、そろそろ来るだろう、何らかの降伏勧告《こうふくかんこく》を受け入れるか。

いずれにせよ、グレンにできることは、もう何もないというわけだ。

「クソったれめ……」

力なく、疲《つか》れ切ったように毒づくグレン。

そんな風に、友軍と賊軍が最後の激突《げきとつ》に備えて、緊張《きんちょう》に張り詰めていると。

複数の護衛に守られた二人の人物が——広場に現れていた。

その人物とは——

「イグナイト卿《きょう》……ッ！」

「父上……姉さん……ッ！」

アゼル＝ル＝イグナイト卿とその嫡子《ちゃくし》……リディア＝イグナイトであった。

イヴは愕然《がくぜん》としながら、現れた二人を見つめていた。

そうじゃないか……と、思っていたのだ。

この状況《じょうきょう》で、こんな大それたクーデターを実行できる力と能力を持つ者……そんな者は消去法で考えれば限られている。ゆえにわかっていた。確信していた。

だが、それでもなお、イヴにはこの現実が信じられない。

「ち、父上……」

「お、おい……イヴ……？」

ふらふら、と。

イヴが何かに取り憑《つ》かれたように、一歩、二歩と前に出る。

「なぜ……どうして……ッ⁉」

この一言を言ってしまえば、イグナイトは決定的に終わる。

それを理解していながらも、イヴはその真意を問わずにはいられない。

「どうして、帝国を裏切ったのですか⁉　なぜ、クーデターなど起こしてしまったんですか⁉　そんなことをすれば、イグナイト家は――一体、なぜ⁉」

「黙《だま》れ」

そんな取り縋《すが》るようなイヴの言葉を、イグナイト卿はぴしゃりと突《つ》き放す。

「貴様はいつまでそう志が低いのだ？　さすがは穢《けが》れた下賤《げせん》の血を引く女だ。一度二度、勘当《かんどう》されたくらいでは、まだ理解できぬと見える」

「そ、そんな、私は……」

「まだわからないのか？　まだ読めぬのか？　この激動の時代の趨勢《すうせい》を」

イグナイト卿が、狼狽《うろた》えるイヴを冷たく睨《にら》み付け、とうとうと語る。

「ついに、私が危惧《きぐ》していたことが起きた。この世界に未曾有《みぞう》の危機が訪《おとず》れたのだ。この艱難《かんなん》と辛苦《しんく》の混沌《こんとん》に満ちた時代、我がアルザーノ帝国を……そして、世界を良き方向へと導くには、強力な指導者が必要なのだ。己《おの》が手を血で汚《よご》してでも、毅然《きぜん》と前に進む決断が出来る真に強き支配者が、今、この世界には必要なのだ。

そして──我らイグナイト家こそ、その全ての頂点に立つ支配者に相応《ふさわ》しい」

「ち、父上……何を言って……？」

「わかるか？　今回の私の挙兵は大事の前の小事。真なる大義を為《な》すための、必要悪の犠《ぎ》牲《せい》に過ぎぬのだ。わかったのならば、黙っていろ」

取りつく島もない。

イヴは、今度は最後の砦《とりで》に縋るように、リディアへと訴《うった》えかける。

「姉さん！　いいんですか⁉　今、ご自分がなさっていること、理解しているんですかッッッ⁉」

「おい、イヴ！　落ち着け！」

今にもリディアに向かって飛び出して行きかねないイヴの腕《うで》を、グレンが掴《つか》む。

だが、イヴの叫《さけ》びは、縋るような訴えは止まらない。

「イグナイトは、帝国の魔導《まどう》武門の棟梁《とうりよう》であり、力を持つ者の義務を背負う者！　持たざる弱き民《たみ》を守る真の貴族じゃなかったんですか⁉

その尊き魔導の灯火《ともしび》で暗き闇《やみ》を払《はら》い、世の人々の行く先を明るく照らし導く者……それが《紅焔公《ロード・スカーレット》》イグナイトの名が示す誇《ほこ》り高き意味だったのでは⁉」

「…………」

「姉さんは——今のご自分の行いを、本当に正しいと思ってらっしゃるんですか⁉」

だが、そんなイヴの必死な問いかけに。

「ええと……貴女《あなた》、誰《だれ》でしょうか？」

リディアは穏《おだ》やかに微笑《ほほえ》みながら、さらりとそう応じた。

「姉、姉、と、気持ち悪いったらありませんね。私の妹はアリエスだけです」

「……え？　……ね、姉さん……？」

「私を〝姉〟と呼ぶ貴女が誰だか知りませんけど。

お父様の……イグナイト卿の仰《おつしや》ることは、絶対的に正しいのですわ。

それに、私はお父様の娘《むすめ》。娘ならば、お父様に忠誠を誓《ちか》い、絶対的に従うのは当然のことでしょう？　そして、それこそが、私の最高の喜びなのです」

そんなことを。

半ば、本当に嬉《うれ》しそうに、幸福そうにのたまうリディア。

今、ようやく、イヴは悟《さと》った。ナニカが違《ちが》う。ナニカがズレている。

かつての姉は、こんな人ではなかった。

穏やかでありながら、茶目っ気に溢《あふ》れ、優しさと正義感に溢れていた姉。

かつての姉と、今の姉が、イヴの中でまったく微塵《みじん》たりとも重ならない。

その姿形、声こそリディアと寸分違《すんぶんたが》わぬが……アレは最愛の姉に似た、別のナニカだ。

一体、なぜ、どうしてこんなことになってしまったのか。

一体、何がこれほどまで、姉を変えてしまったのか。

イヴには、想像すらつかないが——

「………」

今、イヴの中で、何かが決定的に折れた。

イヴは、がくりと膝《ひざ》を折り……虚《うつ》ろな目で地面を見つめ始めるのであった。

「イグナイト卿……」

そして、アリシア七世が厳《おごそ》かに問いかける。

「私では……駄目《だめ》ですか？　私には帝国《ていこく》を任せてはおけないほど……私は頼《たよ》りなく、王の器《うつわ》に相応しい存在ではありませんか？」

「結論を言えば、まったくその通りだ」

イグナイト卿が見下したように返す。

「貴女が今まで辛《かろ》うじて国を回せていたのは、仮初《かりそ》めにも平和であったからだ。平和な世の中であったからこそ、貴女程度の女でも王が務まっていた」

その平和を、今まで必死に守っていたのは誰だと思っていやがる？

グレンの胸中も露知《つゆし》らず、イグナイト卿が淡々《たんたん》と続ける。

「だが、これからは貴女では無理だ。この激動の時代、帝国は貴女を担《かつ》ぎ上げて、泳ぎ切ることはできない。国を憂《うれ》うならばこそ——ここで退場願いたい。

私とて、辛《つら》いのですよ、敬愛なる女王陛下。だが、これが大義のためなのだ」

「それでも、筋ややり方というものがあるでしょう？　イグナイト卿」

この状況に於《お》いて、尚《なお》、毅然とした態度を崩《くず》さず、アリシアが応じる。

「こんな火事場のどさくさに紛《まぎ》れるような強引《ごういん》なやり方……必ずや、より大きな波乱と混乱を生むでしょう。無意味な犠牲も一体、どれほど出るか。

それに、このようなやり方で、帝国の民や各国の首脳が納得《なっとく》すると思いますか？」

「納得するしないではない。させるのだよ。そのための方法は、すでに幾《いく》らでもある」

「貴方《あなた》の膝下《しっか》の将兵を……なんらかの手段で〝操《あやつ》る〟ようにですか？」

「…………」

アリシアの指摘《してき》に、無言を貫《つらぬ》くイグナイト卿。

「イグナイト卿……以前より懸念《けねん》していましたが……貴方は、常に自分一人の考えが最も正しいと考え、それ以外の考えを全《すべ》て頭から拒絶《きょぜつ》し、否定する。視野が狭《せま》い。

自分以外の存在を常に見下し、全てに唾棄《だき》する。自分以外の全てを、自身にとっての都合のよい駒《こま》か道具のようにしか考えていない。顧《かえり》みることすらない。

確かに、貴方の能力は卓越《たくえつ》しています。数十年に一人の傑物《けつぶつ》と言えるでしょう。

ですが、他者をまるで顧みない貴方のような人に、一体、誰が従うというのですか？

結局、貴方は――人間というものを、何一つ理解していないのです」

「ふっ……だから、貴女はそこまでなのだよ。

そもそも、私が誰よりも優《すぐ》れているのは、ただの厳然たる事実に過ぎぬ。

そして、その不可能を可能となせるのが、この私であり——イグナイトなのだ」

「……イグナイト卿……ッ！」

「もう、筋書きは出来ている。女王、貴女は愚《おろ》かにも世界征服《せいふく》を目論《もくろ》み、今回、各国首脳陣《じん》を捕《と》らえるという暴挙に出た。そして、この私に誅伐《ちゅうばつ》されるのだ。暗君の汚名《おめい》を被《こうむ》り、時代の礎《いしずえ》となるがいい、蒙昧《もうまい》の女王よ」

話は終わりだとばかりに、イグナイト卿が手を掲《かか》げる。

「さて……最後の号令の前に、貴様に最後のチャンスをやろう、イヴ」

「……ッ⁉」

そして、唐突《とうとつ》に話を振《ふ》られ、イヴがはっと顔を上げた。

「先程《さきほど》の女王軍の采配《さいはい》……貴様だな？　リディアの采配を、あれほどまでかわすその手腕《しゅわん》は見事だと褒《ほ》めてやろう。どうやら、貴様にはまだ利用価値があったようだ。ここで散らすのは、少々惜《お》しい」

「……ち、父上……？　何を……？」

「良いだろう、イヴよ。我が膝下に帰参することを、許す」

「は……？」

イグナイト卿の言葉に、イヴが思わず間抜《まぬ》けな声を上げる。

「聞こえなかったのか？　再びイグナイトの末席に加えてやるというのだ」

「…………」

「戻《もど》って来い、イヴ。命令だ」

「…………」

「それとも、命令に……この私に、逆らうのか？　イヴ」

(何を……言っているのだろう？　この父は。この男は)

……有り得ない。イヴが呆然《ぼうぜん》と考える。

この状況で、いくら命が惜しくたって、ここで父親に屈《くっ》するなど……有り得ない。

仮に、全てがイグナイト卿《きょう》の目論見通りになったとして、それでどうなる？

帝国は、もう滅茶苦茶《めちゃくちゃ》になることが目に見えている。

なにせ、イグナイト卿の醜《みにく》い野心は、留《とど》まるところを知らないのだ。トップに立てば、必ずや混乱と戦争が起きる。世界を巻き込む大戦争だ。

今のイヴの唯一《ゆいいつ》の居場所であるアルザーノ帝国魔術《まじゅつ》学院の生徒達も、容赦《ようしゃ》なく軍に徴兵《ちょうへい》され、他国との戦争に駆《か》り立てられ――その殆《ほとん》どが、生きて帰ってこないだろう。

イヴの脳裏《のうり》を――教え子達の顔が、走馬燈《そうまとう》のように浮《う》かんでは消えていく。

こんな自分を、先生、教官と慕《した》ってくれた子供達の顔が。

（私が、そんなことに荷担する……？　有り得ない……ッ！　いくらなんでも……そんなの、死んでも有り得るわけないじゃない⁉）

そう、有り得ない。有り得るはずがないのだ。

なのに――

（なのに、なんで……なんで、私は……ッ⁉）

ふらり、と。イヴが立ち上がり……

一歩、また、一歩と。イグナイト卿の下《もと》へと歩いて行こうとしているのか。

あの膝下に跪《ひざまず》きに行こうと……しているのだろうか？

（ああ、駄目だ……私……やっぱり、全然、駄目だ……ッ！）

身体《からだ》が、思考が言うことを聞かない。

逆らえないのだ。どうしたって、父親の言葉に逆らえない。

（……どうして……どうして……ッ⁉）

イグナイト卿のあの冷たい目で見つめられると、あの言葉を聞くと。

イヴは、まるで呪《のろ》いのように逆らうことができないのだ。

怖《こわ》いのだ。逆らうことを考えただけで、変な汗《あせ》と過呼吸が止まらない。

心臓の動悸《どうき》が、総身の震《ふる》えが収まらない。

「さぁ、来い、イヴ。命令だ。貴様は大人しく我が命《めい》を聞いていれば良いのだ」

「……あ……ああ……あああ……」

最早《もはや》、決着はついた。上下関係は確定となった。

この時、イヴの心は、完膚《かんぷ》なきまでにイグナイト卿に屈していた。

──だが。

イヴが、最早、後戻《あともど》りできぬまで、イグナイト卿へ歩み寄ろうとしていた……

その時であった。

がっ！　イヴの肩《かた》を、背後から力強く摑む手。

「……えっ？」

そして、その誰かの手はそのまま、ぐいっと、イヴの身体を後方へと引き寄せて……

がしっと。

その誰かは、イヴの身体を、その肩をしっかりと抱き止める。

背中に感じる温かな誰かの体温。

イヴが、恐《おそ》る恐る自分を抱き止める者を見上げる。

それは……

「……ぐ、グレン……？」

「あんなやつの言うこと、聞くな」

静かな怒《いか》りに燃えた目でイグナイト卿を突《つ》き刺《さ》しながら、グレンがイヴを叱咤《しった》する。

ただ、決して行かせまいと力強くイヴの肩を抱いたまま。

（……あ……）

途端《とたん》、イヴを支配していた恐怖《きょうふ》が吹《ふ》き飛ぶ。

身体の震えが止まる。過呼吸が収まる。

（嘘《うそ》……？　あんなにどうしようもなかった震えが、どうして……？）

そんなイヴを尻目《しりめ》に。

「おい、そこの反逆野郎《やろう》」

グレンが拳銃《けんじゅう》を構えながら、吠《ほ》える。

「クソくらえだぜ。俺の仲間に変な粉吹っかけてんじゃねえよ。どうしてもってんなら、俺をぶっ倒《たお》してからにしやがれ」

と、その時。

「あ……」

イヴの脳裏に閃光《せんこう》のように蘇《よみがえ》る、いつかの、誰《だれ》かの懐《なつ》かしい言葉――

——クソくらえだわ。

——私の妹に手を出す輩《やから》は許さない。

——もし、やるというなら、代わりに私が相手になるわ——


「貴様……誰かと思えば、グレン＝レーダスか」

そして、そんなグレンを。

イグナイト卿は、何か忌々《いまいま》しいゴミを見るような目で、流し見た。

「数日ぶりだな。人生の敗北者、女一人のために全てを捨てた愚かな負け犬よ」

「ははは、光栄だなぁ？　まさか、帝国軍のトップ、統合参謀《さんぼう》本部長様にまで、名が通っているたぁなぁ？　俺も捨てたもんじゃねーな、おい」

冷ややかなイグナイト卿へ、グレンが精一杯虚勢《せいいっぱいきょせい》を張って応じる。

「ふん。しかし、貴様も残酷《ざんこく》な男だな」

イグナイト卿がグレンを鼻で笑う。

「なぜ、そんな沈《しず》みかけた船にイヴを引き留める？　俺の仲間……と言ったな？　仲間を思えばこそ、送り出してやるべきではないのかね？」

「はは、沈みかけた船……ね？　どっちがだよ、ボケ」

グレンも凄絶《せいぜつ》に片頬《かたほお》を吊《つ》り上げ、皮肉げに笑う。

「言っておくが……俺達はまだ負けてねえぞ？」

「下らぬ、精神論だ。現実がまるで見えていない」

「そもそも、それ以前に、誰がてめえに、イヴを任せておけるかってんだ」

「ほう？」

「そりゃあな、イヴが望んで、てめえの下に行くってんなら止めはしねえよ？　自分がどっちにつくか……そら選ぶ権利があらあな」

「ならば、なおのこと解《げ》せぬな。今、イヴは自らの意志で……」

「ああッ!?」

ぬけぬけとのたまうイグナイト卿へ、グレンが激しく凄《すご》んだ。

「だから、てめえには任せられねえんだよッッッ！　自分の意志でだと!?　ふざけんじゃねえよ!?　少しはこいつの顔を見てから物言えッッッ！」

「――ッ!?」

「こんな……泣いて震える女を引き留めねえやつが、一体、どこの世界にいるってんだよッッ!?」

「ぐ、れん……」

そんな激情を吐《は》き出すグレンの横顔を、イヴは呆《ほう》けたように見つめる。

だが、イグナイト卿は――

「くく、ははは、ふははははははははッ！　グレン＝レーダスよ、貴様、随分《ずいぶん》と我が娘《むすめ》に入れ込むではないかッ⁉」

ただひたすら、高らかに嘲笑《あざわら》う。グレンの全《すべ》てを嘲笑《ちょうしょう》する。

「イヴよ、どうやってその男を誑《たら》し込んだ⁉　よもや、その母親譲《ゆず》りの美貌《びぼう》と肢体《したい》で籠絡《ろうらく》したか⁉　貴様も下賤《げせん》な母親と同じだな⁉」

「て、てめぇ……ッ⁉」

グレンは思う。一体、なんなんだ、この男は？

これほど、不快極《きわ》まりない吐き気のする男が、この世界に存在していいのか？

「娘の〝具合〟はどうだったかな、グレン？　その様子だ、よほど良かったと見える」

「黙《だま》れッ！　それ以上口を開くなッ！　こいつを侮辱《ぶじょく》するんじゃねえ……ッ⁉」

「ふっ、事実なのだろう？　なぜなら、その女は貴様にとって憎《にく》い仇《かたき》のはずだ！　貴様はかつて、その女の采配で最愛の女を失ったのだからな！」

「――――ッ⁉」

その瞬間《しゅんかん》、グレンの脳裏に、セラの面影《おもかげ》が浮かんで――そして消えていく。

「なのに、貴様はなぜそこまでその女に肩入れする⁉　はははッ！　ならば、そうと考える他《ほか》あるまい⁉」

イグナイト卿はただひたすら、全てを唾棄《だき》するように高笑いを続け——

「〜〜〜ッ！」

イヴはその身に受けた酷《ひど》い侮辱に、ただ声を押し殺して涙《なみだ》するしかない。

「……て、てめぇ……ッ！　それでも、本当に人の親か……ッ⁉」

駄目《だめ》ダ。コイツニ人ノ言葉ヲ吐カセテハナラナイ。

黙ラセナケレバ、頭ガ、オカシクナリソウダ。

真っ赤に染まっていくグレンの視界。

グレンの憤怒《ふんぬ》が限界を振《ふ》り切って、暴発しそうになった——その時だった。

グレンの心のどこかで、穏《おだ》やかに、見守るように微笑《ほほえ》むセラの姿が。

土壇場《どたんば》で、ふと——それをグレンに気付かせたのだ。

「待て……なんでだ？　なぜ、お前がそれを知っている？」

「む？」

「なんで、てめえが、あの時、イヴの采配《さいはい》でセラが死んだことを知っているんだ？」

押し黙るイグナイト卿へ、さらにグレンがまくし立てる。

「おかしいだろ。それを知っているのは、当時、現場で戦った特務分室の連中くらいのもんだ。報告書上では、あの時のイヴの采配は多少強引《ごういん》だが、至極《しごく》合理的なもので……イヴのせいで、セラが死んだなんて発想には、誰も中々至らねえ……」

そう。だからこそ、グレンのことを、〝よくわからない理由で逃《に》げた裏切り者〟、〝仲間が死んで、臆病風《おくびようかぜ》に吹かれた卑怯者《ひきようもの》〟と思っている軍の連中が多いのだ。

「なのに……なぜ、お前がイヴの采配でセラが死んだことを知っているんだ……？」

そんなグレンの疑問に。

「ふん、決まっているだろう？　私の指示だったからだ」

イグナイト卿《きよう》は、特に隠《かく》すこともなくあっさりと答えた。

「な……ッ⁉」

「ジャティス事変の最終局面……その愚《おろ》かな娘は、貴様とセラ＝シルヴァースの援護《えんご》のために、あろうことか前線の戦力を割《さ》こうとした。不合理な真似《まね》をして、自ら得られる戦果を減らそうとした。ゆえに、この私が正しただけだ。合理的にな」

「…………」

「まぁ、セラ＝シルヴァースには、この私も前々から目を付けていたからな……是非《ぜひ》とも我が膝下《しっか》に加えたかったが……少々惜《お》しいことをしたとは思っている」

グレンは……呆けたように、腕《うで》の中のイヴを見下ろす。

当のイヴは、その視線から逃《のが》れるように俯《うつむ》き……無言で小さくなっていた。

恥《は》じるように、悔《く》いるように、その身体《からだ》を小さく震わせながら無言で。

ひたすらグレンと目を合わせないように……懺悔《ざんげ》するように。

ゆえに──グレンは全てを悟《さと》る。全て真実なのだと。

そして、迷いなく決意する。

イグナイト卿を穿《うが》つように睨《にら》み付け──宣言する。

「イグナイト卿。……てめぇは俺が倒す」

自分でも、ぞっとするほど底冷えする声であった。

「ふん。雑魚《ざこ》がよく吠える。状況《じょうきょう》をわかっているのか？」

もう話はうんざりだとばかりに、イグナイト卿が手を上げる。

すると、傍《かたわ》らに控《ひか》えるリディアから包囲する賊軍《ぞくぐん》へ伝令が飛び──

再び、包囲する魔導兵《まどうへい》達が臨戦態勢となる。

「わからないのか？　勝負はすでに決している。貴様にできることは何一つない」

女王を守るように囲む生き残りの親衛隊達が、最後の戦いと覚悟《かくご》を決めたように展開する。

「そもそも、貴様にできることなど、最初から何一つなかったのだ、グレン＝レーダス。この世界には抗《あらが》えぬ流れというものがある。それに逆らい、流れを変えることができるのは、私のようなごく一部の選ばれた人間だけだ」

「…………」

「貴様のような、ただの凡俗《ぼんぞく》はその大いなる流れに呑《の》み込まれるしかない。貴様は一人では何もできぬのだよ」

そんなイグナイト卿の嘲弄《ちょうろう》するような言葉に。

「ああ、そうだな……情けねーが、俺は一人じゃ何もできねえ。今も昔もな」

意外にも、グレンは素直《すなお》に肯定《こうてい》しながらポケットに手を入れ、何かを取り出す。

そして、その何かを──親指で弾《はじ》いて頭上に放った。

それは、半割れの宝石──通信の魔導器だ。

一体、いつの間に、誰と通信していたのか……その通信はオンになったままだ。

「だから、全員で力を合わせんだよ。今も、昔もな──」

グレンが不敵にそう宣言した──その時だった。

「《我に従え・風の民《たみ》よ・我は風統《す》べる姫《ひめ》なり》──ッ！」

凛《りん》とした少女の声が——響《ひび》く。

その刹那《せつな》。

まるで、直下型嵐《あらし》が一度に何十も局地的に発生したかのような暴風が、その場に吹《ふ》き荒《すさ》び——包囲網《ほういもう》を嵐の外側へと吹き飛ばし、その一角を完膚《かんぷ》なきまでに崩壊《ほうかい》させる。

「なん——だと……ッ⁉」

イグナイト卿やリディアなど、咄嗟《とっさ》に魔術障壁《まじゅつしょうへき》を展開できた一部の実力者を除《のぞ》いて、その竜巻《たつまき》の龍《りゅう》が激しくのたうち回るような嵐には、誰《だれ》もが抗えない。

そして、疾風《しっぷう》を纏《まと》って空から舞《ま》い降りたのは——

「先生ーーッ！　お待たせしましたッ！」

「——準備できました！　行けます！」

システィーナとルミアであった。

二人は手を繫《つな》いでおり、ルミアは《王者の法《アルス・マグナ》》を、システィーナへしっかりと発動させている。

「ああ、サンキューだッ！　お前らが力貸してくれるってんなら、百人力だッ！」

「でも、先生、急いでください！　こんな一軍を押さえつける広範囲《こうはんい》大出力じゃ……いくらルミアの能力アシストがあっても、術は一分も保《も》たないから！」

「上等ッッッ！」

地を蹴《け》って、グレンが駆《か》ける。

駆けざまに手を、ルミアが伸《の》ばす手とぱんと合わせて——

そのまま、イグナイト卿を目掛《めが》けて——電撃《でんげき》的に、真っ直《す》ぐ駆ける。

「させませんわ」

当然、リディアが動く。

グレンの突撃《とつげき》を、炎《ほのお》の魔術で迎撃《げいげき》しようとする。

——だが。

「いいいいいいいやぁあああああああああああああーーッ！」

そんなリディアへ、青い閃光《せんこう》と化した少女が弾丸《だんがん》のように突《つ》っ込む。

リィエルだ。

「————ッ⁉」

リィエルが振るう大剣《たいけん》が——リディアを襲《おそ》う。

無論、咄嗟に炎の魔力《まりよく》を張《みなぎ》らせた腕で受け止め、防ぐが。

さすがに、このような暴嵐の中では踏《ふ》ん張りが利《き》かず——

「あああああああああああああああああーーッ！」

「くーーッ⁉」

リィエルが力業《ちからわざ》で振り抜《ぬ》いた大剣に吹き飛ばされ、リディアがシスティーナの【ストーム・グラスパー】に捉《つか》まる。

リディアは嵐の中に翻弄《ほんろう》される木の葉のように、大きく後退する。

「やりますね……ッ⁉」

それでもこの暴風乱舞《らんぶ》の中、即座《そくざ》に体勢を立て直し、リィエルへ反撃の炎を放つのは見事だが――

「ぉおおおおおおおああああああああああああーーッ！」

その隙《すき》に、グレンがイグナイト卿へ肉薄《にくはく》していた。

先《さっき》のルミアと手を合わせた一瞬《いっしゅん》で、グレンの拳《こぶし》に宿った《王者の法《アルス・マグナ》》が。

イグナイト卿へと迫《せま》り――

全霊《ぜんれい》で打ち放った拳が、イグナイト卿の障壁を叩《たた》き割って――

「だぁあああああああああああああーーッ！」

「ぐおわぁあああああーーッ⁉」

イグナイト卿の顔面のド真ん中を捉《とら》える。

「お、おのれ……おのれぇえええええーーッ⁉」

吹き飛ばされたイグナイト卿は、やはり【ストーム・グラスパー】に捉まり、翻弄されるように後退していく。

「まずは一本ってとこかな？　へっ……てめぇ一人で散々ズルしてんだ……ッ！　こっちだって、少しくらいチート使ったっていいだろ⁉」

「グレン＝レーダスゥウウウウウウーーッ！　貴様ぁああああーーッ⁉」

顔を真っ赤にして喚《わめ》き散らしながら、イグナイト卿が風に流されていく。

グレンは、それを中指を立てて見送るのであった。

そして、何が起きたか理解できないアリシアや護衛の友軍達の前へ。

「陛下！　こちらです！」

エルザを筆頭に、レヴィンやリゼなどの帝国《ていこく》代表選手団の生徒達も現れる。

「こちらに、当面、安全に立てこもれる場所を用意してあります！」

「さぁ、早く！　時間がありません！」

「どうか、今は我々を信じてください、陛下！」

だが、困惑《こんわく》は一瞬、アリシアは即座に決断する。

「わかりました。ありがとうございます。そこへ案内してください」

「そして、動ける者は動けない者を補助しなさい！　なるべく全員でこの場を撤退《てったい》するのです！　早く！」

「「「はっ！」」」

「はいっ！」

吹き荒ぶ嵐の中、女王の指示を受け、今まで死《し》に体《たい》だった生き残りの将兵達が、テキパキと水を得た魚のように動き出す。

周囲の包囲網は、なんとかそれを阻《はば》もうとするが――

システィーナの【ストーム・グラスパー】の猛烈《もうれつ》なる嵐がそれを許さない。

今、ようやくここに活路が生まれたのだ。

「お前のお陰《かげ》だ、イヴ。お前がここまで粘《ねば》ったから、間に合ったんだ」

「……グレン……」

グレンが、地面にぺたんと座って、呆《ほう》けているイヴへ手を差し伸べる。

「さぁ、行こうぜ？　俺達はまだ終わりじゃない。そうだろう？」

そんな風に言って、力強い笑《え》みを向けてくるグレンを。

イヴはしばらく呆然《ぼうぜん》と見つめて……やがて、力なくその手を取るのであった――

幕間Ⅱ　とある在りし日の記憶《きおく》

唐突《とうとつ》だが、私——イヴは、九歳の時、イグナイト家に連れてこられた。

それまで平民の母に育てられてきた私にとって、私がイグナイトの血を引いていたなど青天《せいてん》の霹靂《へきれき》であり——

当然、私が、母親違《ちが》いの姉リディア＝イグナイトと出会ったのもその頃《ころ》だった。

「来たか。リディア」

その日、父アゼル＝ル＝イグナイト卿《きょう》によって、私はリディアと引き合わされた。

当時のリディアの歳《とし》の頃は、十四、五歳ほど。その燃え上がる炎のような長い赤髪《あかがみ》、紫《し》炎色《えんしょく》の瞳《ひとみ》——一目で私との血の繋がりを感じさせる、その容姿。

初めて私を見たリディアは、驚《おどろ》いたように目を丸くしていた。どうやらリディアにとっても、自分に母親違いの妹が居たなど、寝耳《ねみみ》に水であったようである。

「……父上、この子は……？」

「今日から、当家の末席に加えることにした」

リディアの質問には直接答えず、父は一方的に用件を告げる。

「戯《たわむ》れに作った混じり者とはいえ、曲がりなりにも我が血を引きし者だ。この娘《むすめ》の教育と面倒見《めんどうみ》は貴様に任せる。精々、使い物になるよう仕上げろ」

それだけ言い捨てて。

父は、さっさと執務《しつむ》室を出て行く。

私を一度たりとも、振《ふ》り返ることなく。

「…………」

「…………」

しばらくの間、取り残された私とリディアの間に沈黙《ちんもく》が漂《ただよ》う。

「ええと……初めまして……かな？」

やがて、沈黙に耐《た》えきれなくなったリディアが、私に声をかけた。

「ええと、貴女《あなた》……父上の娘ってことは、私の母親違いの妹ってことになるのかな？」

「…………」

「あはは、びっくりしちゃった……そんな話、私、聞いたこともなくて……」

「…………」

「でも、これから、よろしくね。私は……」

早速《さっそく》、打ち解けようと朗《ほが》らかに話しかけ、手を差し伸べるリディアへ。

「どうでもいいわ」

私は、ぴしゃりとその手を払《はら》い、刺々《とげとげ》しい言葉で突き放す。

「貴女達のことなんか、どうでもいい。私には何も選択肢《せんたくし》はなかった。母が死んで……この家に来る以外の道なんか、私には……」

私の冷え切った態度に、リディアは息を呑《の》み――やがて、その表情を憐憫《れんびん》に染める。

「貴女が、リディアっていう人でしょう？」

構わず私は、リディアを見上げ、どろどろと濁《にご》った心から呪詛《じゅそ》を吐《は》き続けた。

「私、貴女の〝予備〟にならないといけないみたい。先月、病死したんでしょ？　貴女の実の妹……アリエスだっけ？　その子の代わりにね」

そう、私はそのアリエスという子の代わりを務めるため、唐突にここに連れて来られたのだ。先日、事故死した母親の死を悼《いた》む暇《ひま》もなく――

そして、アリエスという名前を、私が出した瞬間《しゅんかん》。

「……ッ！」

なぜか、リディアの表情が大きく哀《かな》しげに歪《ゆが》む。悔恨《かいこん》と苦悩《くのう》に満ちていく。

だが、私は構わず淡々《たんたん》と言葉を吐き捨て続けた。

「ふん……好きに使い潰《つぶ》せばいいわ。だって……私には……もう、何も……何もないし……私……は……」

不意に、鼻の奥がつんとした。

身体《からだ》が瘧《おこり》のように震《ふる》え始め、目頭《めがしら》が熱くなって決壊《けっかい》する。

「ぐすっ……ひっく……お、お母さぁん……」

整理がまったくつかない心から溢《あふ》れ出すまま、私は不安と悲哀《ひあい》を涙《なみだ》に変えて、泣きじゃくるしかなかった。

そして、そんな今にも消えてなくなってしまいそうな私を。

「大丈夫《だいじょうぶ》よ」

リディアは優《やさ》しく、ぎゅっと抱《だ》きしめてくれたのだ。

「……え？」

「何もなくなんてない。今日からは私がいるから。私は、貴女のお姉ちゃんだから」

「……」

「これからは、私が貴女を守るから……今度こそ、守るから。だから、安心してね？……今は、ゆっくりと心を休めて……ね？」

「……う……ぁ……」

私は涙を一杯《いっぱい》浮かべながら、リディアに抱かれるままになっていた。

リディアはそんな腕《うで》の中の少女へ、そっと告げる。

「貴女の名前……教えてもらってもいいかな……？」

すると。

「……イヴ……私、イヴ……」

「そう……よろしくね、イヴ。……私の新しい妹」

リディアはすすり泣く私を、抱きしめ続ける。

いつまでも、いつまでも、優しく抱きしめ続けるのであった——

それが、私とリディアの最初の出会いだった。

今思えば、それは私の人生において、不幸中の幸いであったとしか言い様がない。

なにせ、イグナイト家での新たな生活は辛《つら》いことばかりだった。

平民の血を引く私への、一族の冷遇《れいぐう》。

私をひたすら予備の駒《こま》、道具としてしか見ていない父の仕打ち。

イグナイトの名がもたらす多大なる重責と重圧、周囲の過大な期待。

でも、姉が……リディアが居てくれたから耐えられた。救われたのだ。

――イヴ、私はイグナイトを信じている。今は誰《だれ》もが忘れてしまった、イグナイトの正義と理想を、いつか復活させてみせる。

姉は、どこまでも気高く、誇《ほこ》り高く……。

――イヴって本当に凄《すご》いわ。将来は、私を超《こ》える魔導士《まどうし》になるかもね。

――貴女と一緒《いっしょ》なら……私はいつかイグナイトを変えられると信じてる。私に力を貸してくれないかしら？

いつだって、私を認めてくれて……。

――クソくらえだわ。私の妹に手を出す輩《やから》は許さない。

――もし、やるというなら、代わりに私が相手になるわ。

――大丈夫よ……イヴ……。

──貴女は……私が守るから……私は……イグナイト……だから……

いつだって、私の味方でいてくれて、守ってくれて……

──イヴ。優しい子。……貴女は、私の誇りよ。

そして、どこまでも優しかった。

──イグナイトが示す真の魔導の道は……自分が正しいと信じる道を歩むこと……

──本当はね、家なんか関係ないの……

──貴女自身がどう生きるか……それが重要なのだから……

──どうか、それを忘れないで……

姉からは、本当に色んなことを、大事なことをたくさん教わった。

私はいつだって、姉の背を見ていた。

姉は立派な魔導士だった。誇り高き、真の貴族だった。自慢《じまん》の姉だった。

だから、私は姉に憧《あこが》れて。
いつか、姉のようになりたいと願って——
だから、あの時、私はこう願ったのだ。
——私が姉さんが託《たく》してくれたものを繋《つな》ぐから……ッ！
——私が姉さんと同じくらい立派な魔導士になって……真のイグナイトになるから……
ッ！　だから……ッ！
——なのに。
私はいつの間にか、そんな大事なことすら忘れてしまっていて——
「…………………」
今は一人、とある暗い部屋の片隅《かたすみ》で、ただ膝《ひざ》を抱《かか》えて無気力に腐《くさ》っている。
何をするでもなく、ただ過去の残滓《ざんし》を、走馬燈《そうまとう》のように女々《めめ》しく眺《なが》めている。
ああ、思いも、憧れも、何もかも。今となっては、全《すべ》てが。
なんて……遠い、遠い、昔話、だ——

第三章　魔術師《まじゅつし》の再燃

「ふむ……どうやら、盤面調整《ばんめんちょうせい》は終わったようですな」

空を見上げながら。

パウエルが不意にそんなことをぼやき、全身に漲《みなぎ》らせていた魔力《まりょく》を収める。

「しかし、アベル。貴方《あなた》には、やはり少々失望しましたよ。……あれから八年もの歳月があって……まだ、その程度なのですか？」

「……ッ！」

パウエルが目を向ける先には……アルベルトがいる。

酷《ひど》い有様だ。まさしく満身創痍《まんしんそうい》といった体《てい》である。

全身は深く斬《き》り刻まれ、焼け焦《こ》げ、傷のない部位がまるでない。

そして、右腕《みぎうで》が折れ、右眼《みぎめ》が完全に潰れている。その右眼はもう、たとえ法医呪文《ヒーラー・スペル》を施《ほどこ》したとしても、二度と光を取り戻《もど》すことはないだろう。

片手片膝をついて、なんとか地面に倒《たお》れ伏《ふ》すのを堪《こら》えているが、誰の目から見ても戦闘《せんとう》不能であることは明らかだ。

残った左眼だけは、未《いま》だ揺《ゆ》るがぬ闘志《とうし》と戦気に燃えているが……この状態となっては虚《むな》しい抵抗《ていこう》に過ぎなかった。

少し離《はな》れた場所には、クリストフとバーナードが、やはり瀕死《ひんし》寸前の満身創痍で倒れ伏している。

対するパウエルは——無傷。

身体に煤《すす》一つつくどころか、息の一つすら乱していない。

三人。特務分室の精鋭《せいえい》三人が、手段問わず全力でかかり、この結果だ。

強すぎる。何もかもが桁違《けたちが》いで、格違いで、圧倒《あっとう》的で、ただただ強すぎる。

まさに、魔人《まじん》——最早《もはや》、パウエルを表現する言葉は、これ以外になかった。

「どうですか？　悔《くや》しいですか？　口惜《くちお》しいですか？　私にまるで届かず、八年の研鑽《けんさん》が一瞬《いっしゅん》で水泡《すいほう》に帰す気分は、いかなるものですかな？」

「……」

「貴方は弱いですよ、アベル。そんな有様では到底《とうてい》、私の喉元《のどもと》に刃《やいば》を届かせることなどできません。そう……〝人間〟である貴方にはね」

かみ殺すような視線で睨《にら》み上げてくるアルベルトへ、パウエルが諭《さと》すように告げる。

「しかし、私は何度でも貴方に言いますが、貴方の才は素晴《すば》らしい。人の身でよくぞそこまで練り上げました。やはり、貴方には〝資格〟がある」

「……ッ！」

「聡《さと》い貴方のことだ。理解しているのでしょう？　私を超えるには、あの〝鍵《かぎ》〟を手にするしかないということを。

恥《は》じることはありません。それで良いのです。ああ、もっと己《おのれ》の渇望《かつぼう》に素直になりなさい。私を超え、私を滅《ほろ》ぼし、愛する者達の仇《あだ》を討《う》つことに、より真摯《しんし》となるのです。さすれば、貴方の前に〝真理〟の道は開かれる……」

そう言って。

パウエルの身体が、ゆっくりと浮遊《ふゆう》していく。

「……何処《どこ》へ行く……ッ⁉　パウエル……ッ！」

「いやはや、私は忙《いそが》しいのですよ。次なる予定の舞台《ぶたい》シーンの準備にね。貴方達三人をここまで足止めしておけば、後はイグナイト卿《きよう》が上手《うま》くやってくれるでしょう。

ですから、今日のところはこれまでです。私がこれ以上、この盤面に関《かか》わることはありません。そして、次回、再び貴方と会う、その時こそは――」

にこり、と。

父親が愛《いと》しき息子《むすこ》へ心からの慈《いつく》しみの笑顔《えがお》を向けるように。

「貴方の色良い返事を、貴方が此方《こちら》側へ来ることを……期待していますよ？」

そう言い残し、パウエルの姿は空に溶《と》けるように消えていく。

「…………」

残された重苦しい沈黙《ちんもく》と静寂《せいじゃく》。

やがて、パウエルの気配が完全に去ったことを確信すると。

「……くそッ！」

アルベルトは、忌々《いまいま》しそうに左拳《こぶし》で焼け焦げた地面を叩《たた》くのであった。

「げほ……ごほ……まぁ……そう悲嘆《ひたん》するな……アル坊《ぼう》……」

そんなアルベルトへ、バーナードがよろよろと身を起こしながら言う。

「ありゃ、本物の怪物《かいぶつ》じゃ……あんなやつと戦《や》り合って……命拾えただけでも……儲《もう》けもんじゃわい……ごほっ、ぐふっ！　げぇ、きっつぅ……」

「…………」

だが、アルベルトは険しい表情のまま押し黙《だま》るだけだ。

まぁ、仕方ないとバーナードは、クリストフへ声をかける。

「……おーい……クリ坊……生きとるかぁ……？」

「……なん……とか……ええ……」

どうやら、今の今まで意識を完全に飛ばしていたらしい。

クリストフがようやく反応し、よろよろと身を起こす。

「ぐ……アルベルトさん、申し訳……ありません……足を引っ張って……しまって」

「気に病《や》むな。お前の防御《ぼうぎょ》結界がなかったら、俺達はやつの初撃で塵《ちり》一つ残ってない」

「で、ですが……ッ！　アルベルトさん……僕を庇《かば》って眼を……ッ！」

「この程度、問題ない。俺はまだ戦える」

そう言って、アルベルトは未だ身体《からだ》に力が入らないらしいクリストフに肩《かた》を貸し、立ち上がる。

「おいおい、無茶するな、アル坊。今のわしら全員、法医呪文《ヒーラー・スペル》が効かん……とっくに治癒《ちゆ》限界じゃ。こりゃ、自然回復を待つしかないわい」

「……わかっている。だが、女王陛下は未だ窮地《きゅうち》の渦中《かちゅう》にある。……行くぞ……俺達は、俺達が今、為《な》すべき事を為すしかない」

「……ああ、そうじゃな……」

「はい……」

敗北の屈辱《くつじょく》と、傷ついた誇《ほこ》り。満身創痍の心と身体を引き摺《ず》りながら。

三人はフラフラと行動を開始するのであった。

――――。

ルヴァフォース聖暦《せいれき》1853年、グラムの月10日。

アルザーノ帝国《ていこく》女王アリシア七世の呼びかけにより、邪神《じゃしん》の眷属《けんぞく》招来という世界滅亡《めつぼう》の危機を前に、世界各国が力を合わせて立ち向かおうと団結した――その束《つか》の間《ま》。

アルザーノ帝国王座簒奪《さんだつ》を狙《ねら》う、アルザーノ帝国国軍省統合参謀《さんぼう》本部長、アゼル＝ル＝イグナイト卿が、この混乱を好機と見たか、突然《とつぜん》の武力蜂起《ほうき》。クーデターを強行する。

イグナイト卿麾《き》下《か》の智将《ちしょう》リディアの巧《たく》みな采配《さいはい》によって、クーデター軍は各国随行《ずいこう》軍を敗走させ、各国首脳陣《じん》を捕縛し、ミラーノ一帯を完全に支配下に置いた。

首脳陣を人質《ひとじち》に取られた各国は手出しができず、首謀者《しゅぼうしゃ》側の声明と要求を待つのみとなり、その対応は混乱のまま遅《おく》れに遅れる。

その一方。

クーデターの首謀イグナイト卿は、この武力蜂起と各国首脳陣の拘禁《こうきん》を、アルザーノ帝国女王アリシア七世の暴走と陰謀《いんぼう》であると仕立て上げるため、女王の身柄拘束《みがらこうそく》を狙うも、後一歩のところで届かず、女王は忽然《こつぜん》とミラーノから姿を消す。

だが、間違《まちが》いなく女王はミラーノのどこかに潜伏《せんぷく》している……そう確信するイグナイト卿が、ミラーノの完全封鎖《ふうさ》を解くことはなく。

状況《じょうきょう》が動かぬまま、ただ、貴重な時間だけが無駄《むだ》に出血していく。

日ごと徐々《じょじょ》に、そして確実に湧《わ》き出つつある《根》。

都市封鎖されたため、未だ脱出《だっしゅつ》できず、《根》の恐怖《きょうふ》に怯《おび》えるミラーノの市民達。

血眼《ちまなこ》で、女王の行方《ゆくえ》を捜索《そうさく》する帝国軍。

そして——その眼を欺《あざむ》き潜伏を続ける女王。

今、自由都市ミラーノはまさに、混沌《こんとん》色の暗黒が支配する動乱の坩堝《るつぼ》と化しているのであった——

ティリカ＝ファリア大聖堂。

現在、イグナイト卿率いるクーデター軍の軍事拠点《きょてん》と化した場所。

その地下に築かれた地下牢獄《ろうごく》施設《しせつ》には、クーデター軍が身柄を拘束した各国の首脳が、薬で眠《ねむ》らされて幽閉《ゆうへい》されている。

そんな地下牢の一室にて。

「くどいです。何度言われても、私は貴方に従う気はありません」

冷たい石壁《いしかべ》に鎖《くさり》で拘束されているファイス＝カーディス司教枢機卿《すうききょう》は、鉄格子《てつごうし》ごしにイグナイト卿へ向かって吐《は》き捨てていた。

「卿も頑固《がんこ》な御方《おかた》だ」

そんなファイスを見下すように、イグナイト卿が返す。

「まだ、この状況が理解できないか？　すでに趨勢《すうせい》は決した。潜伏した女王はいずれ捕《と》えられる。時間の問題だ。全《すべ》てが私の掌《てのひら》の上なのだ」

「…………ッ！」

「女王は、この世界の危機に乗じて、世界征服《せいふく》などという大それた野心を燃やし、世界を混乱に貶《おとし》めた歴史上類を見ない〝悪〟として後世に名を残すだろう。

そして、私はそんな女王に天誅《てんちゅう》を下し、世界各国の首脳陣を救った英雄《えいゆう》だ。

その絶対的な功をもって、私はアルザーノ＝レザリア統一帝国の初代皇帝《こうてい》に君臨し、ゆくゆくは世界を主導する第一人者となる。

女王か、私か……どちらに付くのが得か、聡《さと》い貴方なら理解出来よう？」

「馬鹿《ばか》な……ッ！　そんな全てが貴方の都合通り、上手くいくものか……ッ！」

「いく。残念ながら、いくのだよ。私には〝楔《くさび》〟があるのだからな」

「〝楔〟……ですって……？」

イグナイト卿の自信に満ちた表情が物語っていた。

ファイスには信じ難《がた》いが、イグナイト卿の自信に満ちた表情が物語っていた。

イグナイト卿は、その不可能を可能にする何かがあるのだと。

「そして、じきに招来する邪神など問題にもならぬ。私には、『Project《プロジェクト》 : Revive《リヴァイヴ》 Life《ライフ》』の最終進化形──【英霊再臨の儀《えいれいさいりんのぎ》】がある。邪神の眷属など物の数ではない」

「何を馬鹿な……ッ!?　二百年前の魔導《まどう》大戦でどれだけの被害《ひがい》が……ッ!?」

「想像力が足りぬな。よろしいか？　邪神の相手など、かつて、邪神を倒した連中に任せれば良いのだよ。世界が協力する必要など、ありはしないのだ」

「そんな、こと……ッ!?」

ひたすら圧倒されるしかないファイス司教枢機卿へ。

これが最後通牒《つうちょう》だとばかりに、イグナイト卿が告げる。

「ファイス司教枢機卿。私は卿の能力を買っている。様々な政敵、妨害《ぼうがい》を潜《くぐ》り抜《ぬ》けて女王と手を組み、首脳会談まで漕《こ》ぎ着けた……卓越《たくえつ》した手腕《しゅわん》を持つ貴様の力をな。ここで失《お》うは惜しい。どうだ？　大人しく私の麾下に──」

「断るッッッ！」

だが、ファイスは毅然《きぜん》と叫《さけ》んでいた。

「貴方《あなた》の自信の秘密はわからないし、確かに貴方の能力は優《すぐ》れている！　だが、これだけはわかる……ッ！　貴方に従えば、世界は間違いなく終わる……ッ！」

「ふん、頑固さもここまで来ると笑えぬな。そういうことならば、当初の予定通り、貴様は全世界の人間が見守る中、女王と共に公開処刑《しょけい》だ。帝国と共謀《きょうぼう》し、全世界を混乱と滅亡の危機に陥《おとし》れた罪を、その一身に負ってな」

「それでも私は、貴方にだけは従えない」

対するファイスは、どこまでも毅然とした態度を崩《くず》さない。

「貴方に一つだけ言っておきましょう。貴方は、人間を、世界というものをあまりにも過小評価している」

「過小評価？　違《ちが》うな。私の能力は、世界を支配するに相応《ふさわ》しい――……」

「予言しますよ。貴方は、自分が神の如《ごと》きに万能《ばんのう》であると思っておられるのでしょうが、それは思い上がりだ。きっと貴方は、貴方が見下し、切り捨ててきたものに足を掬《すく》われて、無様に地に落ち、地を舐《な》める最期《さいご》を遂《と》げるでしょう」

「ふん。妄言《もうげん》を」

話にならぬな、と。

どこか悟《さと》りきったように穏《おだ》やかな笑みを浮《う》かべるファイスへ背を向けて。

イグナイト卿《きょう》はその場を後にするのであった。

「……で？　状況はどうなっている？」

大聖堂の通路を歩きながら、イグナイト卿は音もなく寄り添《そ》い歩く二人の少女――リディアとイリアの二人へ問う。

「女王の行方は、依然《いぜん》として摑《つか》めません」

イグナイト卿の右側を歩く娘《むすめ》――リディアが粛々《しゆくしゆく》と答えた。

「魔術《まじゆつ》的調査の結果、ミラーノの霊脈《レイ・ライン》に、局所的な次元断層と負荷を計測しました。恐《おそ》らく、霊脈《レイ・ライン》を利用した『異界』を何らかの手段で即興《そつきよう》構築し、女王とその一派は、その『異界』内に隠《かく》れ潜《ひそ》んでいるものと思われます」

「ならば、早くそれを破れ。『異界』から女王を引き摺《ず》り出せ」

「近代の魔術的手段では不可能です。どうやら、魔術を超《こ》えた何らかの〝魔法《まほう》〟によって、構築された『異界』だと思われます」

「ちっ……悪あがきを……」

忌々しそうに吐き捨てるイグナイト卿。

「『異界』は空間転移とは違う。その場から移動することは不可能だ。『異界』内に潜む限り、女王がミラーノから脱出することはない」

「はい、その通りです、お父様。それに霊脈《レイ・ライン》調査の結果から、『異界』形成による次元断層の歪《ひず》みは、時間経過と共に解消方向へと向かっています。つまり、永遠に『異界』に籠《ろう》城《じょう》できるわけではありません」

「いつか、必ずボロを出して、現れる……現れざるを得ないわけだな」

「はい、そうですわ」

リディアがにっこりと笑った。

「ふむ……各国の動きは？」

「本国含《ふく》めて、完全に混乱状態にあります。幾《いく》つか帝国に対する糾弾《きゅうだん》声明が出てはいますが、それは全てアリシア七世女王陛下に向けてのもの。我々の情報操作は完璧《かんぺき》です」

そして、リディアは隣《となり》のイリアへと穏やかに問いかける。

「そうですよね？　イリアさん」

「は、はい……そうです……」

イリアは、なぜか、しどろもどろに、そう応じた。

「ふむ、良い手際《てぎわ》だ、お前達。褒《ほ》めてやろう」

万事が概《おおむ》ね思惑《おもわく》通りなことに、イグナイト卿が満足そうに頷《うなず》く。

「し、しかし、我が愛しのあるじ様《マイ・ロード》……ほ、本当に上手《うま》くいくのでしょうか？」

するとイリアがどこか困惑《こんわく》を隠せぬ表情で、進言する。

「我々には【英霊再臨の儀】があるとはいえ、その稼働《かどう》状況はまだ不十分……おまけに、
復活させた英霊達も微調整《びちょうせい》のためイグナイト領に置いてきています。

確かに、現在は命令系統の混乱と情報統制が利《き》いていますが、このような大それた事件
の真相をいつまでも隠しきれるほど、各国の諜報《ちょうほう》機関もバカではありません。

やっぱり、私は、いささか時期尚早《じきしょうそう》だったかと――……」

「なんだ……貴様？　この私に逆らうのか？」

「い、いえ……ッ！　わ、私はただですね――」

イリアが慌《あわ》てて弁明を重ねようとした、その時だった。

ぱぁん！　一際高く耳をつく殴打音《おうだ》が、通路の空気を震《ふる》わせ――

どっ！　吹《ふ》き飛ばされたイリアが壁《かべ》に叩《たた》き付けられ、ずるりと尻餅《しりもち》をつく。

イリアが真っ赤に腫《は》れた頰《ほお》を手で押さえ、恐る恐る顔を上げると……

「……り、リディア……さん……？」

そこには、聖母のような微笑《ほほえ》みを浮かべたまま、容赦《ようしゃ》なく平手を振《ふ》り抜いたリディアの
姿があった。

「イリアさん。貴女《あなた》……私のお父様に、何を意見しているのですか？」

「そ、そんな……意見だなん……てぇ……ッ⁉」

みしり。リディアがイリアの手を、やはり笑顔のまま踏《ふ》みつけていた。

「ぁ……ぁあああッ⁉」

みしみしと、手の骨が軋《きし》みを上げて、イリアが苦悶《くもん》の悲鳴を上げた。

「お父様の仰《おっしゃ》ることは全て正しいのです。お父様の言う通りにすれば全て上手くいくのです。つまり、お父様こそ至高の存在であり、世界の全てはお父様の膝下《しっか》に傅《かしず》くべきものなのです。それを理解して、貴女はそんな口を利いているのですか？」

「痛っ……痛い……ッ！　ごっ、ごめんなさ——すみませんッ！　ぁああああッ！」

「許しません。これは罰《ばつ》ですよ、イリアさん。噛《か》みしめなさい」

めきめき、ばきり！

笑顔のリディアが足にかける壮絶《そうぜつ》な力圧に屈《くっ》し、イリアの手が砕《くだ》ける。

「〜〜〜〜〜〜ッ⁉」

イリアは声にならない悲鳴を上げ、目尻《めじり》に涙《なみだ》を浮かべて悶《もだ》えるのであった。

「ふん、そのくらいにしておけ、リディア」

イグナイト卿が冷笑《れいしょう》しながら言葉を挟《はさ》む。

「その女は、まだ利用価値がある駒《こま》だ。仕置きで壊《こわ》されたらかなわん」

「ああっ！　そんなっ！　私ったら、お父様の大事な駒になんということを！」

途端《とたん》、イリアから離《はな》れ、滑稽《こっけい》なまでに恐縮《きょうしゅく》し、涙混じりに許しを乞《こ》うリディア。

「申し訳御座《ござ》いません、閣下！　どうかお許しを！　お許しを！」

「……ッ！」

イリアが、そんな異様なリディアを卑屈《ひくつ》な眼《め》で見上げる。

やはり、リディアという娘は何かがおかしい。見目麗《みめうるわ》しく、聖母のように穏やかで親しみやすいのに、どこか根底部分がおかしいのだ。不自然なのだ。

「……リディア……さん……貴女は……やっぱり、もう……」

何事かをぼそぼそと呟《つぶや》き、がくりとうなだれるイリア。

そんな彼女を見向きもせず、リディアはイグナイト卿へひたすら平伏《へいふく》していた。

「もう良い。それよりも期待しているぞ、リディア」

「はい！　お父様！　私は、私の全てをかけて、必ずやお父様に勝利と栄光を！」

すると、リディアは一転して花のような笑《え》みを浮かべ、獅子《しし》奮迅《ふんじん》の健闘《けんとう》を誓《ちか》う。

だが、次の瞬間、リディアの表情に不安が差した。

「ところで、あの……お父様。一つだけ、つかぬ事をお伺いしてよろしいでしょうか？」

「なんだ？」

「私は先に誓ったとおり、私の全てをかけて、お父様に尽《つ》くします」

「うむ、大儀である。で？　それがどうした？」

「だから……その……私は……ちゃんと、お父様の娘……ですよね？」

不思議なことを問うリディアに、イグナイト卿が一瞬《いっしゅん》、押し黙《だま》る。

「私はこんなに、お父様のために、お父様に尽くしているのですから……私は、お父様の娘ですよね？　そうですよね？　ね？」

「……当然ではないか、我が娘よ。随分《ずいぶん》とおかしなことを問うものだ」

「そ、そうですよね！　いえ、その……なんでもないんです」

イグナイト卿の答えに、何かを満足したのか。

「それでは、私はこれで」

リディアはイグナイト卿に敬礼をし、意気揚々《ようよう》とその場を去って行くのであった。

そんな、どこか不自然で歪《いびつ》なリディアの後ろ姿を。

「…………」

イリアはただ、ぼんやりと見つめ続けるのであった。

——同時刻。

アルザーノ帝国《ていこく》代表選手団が宿泊《しゅくはく》していた、公営ホテル。

そのイメージを投影《とうえい》して、現実世界の裏側に構築された『異界』。

その大広間《ホール》に当たる場所にて——

「やはり、状況《じょうきょう》は芳《かんば》しくありませんね……」

重苦しい空気を纏《まと》い、長机についたアリシア七世が溜《た》め息を吐《つ》いていた。

机の上には、ミラーノの戦術状況図。

そして、アリシアの周囲の席には、未《いま》だ傷の癒《い》えぬ生き残りの将兵達が、ああでもないこうでもないと議論を続けているが……建設的な意見は皆無《かいむ》のようだ。

「……陛下……」

グレンは、そんなアリシアを見守ることしかできない。

——二日前。

グレン達が、クーデター軍にギリギリまで追い詰《つ》められた時。

システィーナら生徒達と連携《れんけい》し、その場を辛《かろ》うじて脱出《だっしゅつ》し、ルミアの《鍵《かぎ》》による空間操作能力で構築したこの『異界』に、グレンらと友軍は緊急避難《きんきゅうひなん》したのだ。

だが、あの急場を凌《しの》ぐことはできたが、それは一時しのぎに過ぎない。

ルミア曰《いわ》く、この『異界の隠れ家』は、一週間しか保《も》たないという。

それ以上は、世界が次元間の歪みを強制的に修正し、異界内の者達を外界へと排出《はいしゅつ》してしまうらしい。

それまでに、なんとかしてミラーノ脱出の算段を立てなければならないのだが……

「兵力の復帰状況はどうです？」

アリシア七世の問いに、周囲の杖《つえ》をついた将兵達が重苦しく応じる。

「アルザーノ帝国魔術学院の生徒達が協力し、昼夜問わず、懸命《けんめい》に法医治療《ちりょう》を行ってくれていますが……何分、負傷者の数が多くて捗《はかど》りません。残存兵力１５６名のうち、万全《ばんぜん》の状態で戦える者は２／３程《ほど》です」

「……イグナイト卿の……クーデター軍の状況は？」

「ミラーノ市内の厳戒《げんかい》態勢を解く様子はありません。おまけに、この異界周辺地域に重点的に兵力が展開されています。恐《おそ》らくは、リディア＝イグナイト千騎長《せんきちょう》の判断でしょう……我々の潜伏《せんぷく》に関する絡繰《からく》りは、ほぼ割れていると判断できます」

「本国との連絡《れんらく》はつきますか？」

「駄目《だめ》です。通信魔術《まじゅつ》は、完全に妨害《ぼうがい》されています」

「……別働隊の特務分室……《星》、《法皇》、《隠者《いんじゃ》》の行方《ゆくえ》は？」

「音信不通です。なんらかの事故に巻き込まれたか、あるいは――」

「…………」

兵力の不足、前線指揮官の不足、情報の不足、地の利の不足……

何もかも足りなくて、まるで話にならない。

「不甲斐《ふがい》ない……成り行きとは言え、子供達まで巻き込んで、私は……」

組んだ手に頭を押しつけて項垂《うなだ》れるアリシア。

彼女の重苦しい溜め息を背に、グレンは、そっとその場を後にするのであった。


この『異界』は、元のホテル内部構造を完全に投影している。

容量こそ段違《だんちが》いだが、内装そのものは完全に高級ホテルそのものだ。

ただ、窓の外だけは、まるで大宇宙のような不思議な空間になっていて、どこまでも無限の奈落《ならく》と星空が広がっている。

そんなホテル内の廊下《ろうか》に出たグレンが、しばらく歩いていると。

「……あっ、先生っ！」

グレンの姿を見つけた三人の少女達が、駆《か》け寄ってくる。

システィーナ、ルミア、リィエルだ。

「ええと……どうでしたか？　女王陛下達……」

「芳《かんば》しくねえな。さしもの女王陛下も、今回ばかりは打つ手なしだ」

グレンが肩《かた》を竦《すく》める。

「そもそも、あの人、政治家であって軍人じゃねえしな」

「そう……ですか……」

「お母さん……」

不安げにシスティーナが目を伏《ふ》せ、ルミアが心配そうに呟く。

リィエルがそんな二人をきょろきょろ見比べながら、キョトンとしていた。

「……すまねえな。お前らまで巻き込んじまって」

グレンがバツが悪そうに謝る。

「だから、謝らないでくださいって」

システィーナが、グレンを励《はげ》ますように明るく言った。

「私達は、他《ほか》の誰《だれ》の命令でもない、私達自身の意志で参戦したんですから」

グレンは、先の激戦の最中《さなか》、自身の通信魔導器《まどうき》の宝石に入電した、システィーナ達の勇気ある申し出を思い出す。

「私達も戦うって、先生に伝えた時……先生、こう言ってくれましたよね？〝お前らの中に一人でも関《かか》わりたくないって言うやつがいたら、動かなくていい〟って」

「そうですよ。それでも、私達は動いたんです。女王陛下のために」

「ん。みんな……アリシアのために戦いたいって、そう言った」

システィーナ、ルミア、リィエルが口々に言う。

「私達だって子供じゃありません。今、この状況で女王陛下が倒《たお》れられたら……私達の国が取り返しのつかないことになるくらい、わかってます」

「運命の悪戯《いたずら》か、あの時、何かできたのは、奇《く》しくも私達だけだったんです」

「ん。多分、わたし達が動かないといけなかった。わたしにはよくわからないけど」

「お前ら……」

「それに、ほら……」

システィーナが、グレンの手を引いて客室のある階層へと連れて行く。

ゆっくりと、その階層を歩き回る。

そこには──

「よっしゃ！　魔力《まりょく》が回復してきたぜ！　俺も法医治療に協力するかぁ！」

「ふん、気をつけてくれよ？　君は魔力の回し方が雑だからな。また、回復痛で兵士達をのたうち回らせるなよ？」

「うっせ、わかってらぁ！」

溌剌《はつらつ》と法医治療で働いているカッシュにギイブル。

「ふん、このベッドはあっちの部屋に運べばいいんだな？」

「凄《すご》い……一人で楽々と……あ、ありがとう……ございます……」

「ああ、力仕事なら任せとけって！」

黙々《もくもく》と雑事に専念するジャイルにリン、コレット。

「そ、それにしても、ジニーさん……貴女《あなた》、凄いですわね……皮膚《ひふ》を切って異物を取り出したり、傷口を縫《ぬ》ったり……」

「それに、何か凄く手慣れているようで……」

「あー、ぶっちゃけ、私、法医呪文《ヒーラー・スペル》よりそっちの方が得意なんで」

手際《てぎわ》良く負傷兵の手当てをして回るウェンディにテレサ、ジニー。

「204号室の方、容態急変しましたわ。緊急法医手術しますわ。レヴィンさん、フランシーヌさん、エレンさん、ハインケルさん。……ご協力を」

「ふっ。まぁ、僕を指名するのは良い選択《せんたく》です。行きましょう」

「は、は、はいですのっ！　だ、大丈夫《だいじょうぶ》！　落ち着いてやれば私でも……ッ！」

「早速、諸処準備します。リゼさん、メイン施術《せじゅつ》法医、よろしくお願いします」

「……了解《りょうかい》した」

リゼ、レヴィン、フランシーヌ、エレン、ハインケルも。

巻き込まれただけのはずの生徒達誰もが、何一つ不平不満をもらさず働いている。

諦《あきら》めたり、絶望したりしている者は、誰一人いない。

「ここには居ませんが……エルザさんも特務分室の一人として、今、この『異界』から密《ひそ》かに抜《ぬ》け出し、必死に外の情報を収集しています」

「ん。エルザ、すごい。わたしより隠《かく》れるの、すごく上手」

「皆《みな》、精一杯《せいいっぱい》頑張《がんば》っているんです。誰に強制されたわけでもない、自分の意志で」

「確かに、不安に思うことはたくさんあります。マリアのこととか……邪神《じゃしん》のこととか……それに、あの天の智慧《ちえ》研究会の大導師……、……大導師……」

「……白猫《しろねこ》？」

なぜか、奇妙《きみょう》なタイミングで押し黙るシスティーナに、グレンが訝《いぶか》しむ。

「ううん、そんなの気のせい……気のせいよね？　だって、有り得ないし……」

「……大導師が、どうかしたか？」

「えっ⁉ な、なんでもないの！　なんでも！」

ぶんぶんっと雑念を払《はら》うように、頭《かぶり》を振《ふ》って。

システィーナはグレンを真っ直《す》ぐ見つめる。

「とっ、とにかくですね！　話を戻《もど》しますが、私達は私達の意志で戦っているんです！　だから、先生が気に病《や》む必要なんて何もないんです！」

「…………」

グレンは、自分が為《な》すべき事を必死に為す生徒達を、何か遠く眩《まぶ》しいものを見るような目で見つめる。

（ああ、そうだな。もう、今さら保護者面《づら》してガキ扱《あつか》いなんざズルいよな。ったく、なんなんだよ、こいつら……俺なんかより、よっぽど大人なんだもんなぁ）

かつて感情のままに喚《わめ》き散らし、全《すべ》てを捨てて逃《に》げ出した自分よりも、よほど……そう。あらゆる苦難と恐怖《きょうふ》を理性で飼い慣らし、あらゆる智と手段を尽《つ》くして為すべきを為し、活路を切り開く。彼らは、もう立派な魔術師だったのだ。

（……俺が教師として教えるべきことは、もう何もないのかもな。俺はもうこいつらには必要ないのかもしれない……）

感動と喜び、そして、どこかに覚える寂《さび》しさ。

遠く憧《あこが》れるような目で、グレンは生徒達を一人一人見ていく。

（だが、俺がやるべきことは、まだあるはずだ。こいつらの未来のために……な）

ぱぁんっ！

グレンが唐突《とうとつ》に、己《おのれ》の頬《ほお》を両手で挟《はさ》むように張り、気合いを入れる。

びっくりした生徒達の何名かが、グレンを振り返る。

「せ、先生……？」

「グレン、何やってるの？」

それはシスティーナ達も同じらしく、目をぱちくりさせていた。

「なーに。ちょいと手強《てごわ》い敵と戦ってこようと思ってな」

グレンが不敵に笑い、システィーナ達を残して歩き始める。

「匙《さじ》を思いっきりブン投げたくなるような詰《つ》んだ状況《じょうきょう》で、お前らが歯ぁ食いしばって頑張ってんだ……それに応《こた》えてやるのが、俺達の役目だからな」

そう言い残して。

グレンは、上階にあるとある一室を目指して、階段を上っていくのであった。

コン、コン、コン。がちゃ。

「入るぞ、イヴ」

ノックはしたものの、返事も待たずに入室する。

デリカシーの欠片《かけら》もないことをやらかしながら、グレンはその部屋に入る。

部屋の中は照明が灯《とも》されておらず、真っ暗だ。

「……ったく」

グレンがぼそりと呪文を唱え、左手の指先に魔術の光を灯す。

そして、その光を奥へと向けると……

「…………」

部屋の隅《すみ》に、イヴがいた。

両手で膝《ひざ》を抱《だ》きかかえるように、小さくなって座り込み、うな垂れている。

「なーに、やってんだ？　お前。らしくねーな」

「…………」

呆《あき》れたようなグレンの言葉に、イヴは無言で応じる。

「俺達がここに立てこもってからこっち、お前はずっとそんなだ。どうした？」

「…………」

「なぁ、頭の良いお前のことだ。状況わかってんだろ？」

「………」

「賊軍《ぞくぐん》の物量は圧倒《あっとう》的だ。対して友軍の兵力は初期段階で圧倒的に劣《おと》り、その半数近くが未《いま》だ満足に戦えない状態だ。頼《たの》みの綱《つな》のアルベルト達とも連絡《れんらく》が取れねえ」

「………」

「おまけに、こっちは指揮官や隊長格が軒並《のきな》み倒されている。専門外のわりには、女王陛下も軍略と戦術に長《た》けているが、この絶望的状況をひっくり返せるほどじゃない」

「………」

「そして、この籠城《ろうじょう》はいつまでも続かない。近く限界がくる。おまけに、この籠城中に都合良く援軍《えんぐん》が来てくれる可能性など、絶望的なまでに皆無《かいむ》だ」

「………」

「なぁ、どうしたらいい？　この状況を打破するには。……わかるだろう？　俺達には必要なんだよ。とびきり優秀《ゆうしゅう》な指揮官がな」

「………」

「そうだ、お前だよ。帝国宮廷《きゅうてい》魔導士団特務分室室長、執行《しっこう》官ナンバー1《魔術師《まじゅつし》》のイヴ＝イグナイト。この状況をなんとかできるのは、もうお前しかいねえんだよ」

「………」

「なのに、なんでだ？　なんで、お前はウジウジ引きこもってんだ？　なんで何もしねぇんだよ？」

「…………」

「……いや、わかるさ。敵はお前の親父《おやじ》と姉貴だ。戦いたくねえ気持ちはわかるし、俺だって強要したくねえ。でも、いいのか？

本来、こんな政争にまったく関係ねえ生徒達ですら、国のために、陛下のために、何か為そうと頑張ってるんだぞ？　お前、あれ見て、なんとも思わねえのかよ？

俺達が、戦うしかねえじゃねえか……

なぁ、お前がやらずして、誰がやるんだよ⁉　お前は——……」

と、その時だった。

「……元、よ」

何が撃鉄《げきてつ》となったのか。

今まで、グレンが何を言っても無反応だったイヴが、ぼそりと呟《つぶや》いていた。

「今の私は……室長でも執行官でもないわ。……それに……イグナイトじゃない」

「……イヴ？」

「今の私は……イヴ＝ディストーレ……よ……」

そんなイヴの力ない返しに、グレンが頭をガリガリと掻《か》く。

「……は？　何言ってんだ？　そこじゃねえよ。俺はお前がイグナイトだろうが、ディストーレだろうが、どーでもいいんだが？　俺が言いたいのは――」

「どうでもよくない」

なぜか、イヴがムキになって、否定してくる。

「……何がだ？」

今、自分は、何かイヴの葛藤《かっとう》の核心《かくしん》を衝《つ》いている。

デリカシー皆無ながらそう感じたグレンが、静かに問い返す。

すると、しばらくの沈黙《ちんもく》の後。

「……思い出したのよ」

イヴがぼそぼそと、話し始めた。

「ああ、思い出しちゃった……なぜ、私が魔術師をやっていたのか……」

「……？」

「どうして、今まで忘れていたんだろう……そうだ……私、リディア姉さんみたいになりたかった……真に、イグナイトの名を背負う者になりたかったの――」

イヴは物思う。

なぜ、今になって、思い出してしまったのか。

（ああ……なんとなく……わかるけど）

つと、視線を上げて、グレンを流し見る。

当のグレンは、意味がわからず奇妙なマヌケ顔で目を瞬《しばた》かせていた。

（……結局のところ……コイツだけだったのよ……本当の意味で、私に味方してくれる人……姉さん以外で……）

あまりにも卓越《たくえつ》した能力を持つ才媛《さいえん》イヴは、常に孤高《ここう》で孤独《こどく》だった。

誰《だれ》かの力になってやることこそあれど、なってもらったことなど、ほぼ皆無である。

おまけにイヴ自身、他人に対して壁《かべ》を作り、常に一歩引いている。力になってもらったとしても、それはあくまで上司と部下の割り切った関係だ。

そう。結局、グレンだけだったのである。

上下関係をまるで無視しては、不遜《ふそん》にも対等にぶつかってきたのは。

人が作ってる壁を勝手に越《こ》えてきては、無遠慮《ぶえんりょ》に人の懐《ふところ》で喧嘩《けんか》を売ってくるのは。

そして——本当の意味で、味方になってくれたのは。

（ああ、そうだわ……悔《くや》しいけど、似てるのよ、こいつ……姉さんに……）

ちょっと無神経なところも。空気読めないところも。強引《ごういん》なところも。

いつだって、打算なしで味方してくれるところも。

そして、自分が正しいと思えることのために戦う真っ直ぐさも。

よくよく考えれば、グレンは何もかもが、かつてのリディアにそっくりではないか。

「……グレン、聞いて。私の姉……リディア姉さんのことを……そして、イグナイトのことを……」

「リディア……？　ああ、あの……？」

戸惑《とまど》うグレンの前で、イヴはとうとうと語り始めた。

自分の半生を。

姉リディアのことを。

イグナイト家のことを。

自分の母親は、平民の娘《むすめ》シェラ＝ディストーレ。イグナイト卿《きょう》の妾《めかけ》。

平民の血を引くがゆえに、自分はイグナイト家に居場所がなく、肩身《かたみ》の狭《せま》い思いをしていたこと。

そんなイヴを、母親違《ちが》いの姉リディアが常に守ってくれていたこと。

「姉さんは本当に凄い人だったわ……私なんか、足下《あしもと》にも及《およ》ばないくらいに……」

リディアはいつも心優《やさ》しく、真っ直《す》ぐで、イヴにとって理想の姉であったこと。

そんな姉から教わった、イグナイトの名の意味。

弱きを守り、正義を尊ぶその名。その尊き魔導《まどう》の灯火《ともしび》で暗き闇《やみ》を払《はら》い、世の人々の行く末を明るく照らし導く者――《紅焔公《ロード・スカーレット》》イグナイト。

姉は、常に正しき《紅焔公《ロード・スカーレット》》たらんとし、自分はそんな姉に憧れて、姉のような魔導士になりたいと思って。

そして、とある事故の際、自分のせいで姉が魔術能力を失い、家から追放されて。

だからせめて、自分は姉の代わりに真の《紅焔公《ロード・スカーレット》》になろうとして。

だからせめて、自分が姉の想《おも》いを継《つ》ごうとして――

「それで……挫《ざ》折《せつ》したわ」

イヴが皮肉げに鼻を鳴らす。

「真の《紅焔公《ロード・スカーレット》》になるために、家から認められようとして、いつしか私は、手柄《てがら》と名誉《めいよ》にばかり拘《こだわ》る、全然、違うものに成り果てていたわ。

バカな話。いつの間にか、こんな大事なこと、すっかり忘れてたんですもの」

「イヴ……」

グレンが一つ息を吐《は》いて、口を挟《はさ》む。

「しかし、信じられねえな。あのリディアって女……お前が語る姉貴像がちっとも掠《かす》らなかったぞ？　むしろ、何か変な……とてつもなく不自然な……」

そんなグレンの疑問に。

「わからないわ」

イヴは力なく頭《かぶり》を振《ふ》って、溜《た》め息を吐《つ》いた。

「なぜ、もう二度と戻《もど》らないはずの魔術能力が復活したのか。なぜその性格が、かつての姉から豹変《ひょうへん》しているのか……そもそも……」

どうして、私のことを覚えていないのか。

「まるで、あれじゃ……」

──別人。ニセモノ。

そのような単語を口にしかけて、イヴは口を噤《つぐ》む。

かつて、姉は私のせいで魔術能力を失ったのだ。それを恨《うら》みに思って無視しているとするなら……それも当然の話だ。いずれにせよ、今は考えても詮無《せんな》きことだ。

「まぁ、とにかく。大体わかった」

押し黙《だま》るイヴに、グレンが肩を竦《すく》めて話の先を促《うなが》す。

「で？　それがどうして、お前がそうやって腐《くさ》ってることに繋《つな》がるわけだ？」

「……わからないの？　私には資格がないのよ」

イヴが悔しげに、吐き捨てるように言った。

「覚えてないの？　先日、私が父上に誘《さそ》われた時……私は父につきかけた」

「…………」

「あの時、貴方《あなた》が止めてくれなかったら……間違《まちが》いなく、私は父についた。今頃《いまごろ》、父に命じられるまま、女王や生徒達をこの手にかけるために……動いていた」

「…………」

「わかってる、わかってたのよ……そんなの間違ってるって……でも、逆らえないの！　父上が怖《こわ》い……ッ！　怖くて怖くて仕方ないの……ッ！」

「…………」

「あの目で睨《にら》まれるだけで、言葉を浴びせられるだけで、妙《みょう》な震《ふる》えと動悸《どうき》が止まらない……頭が真っ白になって、わけがわからなくなる……ッ！」

「…………」

「私は……イグナイト失格だわ」

イヴが、悔しげに、哀《かな》しげに呟く。

「ううん、今までだって、失格も失格だったけど……もう、今度こそ本当に駄目《だめ》……本当に、私はただの無能だった……

だから、私に期待しないで……どうせ、私には何もできない……何かやろうとしたところで、こんな無能が姉に勝てるわけもない……もう、いいのよ……もう……」

話はもう終わりだと。

再びイヴが、がくりと頭《こうべ》を垂れ、膝《ひざ》と膝の間に顔を埋《うず》める。

そんなイヴに。

「ふーん？　まぁ要するになんだ？　イグナイトの資格がどうとか言うが……結局のところ、親父が怖い、姉貴に勝てねえ、だから嫌《いや》だって……そゆことか？」

グレンがまるで空気の読めない言葉を突きつけてきた。

「…………は？」

すると、あまりにもあんまりな言葉に、呆気《あっけ》に取られるイヴの前で。

グレンがふるふると震えだして……そして……

「ぶはーーーーッ!?　ちょ、おま――ぎゃははははははははははは!?　そりゃあねえだろう!?　だーっはははははははははーーッ！　親父が怖いとか！　お姉ちゃん凄《すご》すぎるから嫌だとか！　一体、お前、歳《とし》は幾《いく》つだよ!?」

「んな――ッ!?」

なんという男だろう。笑うか？　ここで？

「うるさいッ！　貴方に何がわかるっていうのよ!?」

激昂《げきこう》したイヴが、グレンに涙《なみだ》混じりに吠《ほ》えかかる。

「いや、だって……文面通りじゃねーか？　これ以上どう解釈《かいしゃく》しろと？」

「違うわよ！　私にはイグナイトの資格なんかない……ッ！　人の上に立つ資格なんかないって言ってるの！　だから──」

そんな風にまくし立てるイヴだったが。

「しゃらくせえ。イグナイトだの、ディストーレだの。それ以前に、お前は〝イヴ〟だろうが」

「……は？」

そんなグレンの指摘《してき》に、イヴは思わず言葉を失う。

「本っ当に頭の良いやつってのは、面倒臭《めんどうくせ》ぇな。ゴチャゴチャガチャガチャ余計なことばっか考えやがる……さっきも言ったろ？　俺は、お前がイグナイトだろうが、ディストーレだろうが、どーでもいいんだよ」

「…………」

「お前自身の……〝イヴ〟の本音は、どこにあんだよ？」

そんなグレンの真っ直ぐな問いかけに。

途端《とたん》、イヴが狼狽《うろた》え始めた。

「だって……でも、私は……女王陛下に逆らおうとして……こんな、私が……ッ！」

「騒音《ノイズ》だ。気にするな」

「わ、私は父が怖くて……何もできなくて……ッ！」

「それも騒音《ノイズ》だ。気にするな」

「で、でも、私なんかが、姉さんを相手に何かできるとは思えない！　私は……ッ！」

「全部、騒音《ノイズ》だ。無視しろ」

「……ッ!?」

グレンが立て膝をついて、膝を抱《かか》えるイヴに視線を合わせる。

イヴの両肩《りょうかた》に手を置いて、イヴの目を正面から真摯《しんし》に覗《のぞ》き込む。

「なぁ、イヴ。お前はどうしたいんだ？　そこに家とか資格とか関係あんのか？　本当に大事なのは、お前が何をするか、どう生きるか……そこじゃねーのか？」

「〜〜〜ッ！」

——イグナイトが示す真の魔導の道は……自分が正しいと信じる道を歩むこと……

――本当はね、家なんか関係ないの……

――貴女《あなた》自身がどう生きるか……それが重要なのだから……

――どうか、それを忘れないで……


しばらくの間。

イヴは呆《ほう》けたように、グレンを見つめて。

「ふん、忌々《いまいま》しい」

やがて、ふいっとふて腐れたように、目を逸《そ》らす。

「そんなところまでそっくりなのね。……忌々しい」

「イヴ？」

「貴方って、本当に酷《ひど》い男……普通《ふつう》、傷心の女を、実の父親と姉との戦いに駆《か》り立てようとする？　もっと優しくするものじゃないの？」

「なんだ？　優しくして欲しかったのか？」

「冗談《じょうだん》。貴方に優しくしてもらうなんて、死んでもごめんだわ」

「………」

「少し……考えさせて」

最後にそう言い捨てて。

イヴは再び、深くうな垂れ、沈黙《ちんもく》するのであった。

「……ああ」

これ以上尽《つ》くす言葉はない。

そう感じたグレンは、イヴを残して退室した。


「…………」

暗闇《くらやみ》の中、イヴは静かに考える。

今、自分がすべきことは何か。どうすべきか。それをぼんやり考える。

父親は──やはり、怖い。

そして、最愛の姉と戦い──殺し合わなければならないことを考えると、震える。

そんなの割り切れるわけがない。さっさとこの場から逃《に》げ出したい。

それは確かに、正真正銘《しょうしんしょうめい》のイヴの本音の一つだ。

だけど。

今、自分がなすべき正しい道とはなんだ？　自分にしかできないことは？

自分はどう生きる？　どう生きたい？　何を守りたい？　何のために戦いたい？

あの学院で、自分は一体、何を見て、何を培《つちか》ってきたのか――

イグナイトが示す真の魔導《まどう》の道は――自分が正しいと信じる道を歩むこと。

家なんか関係ない。どう生きるか、それが重要なのだ。

ならば、グズって逃げるのは……正しいことか？

自分が、真なるイグナイトたるには、どうしたらいいのか？

今、何をすべきか？　それは――

「…………」

…………。

――まったく先行きの見えない軍議が行われ続ける、大広間にて。

最早《もはや》、将兵達が議論をし尽くし、無言でうな垂れる最中《さなか》。

「そろそろ、決断をしなければなりませんね」

アリシア七世は、溜め息交じりにそう結論した。

そう。状況《じょうきょう》は詰《つ》んでいる。どこをどうやっても勝ち目はない。

せめてもの抵抗《ていこう》として一兵残らず玉砕《ぎょくさい》……将兵達はそう覚悟《かくご》を決めている。

だが、ここにはアルザーノ帝国魔術《ていこくまじゅつ》学院の生徒達がいる。

ならば、投降もあり得るだろう。子供達を巻き込むわけにはいかない。

(結局、私は国を……民《たみ》を守ることができませんでした……ならば、子供達だけでも救わなければ……私の命と引き替《か》えにしても……)

ついに、女王が最終判断を下そうとした——その時だった。

ばたん！　会議室の扉《とびら》が力強く開かれる。

その開かれた扉の向こう側に立っていたのは——

「失礼します」

「イヴ＝イグナイトッ⁉」

途端、将兵達が色めき立つ。

「貴様、何しにここへやってきた⁉」

「よくもまぁ、陛下の前に姿を現せたな⁉　恥《はじ》を知れッ！」

イヴが、反逆者イグナイト卿《きょう》の実の娘《むすめ》であること。そして先日、公衆の面前で、イグナイト卿へ寝返《ねがえ》りかけていたこと。

その事実を知っている将兵達が、口々にイヴを罵倒《ばとう》する。

「………」

だが、イヴは構わず、アリシアへ向かって歩いて行く。

「き、貴様ぁ⁉　止まれッ！」

「陛下、どうかお下がりを……ッ！」

たちまち、将兵達がアリシアの守りを固め、イヴの行く手を阻《はば》もうとするが。

「いえ、構いません」

アリシアは将兵達を手で制し、イヴの前へ出る。

「……イヴ」

アリシアは、自分の前に毅然《きぜん》と立ったイヴを真っ直《す》ぐ見つめる。

対するイヴは、一同が見守る中、アリシアの膝下《しっか》に跪《ひざまず》き、頭を垂れる。

そして、神妙《しんみょう》に奏上するのであった。

「まずは陛下へ心より陳謝致《ちんしゃいた》します。我がイグナイト家が陛下に対して行った反逆、狼藉《ろうぜき》の数々、そして、己《おの》が一時の気の迷い——我が素首《そくび》を捧《ささ》げて贖罪《しょくざい》したき所存です」

途端、将兵達が顔を見合わせてざわつくが、イヴは構わず続ける。

「死して尚《なお》、雪《そそ》ぐに足らぬこの罪と恥……身内の不始末による懲罰《ちょうばつ》には、後に如何様《いかよう》にも服する心算《つもり》です。ですが——今は、どうか暫《しばら》くの猶予《ゆうよ》をお願いします」

「………」

「女王陛下。どうか、この私をお使いください」

途端、将兵達がさらにざわつき始めた。

「この私に、陛下に降り掛《か》かる悪辣《あくらつ》なる火の粉を払《はら》わせて頂きたく、ここに申し上げます。陛下に対し、愚《おろ》かにも不敬と反逆を働く赦され難《がた》し大罪と驕慢《きょうまん》の悪鬼《あっき》共……我が父アゼル＝ル＝イグナイト、我が姉リディア＝イグナイト。

――両二名の誅伐《ちゅうばつ》を、どうかこの私にお任せください」

「…………」

周囲が困惑《こんわく》を隠《かく》せぬ中、アリシアだけはそんなイヴを真っ直ぐ見つめている。

「恐《おそ》れながら申し上げます。この場でイグナイトと戦えるのは、私しかいません。陛下と帝国の未来のためにも、その未来を担《にな》う勇ある若者達のためにも！　どうか――」

そして、イヴが必死に訴《うった》えかけていると。

「……面《おもて》を上げなさい、イヴ」

やがて、アリシアが宥《なだ》めるように、静かに告げる。

その言葉に応じ、跪くイヴがゆっくりと顔を上げ、アリシアを見る。

イヴのその眼《め》には、凜《りん》とした決意と意志の炎《ほのお》が静かに、強く灯《とも》っていた。

「貴女は……それでいいのですか？」

そんなイヴの眼を真っ直ぐ見つめ返しながら、アリシアが問う。

「疎遠《そえん》であったとはいえ、敵は貴女の実の父であり、姉。彼らと袂《たもと》を分かつのですか？」

「はい」

「辛《つら》くはないのですか？　葛藤《かっとう》はないのですか？」

「辛くも葛藤もない……と言えば、実に空虚《くうきょ》な嘘《うそ》となるでしょう」

「残念ながら。たとえ、貴女が私に勝利をもたらしてくれたとしても……私は、貴女の功に報《むく》いる事は何も出来ません。最早、イグナイト家は改易を免《まぬか》れぬでしょう」

「……ッ！」

その時、初めてイヴの瞳《ひとみ》が様々な感情で揺《ゆ》らぐ。

イグナイト家は女王陛下に、アルザーノ帝国に反逆したのだ。

所領没収《ぼっしゅう》、お家断絶は当然の処置だ。一族郎党《ろうとう》根切りに処されてもおかしくない。

覚悟はしていたが——実際にそれを、女王の口から言葉で耳にすると、イヴの双肩《そうけん》に事の重大さが改めて重くのし掛かってくる。

「イヴ。貴女にとって、イグナイトという家名がかけがえなきものであることは……私もよく知っています」

「…………」

「それでも、貴女は戦うのですか？　私に力を貸してくれるのですか？　貴女の大事なイグナイトを、貴女の手で滅《ほろ》ぼすことになるとしても……？」

そんな試《ため》すような女王の言葉に。

「はい」

イヴは厳《おごそ》かに、そして決意を秘《ひ》めたように、答えた。

「これは、私がやらなければならないことなのです。何故《なぜ》ならば──私はイグナイトだからです」

「…………」

しばらくの間、アリシアは噛《か》みしめるようにイヴの言葉を受け止めて。

「……本当に皮肉なものですね。その名の本分を忘れ、傲慢《ごうまん》と堕落《だらく》を重ね続けて来たイグナイト家……そんなイグナイト家がついぞ落ちるところまで落ちた時になって、ようやく真のイグナイトの名を背負う者が現れるなんて……」

「へ、陛下……？」

イヴが目を瞬《またた》かせる。

なんと、アリシアが膝《ひざ》を折り、イヴに視線を合わせてきたのだ。

戸惑《とまど》うイヴへ、アリシアは優《やさ》しく労《ねぎら》うように言う。

「よく、辛い決断をしてくれました。貴女のその決意と覚悟、尊い黄金の意志に……無限の感謝を」

「……ッ⁉」

「どうか、私に力を貸して下さい、イヴ。帝国の未来のため……世界のために」

そんな、無限の信頼《しんらい》に溢《あふ》れる女王の言葉を受けて。

「御意《ぎょい》に。この命の最後の一滴《ひとしずく》を燃やし尽くすまで」

イヴは再び覚悟と共にそう告げて、深々と頭を下げるのであった。

——と、そんな様子を。

「すまねえな、イヴ」

会議室の外——壁《かべ》に背を預けるグレンが聞き耳を立てて、ぼやいていた。

「だが——俺も覚悟を決めた」

グレンが両肩《りょうかた》にかけた講師ローブをばさりと翻《ひるがえ》しながら、その場を立ち去る。

「今、この時ばかりは、『正義の魔《ま》法使《ほうつか》い』にもなってやるさ……」

グレンもグレンで、静かな闘志《とうし》と決意をその身に秘めながら。

来《きた》るべき決戦に備え、動き始めるのであった。

第四章　炎の一刻半《いっときはん》

（本当に、隙《すき》がありませんね。さすが、リディア千騎長《せんきちょう》……）

ミラーノの都市内を、小柄《こがら》な少女がひっそりと歩いている。

緩《ゆる》く波打つ、柔《やわ》らかな亜麻色《あまいろ》の髪《かみ》をセミショートにし、眼鏡《めがね》をかけた少女だ。

帝国宮廷《きゅうてい》魔導士団特務分室執行官《しっこうかん》ナンバー10《運命の輪》のエルザ＝ヴィーリフ。

現在は、街中の偵察《ていさつ》任務中であるため、魔導士礼服ではなく、聖リリィ魔術女学院の制服姿だ。

（しかし、着任早々、彼女と敵対することになるなんて……皮肉なものですね。良き関係を築けると、そう思っていたのですが……）

エルザは、周囲の様子を注意深く観察しながら物思う。

今、ミラーノの街は、完全にクーデター軍の占領下《せんりょうか》にあった。

全域に万遍《まんべん》なく展開されたクーデター軍は、完全に都市封鎖《ふうさ》している。あちこちに検問を敷《し》き、常時厳戒《げんかい》態勢。猫《ねこ》の子一匹《いっぴき》出入りする隙間《すきま》もありはしない。

当然、市民達の避難《ひなん》は中止されており、まだかなりの人数がミラーノから脱出《だっしゅつ》できずに取り残され、家屋にひっそりと息を潜《ひそ》めている状態だ。

水や食料など限られた生活物資を巡《めぐ》って、市民達の間で小競《こぜ》り合いなども起きているようで、街のあちこちから時折、喧噪《けんそう》が上がっている。

あちこちに歩哨《ほしょう》に立つクーデター軍の兵士に睨《にら》まれ、道を行き交《か》う市民の数は少なく、皆《みな》一様に不安げに俯《うつむ》いていた。かつての活況《かっきょう》など見る影《かげ》もない。

(不安に晒《さら》される市民達が限界に達するのも、そう遠くはありません。……何らかの致命《ちめい》的な暴動が起きる前に、早くなんとかしないと……)

エルザが、そんなことを考えていた……その時だった。

「…………」

市民に紛《まぎ》れ、人の流れに身を任せていたエルザが、不意に立ち止まる。

そして、そっと眼鏡を外すのであった──

「……ん？　あれ？」

その時。とある路地裏の奥から、遠見の魔術《まじゅつ》で表通りを観察していたイリア＝イルージュが、目を瞬かせていた。

今、イリアは、聖リリィ魔術女学院の制服に身を包む、とある少女を監視《かんし》していた。

とある目的のために、その少女に近付こうとしていたのである。

だが、どうやって接触《せっしょく》しようか？

そんな風に、ぼんやりと考えていた矢先だった。

ほんの微《かす》かな気の緩みか、あるいは瞬《まばた》き一つの間か。

不意に、その少女がイリアの魔術の眼の視界から、消えてしまったのである。

（嘘……？　見失った……？）

イリアが決して多くない雑踏《ざっとう》の中から、その少女を再び捜《さが》し出そうとすると。

「動くな」

不意に、イリアは背中に冷水のような声を浴びせられ、首筋に冷たく鋭《するど》い金属の感触《かんしょく》が触《ふ》れるのを感じた。

「両手を挙げてください。ゆっくりと」

「――――ッ!?」

エルザだ。

イリアの背後に、裸眼《らがん》となったエルザが、いつの間にか立っている。

先程《さきほど》までは影も形もなかった刀剣《とうけん》――東方の打刀《うちがたな》を抜《ぬ》き放ち、その刀身をイリアの首筋へ、ぴたりと当てている。

「私を監視して……クーデター軍の者ですか？　申し訳ありませんが捕虜《ほりょ》にさせていただきます。妙《みょう》な動きを少しでもすれば、その首は胴《どう》と泣き別れですので、ご容赦《ようしゃ》を」

落ち着いた物腰《ものごし》ながら、その言葉に嘘偽《うそいつわ》りはない。

やるといったらやる……そんな静かな凄《すご》みがあった。

「……貴女《あなた》、凄いね」

降参……と言わんばかりに両手を挙げ、イリアは乾《かわ》いた笑みを浮《う》かべて言った。

「貴女、特務分室の新人だよね？　油断しちゃったなぁ……今、貴女が本当に〝その気〟だったら、私、死んでいたかな……？」

「………………」

「あは、はは、は……私、最近……すっかり良いところ……ないね……」

エルザは応じず、無言で油断なくイリアの挙動に注視する。

「ねえ、新人さん。私が貴女を観察していた理由だけどさ……実は、貴女をどうこうする気は微塵《みじん》もなかったの。……ただ、二つ言伝《ことづて》を頼《たの》まれて欲しかっただけ」

「……？」

「そのままでいいから、よく聞いてね？　実はね——……」

訝《いぶか》しむエルザに、イリアがぼそぼそと何事かを呟《つぶや》く。

その内容は——

「は？　……え？」

今まで、氷のように冷静だったエルザの表情が、一瞬《いっしゅん》、崩《くず》れる。

「それは一体、どういう——？」

その刹那《せつな》——絶刀空閃。

エルザが容赦なく、刀を横一文字に振《ふ》るう。

引き裂《さ》く真空と共に、イリアの首と胴を上下に分けようとする。

だが——

『……惜《お》しいね。後、もう少しだったんだけど』

斬《き》られたイリアの姿が蜃気楼《しんきろう》のように歪《ゆが》んで消え、刀は虚《むな》しく空を切った。

『私、まだやること残ってるから……お暇《いとま》させてもらうね』

「く——幻術《げんじゅつ》使いですか!?」

素早《すばや》くエルザが飛び下がり、刀を鞘《さや》に収め、低く深く構える。

幻術を警戒《けいかい》して目を閉じ、心眼を開く。抜刀《ばっとう》術の体勢で周囲に油断なく注意を払《はら》う。

『……呆《あき》れたなぁ。貴女、その歳《とし》でその領域に達しているなんて……一体、どれだけの修練を積んで来たの？　……ドン引きだよ、ホント……』

方向のわからないイリアの声が、その周辺に反響《はんきょう》する。

『でも、私……貴女とやり合う気、本当にないから』

「……ッ!?」

『じゃあね、期待の新人さん。言伝の件……ちゃんとよろしくお願いね』

最後まで、人を食ったように。でも、どこか疲《つか》れたように。

イリアの気配は、エルザの〝輪〟の中から……完全に消えていく。

エルザは口惜《くちお》しげに、眼鏡をかけ直すのであった。


…………。


「「「賊軍《ぞくぐん》と真っ向から戦うだとぉおおおおおおおおーーッ!?」」」

女王軍の最終作戦会議《ブリーフィング》にて。

イヴがそんなことを堂々と提案した瞬間《しゅんかん》、将兵達は阿鼻叫喚《あびきょうかん》の大紛糾《ふんきゅう》だった。

なにせ、イヴが作戦会議に参加するまで、その作戦内容は今まで一貫《いっかん》して保守的なものだったからだ。

即《すなわ》ち、どうすれば、この劣勢《れっせい》の中、女王陛下を守り切れるか？

即ち、どうすれば、女王陛下をこのミラーノから脱出させられるか？

誰《だれ》もが、そんな風に頭を捻《ひね》っていた中で。

不意にイヴが出した提案が――これだ。

誰もが目を剝《む》いて、仰天《ぎょうてん》するしかなかったのだ。

「貴様、一体、何を考えているのだ⁉」

「ふざけているのか⁉　女王陛下を亡《な》き者にするつもりか⁉」

「やはり、貴様、裏切り者なんだなっ⁉」

「ああ、女王陛下をイグナイト卿《きょう》に売るつもりなんだろうッッッ⁉」

まったく収拾がつかなくなった、その場を。

「……落ち着いてください、皆さん」

アリシアの極《きわ》めて冷静な一声が、鎮《しず》める。

「まずは話を聞きましょう。イヴ、この賊軍に圧倒《あっとう》的に戦力で劣《おと》るこの状況《じょうきょう》で、イグナイト卿に戦いを挑《いど》む……そう仰《おっしゃ》いましたね？」

「はい、恐《おそ》れながら」

アリシアの問いに、イヴが毅然《きぜん》と答える。

「何ゆえですか？　その心は？」

「この盤面《ばんめん》が、すでに完全に詰《つ》んでいるからです」

イヴが、卓上《たくじょう》に広げた戦術状況図を、ばん！　と叩《たた》きながら言った。

その図には、このミラーノ全域の地形や街並みの地図と、敵味方の戦力が駒《こま》の形で配置されている。

「元々、彼我《ひが》に圧倒的な戦力差がある上、敵司令官の采配《さいはい》と兵力配置が見事……まったく付け入る隙がありません。

この状況で女王陛下、貴女を無事にミラーノ外へ脱出させるなど、どんな神がかった軍師が采配を行っても、まったくもって不可能です」

「…………」

冷静にイヴの言葉に耳を傾《かたむ》けるアリシア。

顔を見合わせて、ざわめく将兵達。

イヴの指摘《してき》は、将兵達も実感していることだ。今まで戦術状況図上で敵味方の駒を色々動かしながら議論し、散々、思い知らされてきたことだからだ。

そして、そんなイヴの様子を、グレンは末席で腕組《うでぐ》みしながら見守っている。

「そう、不可能です。ですから、勝利条件を変更《へんこう》せねば活路がないのです。

発想の逆転──今、議論すべき作戦は、〝女王をいかに守るか〟、〝女王をいかにミラーノ外へ脱出させるか〟ではありません……逆です」

そして、イヴが改めて一同を見回し、とんでもないことを宣言する。

「クーデター首謀者《しゆぼうしや》アゼル＝ル＝イグナイト卿、そして、賊軍総司令官リディア＝イグナイト──両名をいかに討《う》つか。我々の進退はそこのみに活路があると進言します」

「それこそ馬鹿《ばか》なッッッ⁉」

途端《とたん》、再びその場が大紛糾に陥《おちい》った。

「不可能だろう、そんなことはッッッ⁉」

「一体、彼我の戦力差がどれだけあると思っているのかね⁉」

「勝負になると思っているのかッ⁉」

「イグナイト卿膝下《しつか》の兵力は一個兵団──約５０００！　対して我らは──」

と、そこで。

「落ち着きなさい。この状況、単純な数を見ることに意味はないわ」

イヴがやはり、淡々《たんたん》と将兵達に解説する。

「確かに一見、帝国《ていこく》軍は小規模小隊に分かれながら、ミラーノ全域に広く薄《うす》く展開している。隙《すき》はないわ」

イヴが戦術状況図上に配置された敵駒を、ぐるりと指さす。

「だったら――」

「でも、この隙がないのが唯一《ゆいいつ》の隙なの。兵力の分散は悪手……これは魔導《まどう》戦術が発達した今も昔も同じ。ならば、なぜこうも分散しているのか？

話は単純、現在のイグナイト卿が警戒すべき敵勢力が、私達だけじゃないから。

そう、ミラーノ市民の暴動監視、ミラーノ外で待機している各国軍……それらの警戒に兵力を分散せざるを得ない。つまり、実は見かけの数ほど戦力差があるわけじゃない」

イヴがホテルの中心から遠く離《はな》れた敵軍の駒……要するに女王軍を包囲する敵駒ではなく、外部勢力への警戒のための敵駒を盤上《ばんじょう》から、次々と取り除《のぞ》いていく。

「無論、これは外への警戒のために配置している駒。私達が、外へ脱出《だっしゅつ》しようと動けば、当然、無視できない存在になる。でも、私達が内に留《とど》まって戦う限り……余程《よほど》のことがない限り動かせない……決して、動かしてはならない駒」

イヴが駒を取り除ききった後は。

確かに、まだ敵味方に圧倒的な戦力差こそあれど、先程までの絶対的に絶望的な戦力差……とまでは言えない程度にはなっていた。

「そんなの、ご都合主義だ！」

　すると、将兵の一人がそんなイヴへ反論する。

「賊軍が、外を警戒する兵を動かせないだと⁉　そんな馬鹿な！　イグナイト卿は各国の首脳を人質《ひとじち》に取っているんだぞ⁉」

「そ、そうだそうだ！　外の戦力がこの状況で仕掛《しか》けてくるわけないだろう⁉」

「ならば、イグナイト卿は我々が内で動けば、外の警戒に割《さ》いている兵力を、我々に向けてくるに決まって――」

　だが。

「それこそ、絶対に有り得ない」

　そんな将兵達の言《げん》を、イヴは一蹴《いっしゅう》した。

「もっと柔軟《じゅうなん》に思考なさい。自分達の常識でしか思考できないから、ドン詰まる」

「そ、それはどういう……？」

「私達、アルザーノ帝国人の発想からすれば、主君を――女王陛下を裏切るなんて有り得ない。イグナイト卿が例外中の例外なだけで、私達は、王室と女王陛下に自然と敬意を払い、忠誠を誓《ちか》う……そういう文化であり、そういう政治形態。

　でも、他国が自国の首脳に対して、必ずしもそう忠誠心が高いとは限らない。世界には様々な文化、様々な政治形態がある」

「「「～～～ッ⁉」」」

イヴの指摘に、将兵達が絶句する。

「考えてみなさい。現実に、イグナイト卿は主君を裏切っているわ。しかも、今回の仕掛けは計画的なものではなく……恐らく、何らかの感情や事情、思惑《おもわく》が乗じた末のやむを得ない、あるいは突発《とっぱつ》的な衝動《しょうどう》による蜂起《ほうき》。

実際、自身が主君を裏切っている人間が、どうして、ここで他国が自国の首脳を慮《おもんぱか》って絶対に攻《せ》めてこないと信頼《しんらい》、断言できると思う？

〝自分もこの機会に乗じて下克上《げこくじょう》を〟……他国にも、自分と同じように考える者がいるかもしれない……イグナイト卿がその思考に至らないわけがない。

なにせ、それが有り得ることを、イグナイト卿自らの暴挙が証明しているのだから。

その可能性は限りなく低くても、万が一、どこかの国の軍勢が横やりを入れてくる可能性……イグナイト卿はどうしても、それを警戒せざるを得ない。

当然、イグナイト卿はこのクーデターが失敗したら破滅《はめつ》。絶対に失敗できない。なら、この〝万が一〟がある限り——外へ向ける警戒は、最後まで絶対に崩せない」

「……ッ⁉」

「じゃ、じゃあ……本当に……ッ⁉」

将兵達が、改めて敵駒が大分減った、戦術状況図を見つめる。

「そう。一見、圧倒的戦力差に見えて、実はそうでもない。そういうことよ」

自信に満ちた表情で腕《うで》を組み、一同を見据《みす》えるイヴ。

将兵達のイヴを見る目が変わり始めている。

そう、この短時間で、最早《もはや》、イヴはその場の将兵達を掌握《しょうあく》しつつあった。

（さすがだぜ、イヴ）

そして、軍議の末席に陣取《じんど》るグレンが、内心で拍手《はくしゅ》を送っていた。

（本当に、お前、大した女だよ。だが、まぁ、難しいのはこれからなんだけどな）

そんなグレンの胸中に呼応するかのように。

「なるほど。イヴ、よくわかりました。貴女《あなた》の主張には、確かに理《り》があります」

アリシア七世女王陛下が、神妙《しんみょう》にイヴの提言を肯定《こうてい》した。

「ですが……それでも、友軍と賊軍でかなりの戦力差が存在します」

アリシアが戦術状況図上の彼我の駒の差を見比べる。

「今のままでは、やはり、普通《ふつう》に戦えば勝ち目は到底《とうてい》ないように思えます。……どうするのですか？」

すると。

「無論、すでに手は考えてあります。我が献策《けんさく》を実行すれば、陛下の勝率は飛躍《ひやく》的に高まるでしょう」

イヴが威風堂々《いふうどうどう》とそんなことを言う。

まさか……嘘《うそ》だろ……？　いや、あの女なら、ひょっとして……？

再び、将兵達が驚愕《きょうがく》と困惑《こんわく》でざわつき始める中で。

イヴは、淡々と作戦内容を一同の前で解説し始めるのであった──

──異界。

現実と幻想《げんそう》の狭間《はざま》、それを強固に隔《へだ》てる《意識の帳《とばり》》を一時的に曖昧《あいまい》にすることによって生み出される、何処《ネバーウェア》でもない場所。

現実を投影《とうえい》して異界内に作られたそのホテルは、無限に広がる大宇宙の真ん中に、ぽつんと浮《う》かんでる。

その様は傍《はた》から見れば、まるで星の海を揺蕩《たゆた》う城のようだ。

そんなホテルの屋上──幾《いく》つかある尖塔《せんとう》のうち、もっとも高い尖塔のテラスにて。

「貴方《あなた》って、本当に酷《ひど》い男ね、グレン」

テラスを囲む石造りの柵《さく》に頬杖《ほおづえ》をつき、眼下の星々を目を細めて眺《なが》めながら。

イヴがぼそりと呟《つぶや》いた。

「何がだ？」

その隣《となり》で、腕組みして佇《たたず》むグレンが、すっとぼけたように応じる。

「さっきの会議よ」

イヴが鼻を小さく鳴らす。

「貴方が、私を焚《た》き付けて指揮させたせいで……私、完全に悪者じゃない」

「まぁ……さすがに、あんな突拍子《とっぴょうし》もない作戦を、堂々と提案されちゃな」

ふて腐《くさ》れ顔のイヴに対して、グレンが苦笑いで肩《かた》を竦《すく》める。

「ま、いいじゃねえか。最終的に女王陛下がお前を信頼して納得《なっとく》し、将兵達もお前を認めてくれたんだしよ」

「…………」

イヴはつと、横目で隣にいるグレンを流し見る。

そして、先程の作戦会議のやり取りを思い出す。

――ふ、ふざけるな!?

――一体、何を考えているんだ、貴様は!?

——た、たとえ、それが合理的で一番勝ち目がある作戦だとしても……我々に、そんなことができるわけがないだろう⁉　恥《はじ》を知れッッ！

将兵達の誰《だれ》もが、そんな風にイヴの作戦を否定する中で。

——いや、俺はこいつを信じる。

——こいつなら、絶対、成し遂《と》げてくれる。

——こいつは、ヒステリックで嫁《い》き遅《おく》れで嫌《いや》な女だが……指揮官としては、俺が知る限り……世界で、一番デキる女だ。

——頼《たの》む！　こいつを信じてやってくれ！　女王陛下ッ！

そう言って、グレンだけがイヴを肯定してくれたのだ。

「……貴方って……本当になんなの？」

ぼそりとイヴがグレンへ問う。

「貴方、私が嫌《きら》いなんでしょう？」

「ああ、嫌いだぜ。お前みてえな、可愛《かわい》げのない女はな」

「なのに……結局、私の隣に対等でいてくれるのは……味方になってくれるのは……いつだって、貴方だった……」

「そんなつもりは、まったくもってねえんだがな」

「私は……貴方からセラだって奪《うば》ったのに……」

「お前の意思じゃなかったんだろう？」

押し黙《だま》るイヴに、グレンが嘆息《たんそく》混じりに続ける。

「あの件は……俺も悪かったよ。……冷静じゃなかった。

考えてみりゃ、そりゃそうだ……性格ブスで友達のいねえお前が、唯一の友人のセラを見捨てられるわけねえじゃねえか。

それに気付かず、俺も随分《ずいぶん》とまぁ、お前に酷いことを吐《は》き散らかして……」

「関係ないわ。貴方の怒《いか》りは至極妥当《しごくだとう》なものよ」

グレンの言を、イヴが力なく頭《かぶり》を振《ふ》って、封《ふう》じた。

「だって、父に命じられたとはいえ、それに従うことを決断したのは、私。私の殺意がセラを殺したの。それが絶対的な事実。……私が一生涯《いっしょうがい》背負うべき十字架《じゅうじか》よ」

「……イヴ」

しばらくの間、二人の間に沈黙《ちんもく》が流れ……

「……そんなに……親父《おやじ》が怖《こわ》いのか」

「ええ、怖いわ」

ぽつりと零《こぼ》れたグレンの問いに、イヴがぼそりと答えた。

「私はイグナイト。決意はした。覚悟《かくご》も決めた。でも……これから、父と戦うことを考えると……父に逆らうことを考えると……怖いわ。手の震《ふる》えが止まらないの」

イヴが左手を見る。以前、ジャティスによって切り落とされ、心霊《しんれい》手術によって繋《つな》げたものの……それ以来、魔術《まじゅつ》能力を失ってしまった、その左手を。

その手の震えを見て取ったグレンが言った。

「イヴ。俺は──……」

「わかってるわよ」

だが、何かを言いかけたグレンに先んじて、イヴが言った。

「どうせ、最後まで私に付き合ってくれるんでしょう？　……バカね。今度の作戦……私の役回りが一番、危険なのに。死ぬかもしれないのに」

「ああ、そうだ。今回、お前を焚き付けたのは、俺だ。だったら、地獄《じごく》の底までお前に付き合ってやらにゃ、そんなの嘘だろう？」

すると。

「……ふっ。ふふっ……」

イヴが不意に、小さく含《ふく》むように笑ったのだ。

いつも険しいしかめ面《つら》のイヴにしては珍《めずら》しい、険の取れた子供のような笑《え》みで。

「な、何がおかしいんだよ？」

「だって、貴方、嘘ばっか。そんな理由なんかなくたって……きっと、貴方は私に付き合ってくれたもの」

「はぁ？　お前、何言って……？」

「なにせ——貴方は『正義の魔法使《まほうつか》い』なのだから」

「……ッ！」

そんな穏《おだ》やかなイヴの言葉に、グレンは思わず言葉を失う。

そして、呆然《ぼうぜん》と立ち尽《つ》くすグレンへ、イヴはさらに続けた。

「グレン、命令よ。しばらくそのまま」

「……お、おい……イヴ……？」

「お願い」

そう短く言って、イヴが隣のグレンへそっと身を寄せ……グレンの肩に頭をのせるのであった。

ふわり、と。グレンの鼻腔《びこう》をくすぐる、イヴの髪《かみ》から匂《にお》い立つ芳香《ほうこう》。

この唐突《とうとつ》な展開に、グレンは硬直《こうちょく》するしかない。

「……うん……やっぱり……震え、止まったわ……」

一方、イヴはどこか安堵《あんど》したように……夢見るように呟いている。

「あの時もそうだった。私が父に屈《くっ》しかけて……貴方に引き留められ、貴方の腕に肩を抱《だ》かれていた時……あの時だけ、怖くなかった……」

「イヴ……」

しばらくの間、イヴは沈黙を保ち……やがて、グレンからそっと離《はな》れる。

そして、グレンを振り返り、真っ直《す》ぐ見つめて言った。

「グレン、お願い。私に力を貸して」

「……………」

「私が、これから真なるイグナイトを全《まっと》うするために。どうか私に力を貸して。……貴方が居てくれれば……きっと、私は……大丈夫《だいじょうぶ》だから」

「……ああ」

最後に、そんなやり取りをして。

グレンとイヴは、いつまでも遠く、星の海を眺め続けるのであった——


——と、そんな二人の様子を。

表のテラスへと繋がる石造りの螺旋《らせん》階段の脇《わき》。

その階段の陰《かげ》に隠《かく》れる三人の少女……ルミア、システィーナ、リィエルが、戦々恐々《せんせんきょうきょう》としながら眺めていた。

「え、ちょ……何？　何なのアレ？　な、な、なんか、今の先生とイヴさんのやり取り……ッ！　アレって、まるで、こ、ここここ、恋《こい》っ、恋っ、恋び——」

システィーナが顔面蒼白《そうはく》で慌《あわ》てている。

「むぅ……なんか、グレンとイヴ……突然《とつぜん》すごく仲良くなった。……なんで？」

リィエルもいつも通りに眠《ねむ》たげな無表情ながら、どこか不満げだ。

「なんか、恐《おそ》れていたことが、とうとう起こった気がするね……」

ルミアもどこか、疲《つか》れたような苦笑いだ。

当初は三人とも、別に出場亀《でばがめ》するつもりはなかった。

ちょっと、用事があったから、グレンを捜《さが》していただけだ。

そして、ホテル内を散々捜し回った果てに、遭遇《そうぐう》したのがこのシーンだ。

思わず、音声遮断《しゃだん》結界を張ってまで、じっくり動向観察する羽目になったのである。

「ど、どどどど、どうしよう、ルミア!? このままじゃ……先生が!?」

「さすがに、今すぐどうこうってわけじゃないと思うけど……私達のレースで、イヴさんが一歩大きくリードしたのは事実かも……」

「は⁉ や、別に⁉ 私は先生が誰とゴールインしても関係ないし……あれ？ 関係ない？ なんで？ だ、だって、私、先生のこと——……って、何を言わせるのよ⁉ ルミアァアアアアアアア⁉」

「なんか……イヴ、ずるい」

絶賛大混乱中のシスティーナに、ぷくうと頬《ほお》を膨《ふく》らませるリィエル。

この状況《じょうきょう》に、三者三様に焦《あせ》りを覚えていることだけは確かだった。

「はぁ……後発のライバルが手強《てごわ》いよ、お母さん……どうしよう……？」

ルミアも、すっかり参ってしまったような溜《た》め息を吐《つ》くばかりだ。

こんな状況なのに。いや、こんな状況だからこそなのか。

三人娘《むすめ》が、きゃいきゃいと騒《さわ》いでいると。

「あれ？ 皆《みな》さん、こんな所で何してるんですか？」

「「ひゃあっ⁉」」

不意に背後からかけられた声に、システィーナとルミアが飛び上がる。

振り返れば、そこに居たのは……

「エルザさん!?」

「い、いつの間に……？」

キョトンとして目を瞬《しばたた》かせているエルザであった。

「先程《さきほど》、斥候《せっこう》任務から帰還《きかん》しました。それで、イヴさんとグレン先生を捜しているのですが……」

「え!?　イヴさんと先生!?」

「いえ、あの……今はちょっと……」

システィーナとルミアがしどろもどろに応じるが。

「どうしても、二人のお耳に入れたい情報があるんです。私には今一、わからないんですが……ひょっとすると、戦況《せんきょう》を左右しかねない重大なことかもしれません」

そんなことを、真摯《しんし》な目で告げるエルザに。

「……ッ！」

今まで少々浮《う》わついていたシスティーナ達が、たちまち表情を引き締《し》めるのであった。

〝謎《なぞ》の敵軍魔導士《まどうし》から、イヴとグレンに対して名指しで言伝《ことづて》があった〟

「…………」

エルザからその言伝を受けたグレンとイヴは、無言で絶句していた。

特にイヴの動揺《どうよう》は激しく、真っ青になっている。

さらには、それを傍《はた》で聞いていたシスティーナ、ルミア、リィエルまで神妙《しんみょう》な面持《おもも》ちになっており……その報告をしたエルザは戸惑《とまど》うしかない。

「す、すみません……私には、よく意味がわからなかったのですが……」

「いえ、いいの。勝手に自己判断せず、よく報告してくれたわ。ありがとう」

イヴがなんとか動揺を堪《こら》えながら、応じる。

イヴは今にも倒《たお》れ込みそうなほど、膝《ひざ》を震わせていた。

「……そういう……ことか。そうじゃないかと……思ってたけど……」

「待てよ、イヴ。情報攪乱《かくらん》の線だってある。真に受けるのは……」

「十中八九ないわ。だって、今回の軍事戦術上、何の意味もない。攪乱したいならもっとマシなデマがいくらでもある。わざわざ危険を冒《おか》して、私を名指しでリークするような情報じゃない。つまり、姉さんの正体は――」

「…………」

ぎゅっと目を瞑《つぶ》り、拳《こぶし》を握《にぎ》り固めるイヴに、グレンは押し黙《だま》るしかない。

さすがに……イヴに対してかけてやれる言葉が見つからなかったのだ。

「言っておきますけど、先生宛《あ》ての言伝もかなり重大ですよ？もし、本当なら……」

「ああ、わかってる。だが、こっちも、事実だろうがデマだろうが……今さら何も変わらん。作戦変更《へんこう》はない。ま、むしろ、デマであって欲しいがな」

心配そうなシスティーナへ、グレンが肩《かた》を竦《すく》めた。

「あ、あの……先生」

すると、ルミアが決意したように進言する。

「私も……私も先生達と同じチームに……」

「そ、そうよ！　そういうことなら、私達だって──」

「駄目《だめ》だ」

だが、グレンは即座《そくざ》にその申し出を却下《きゃっか》した。

「俺は戦争が大嫌《だいきら》いだ。魔術をただの戦いの武器に貶《おとし》める戦争がな。そんなクソな戦争に……俺は、お前らを巻き込んじまったんだ……」

「先生……」

「システィーナ、ルミア。せめて、お前らの力で、皆を守ってやってくれ。それが出来るのは、今はお前らだけだ。大人の薄汚《うすぎたね》え部分は俺が引き受ける。だから……」

「わかり……ました……」

心配そうに目を伏《ふ》せるルミア。

そんなルミアを安心させるように、グレンは頭を撫《な》でながら言う。

「とはいえ、件《くだん》の情報がデマじゃねえなら、ちょいと事前準備がいる。お前ら、これから手伝ってくれるよな？」

「は、はい……ッ！　もちろんです！」

「リィエルとエルザも……作戦当日はしんどいと思うが、頼《たの》むぞ」

「ん。がんばる」

「……はい、お任せを」

不意に、グレン達の下《もと》に届けられた、衝撃《しょうげき》の〝言伝〟。

それに動揺と困惑《こんわく》を覚えながらも、最早《もはや》、歯車は何一つ変わらない、止まらない。

今はただ、決戦の時に備えてひたすら待ち続けるだけであった。

そして——

――――。

ルヴァフォース聖暦《せいれき》1853年、グラムの月13日。

――黎明《れいめい》の刻《とき》。4時17分。

人々は未《いま》だ眠りより醒《さ》めやらず、未だ日は隠れ、暗い空気はしんと冷え込んでいる。

深い朝霧《あさぎり》が、ミラーノをヴェールのように漂《ただよ》う――そんな時分。

後世に『炎《ほのお》の一刻半《いっときはん》』と伝わり、後に世界の軍事史に〝イヴ〟の名が鮮烈《せんれつ》に刻まれる最初の切っ掛《か》けとなる、約三時間の電撃《でんげき》的激闘《げきとう》の幕が上がる――

イグナイト卿《きょう》の軍事拠点《きょてん》、ティリカ＝ファリア大聖堂。

その内部を終末を告げるラッパのように響《ひび》く、音響魔術《おんきょうまじゅつ》による警報サイレン。

それが、眠れる静寂《せいじゃく》の黎明を破る――

「何事だッ!?」

仮眠《かみん》中だったイグナイト卿が、大広間《ホール》に敷設《ふせつ》した臨時司令室に飛び込んで来る。

そして、そこに駐在《ちゅうざい》中だった通信伝令兵の報告。

その時――その場の将兵達に激震《げきしん》が走った。

「そうか——ッ!? 女王がついに動いたのだな!?」

「はっ！ 女王軍はα警戒《けいかい》ポイント内における『異界』を解きました！」

「潜伏《せんぷく》先判明ッ！ アルトラズホテル・ミラーノ！ 魔術祭典帝国《ていこく》代表選手団が宿泊《しゅくはく》していた、あの公営大ホテルですッ！」

「——ッ!? 確かにそれは、籠城《ろうじょう》に足る堅牢《けんろう》な施設《しせつ》ではあるが……ッ!?」

その場の通信魔導兵達が、モノリス型演算器や天象儀《プラネタリウム》型映像投射装置など、その場の通信魔術機材を素早《すばや》く操作する。

大広間《ホール》の中空に、そのホテル周辺の映像が窓の形で投射されていく。

そして、その映像の一枚。

女王軍の将兵達の集団が、密集陣形《じんけい》を組んでホテルから出陣しており……

『女王陛下ぁああああーーッ！ ばんざぁああああああいーーッ！』

『『『ぉおおおおおおおおおーーッ！』』』

黎明の静寂を破る鬨《とき》の声を派手に張り上げて、西の通りを一気に駆《か》け抜《ぬ》けていく様子が投射されていた。

「西区三番街レイターク・ストリートを西進する敵兵力、およそ１３０ッ！」

「恐《おそ》らく、現在の女王軍で戦術行動可能な残存兵力のほぼ全《すべ》てと思われますッッッ！」

「ククク……思った通りだ、女王よ……」

イグナイト卿は、見下すように口の端《はし》を吊《つ》り上げる。

「追《お》い詰められた貴様は、『異界化』が強制解除《キャンセル》される前に、タイミングを見計らって、打って出てくる……兵の犠牲覚悟《ぎせいかくご》で一点突破《とっぱ》、ミラーノ外への脱出《だっしゅつ》を狙《ねら》ってな！」

ばっ！　と。イグナイト卿が腕《うで》を広げて指示を飛ばす。

「バカめ！　その周辺にはすでに、帝国軍を広く包囲展開しているッッッ！　早速《さっそく》、総力を挙げて包囲し、すり潰《つぶ》せッッッ！　女王を捕《と》らえるのだッッ！」

「し、しかし、閣下………ッ！　そ、それが……ッ！」

すると、周囲の将兵の一人が、恐る恐る一つの投射映像窓を指差す。

その映像窓には、ホテルを鳥瞰《ちょうかん》した映像が投射されており——

「な、何……ッ!?　馬鹿《ばか》なッ!?」

その映像を見たイグナイト卿以下、将兵全てが驚愕《きょうがく》に目を剝《む》いて絶句した。

「じょ、女王……だと……ッ!?」

なんと。

そのホテルのもっとも高き尖塔《せんとう》のテラスに。

『………』

女王が威風堂々《いふうどうどう》と佇《たたず》み、眼下を見下ろしている。

当の女王軍将兵達が最優先で守るべき対象――アリシア七世その人が、なんとホテルに一人取り残されていたのである。

「馬鹿な!? なんだこれは!? 西進するあの一隊は、女王をミラーノ外へ脱出させるため、一点突破で決死の突撃《とつげき》を敢行《かんこう》したのではなかったのか!?」

わけがわからない、と。驚愕に顔を歪《ゆが》めるイグナイト卿。

そして、そんな意味不明な光景を。

「この布陣《ふじん》と盤面《ばんめん》は……」

イグナイト卿麾下《きか》のクーデター軍総司令官リディア＝イグナイトは、卓上《たくじょう》の戦術状況《じょうきょう》図と見比べながら沈思《ちんし》するのであった――

～～～

「女王陛下を囮《おとり》にするというのか!?」

「そうよ」

――先日の作戦会議にて。

イヴが提言した、イグナイト卿を討《う》つ作戦……それは、アルザーノ帝国の常識から考えれば、とんでもなく常識外れな作戦であった。

「馬鹿な！　そんなこと――」

たちまち、将兵達が激昂《げきこう》し、口々に反発し始めるが。

「イヴ、続けてください」

そんな将兵達を、アリシアが手で制し、静かに黙らせる。

「……はい。それではこの戦術状況図を」

イヴが指差す図上では、友軍の駒《こま》と、それを取り囲む賊軍《ぞくぐん》の駒が整然と並んでいる。

「私が先に説明したとおり、友軍と賊軍は数値上ほどの戦力差はありません。

それでも、まともにぶつかり合えば、勝ち目はないほどの戦力差ではあります。

そして、姉さ――リディア＝イグナイトの采配《さいはい》が見事です。私達が、この付近に潜《ひそ》んでいると踏《ふ》んで、ここを最優先警戒地域と定め、戦力密度を上げている。

そして、友軍が籠城を放棄《ほうき》して進軍を開始すれば、どの方向へ進軍しようとも、即座に周囲の賊軍小隊と連携《れんけい》し、包囲・挟撃《きょうげき》できるような配置になっている」

イヴが、賊軍の駒に指先で触《ふ》れていく。

「リディアは、賊軍兵力の魔術兵装を、耐久力《たいきゅう》・継戦力《けいせん》重視の防御《ぼうぎょ》隊と、機動力・攻撃力《こうげき》重視の攻撃隊の二種類に分け、それを交互《こうご》に、格子《こうし》状に配列している。私達が起死回生の一点突破を狙おうものなら……」

友軍と敵軍の駒を戦術状況図上で交互に動かしていく。

「賊軍防御隊がまずそれを受け止め、私達が突破に手をこまねいている内に、両脇《りょうわき》の機動力に優《すぐ》れた攻撃隊が、横腹を突《つ》き、背後へ回り……余所《よそ》から援軍《えんぐん》を集めて……」

たちまち敵軍に包囲される友軍。

そして、イヴがダイスを振《ふ》るい、戦況《せんきょう》結果判定を何度か行うと、友軍は数ターンもしないうちに全滅《ぜんめつ》した。

「こうなるわ。この敵布陣の優れた点は、私達がどこを突破しようと仕掛《しか》けても……圧倒《あっとう》的な状況対応力が存在すること。友軍は包囲殲滅《せんめつ》を免《まぬか》れない」

イヴが、戦術状況図上で幾《いく》つかの進軍パターンを試《ため》すが、やはりどう指しても友軍の全滅という結果に終わってしまう。

その結果に意気消沈《いきしょうちん》し、ため息を吐《つ》く将兵達。

「じゃあ、どうやって……？」

そんな力ない、誰《だれ》かの問いに。

「簡単よ。こうすればいいわ」

イヴが手を伸《の》ばし、友軍の駒をささっと動かす。

それは、拠点にごく少数の守りをつけた女王を籠城する形で残し――残りの友軍の全てが敵軍へ全軍突撃をするという采配であった。

「拠点の陛下を本隊、敵軍に突撃を敢行した友軍を別働隊とするわ。さぁ、グレン。貴方《あなた》が賊軍の将だったら、この私の一手に対し、どう采配する？」

そのイヴの意味不明の采配に一同がざわつく中、イヴがグレンに振る。

「久々、貴方と私で兵棋《へいぎ》演習と行こうじゃない？」

「あ？　俺？　いや……戦術は多少、座学かじったけどよ……基本、俺、専門外なんだが……？　それに、お前にゃダイス運でしか勝ったことねーし……」

「関係ないわ。コレ、誰がどう采配しても、結果一緒《いっしょ》だから」

「ん？　同じ？　そりゃどういう……、って……ああ、これはなるほどなぁ」

戦況図を見たグレンはイヴの意図を察し、それに乗ってやろうとにやりと笑う。

「じゃ、そうだなー、陛下がこの拠点にぽつんと一人残ってるんだろ？　しかも、堂々と姿を見せて。なら、普通《ふつう》ならそりゃブラフだ。全軍突撃した別働隊の方に、本物の陛下が隠《かく》れて紛《まぎ》れているかもと考えるのが、自然だろうなぁ？

となれば、とりあえず……籠城の陛下は放《ほう》っといて、こうするんじゃねーか？」

わざと愚者《ぐしゃ》を装《よそお》って、グレンが敵軍の駒を動かす。

それは、先程《さきほど》同様、防御隊が友軍の突撃を受け止め、攻撃隊が包囲殲滅する指し手だ。

たちまち、突撃した別働隊は取り囲まれるが……

「あら、そうするの？　じゃあ、私はこうだわ」

イヴが拠点の女王の本隊を動かす。本隊は、別働隊への包囲によって作られた穴をするりと抜けて、ミラーノの外へ脱出した。

「おわぁ、しまった。にーげーらーれーたーぁ。じゃあ、やっぱこうだよな、陛下見捨てた薄情《はくじょう》な連中なぞ放っておいて、さっさと陛下を取り押さえるべきだよな」

今度は、グレンが拠点籠城する女王へ、賊軍の駒を集める。

「運命のダイスロールッ！　制圧判定……成功！　やった、陛下を捕《つか》まえたぞぉー」

「ふうん？　いいのそれ？　確かに籠城する軍を落とすには、それなりの戦力を割《さ》かなきゃいけないのが常識だけど……」

イヴもどこか楽しげに、駒を動かす。

籠城する女王の本隊へ駒を集めた分、包囲は手薄《てうす》になり、突撃を敢行した友軍別働隊が一点突破で賊軍の一角を撃破《げきは》突破し、ミラーノの外へ脱出してしまう。

「一丸となって一点突破狙《ねら》いで逃《に》げる相手を、完全包囲殲滅するにも相当の数がいるわ。

何倍もの兵力差がありながら、決死の一点突破で陣形を抜かれた戦術例は、歴史を紐解《ひもと》けばごまんとある。

わかってると思うけど……貴方、失敗できないのよ？　もし、拠点籠城《きょてん》した陛下が偽物《にせもの》で、本当にこっちの別働隊の中に本物の陛下が隠れてたら、今ので詰みよ？　本当に、そんな采配できる？　自分の命運がかかってるのに？」

「うぐぐぐー、確かに、そう考えるとヤベーヤベー……じゃあ、やっぱ、こうするしかねえじゃん？」

グレンが再び駒を動かす。

それは……拠点籠城する女王の本隊と、突撃敢行する別働隊、それぞれ同時に兵力を割く……そんな采配だった。

「そう、敵はそうするしかないのよ。この状況なら、どんな優れた軍略家だろうが関係ない。そう差配せざるを得ない。

さて、敵が二分したせいで、また、さらに戦力差が埋《う》まったわね。これなら――勝負になると思わない？」

イヴが兵力差と地形効果など、戦況を左右する補正値をさっ引いて、ダイスを振る。

判定結果は――友軍敵軍の勝率ダイヤは、４：６。

相変わらず劣勢《れっせい》ではあるが——決して絶望的ではない。

ざわざわ……ざわめき始める将兵。

今、何か光明が、彼らにも見えかけたのだ。

「以上。友軍を幾つかに分けるわ。

一つ、敵に突撃敢行する別働隊。残りの全兵力一丸となって敵包囲網《ほういもう》を一点突破、ミラーノ脱出を目指す。当然、これは囮。装備や魔術《まじゅつ》は継戦力・防御重視。中途半端《ちゅうとはんぱ》な包囲では殲滅できなくする。もちろん、なるべく長く戦えるように、細かな指揮は私が執《と》る。

一つ、拠点籠城《ろうじょう》する本隊。これも囮。ここで女王陛下の姿を明確に敵軍に誇示《こじ》する。無論、拠点となるホテルには、予《あらかじ》め魔術で強固な防衛陣地《じんち》結界を構築し、ひたすら守勢に重きを置いた籠城作戦。中途半端な戦力では落とせないようにする。

こうして、敵が分散せざるを得ない状況を作り、敵が分散してくれた時、初めて私達に勝ちの目が出てくるというわけ。理解した？」

「な、なんという……」

将兵達が、全員絶句している。

大胆《だいたん》過ぎる。主力の友軍を囮にして、女王陛下まで囮にして。

だが、その内実何処《どこ》までも繊細《せんさい》だ。針の穴を通すような理《り》が通っている。

見事過ぎる。このイヴという女……一体、なんということを思いつくのか。

イヴの作戦は、相手の指揮官の差配を読む、読み切るという不確定な要素に、まったく頼《たよ》っていない。全《すべ》て、相手がこうせざるを得ないという必然性の差配なのだ。

「姉さ——リディアだけが相手だったらこうはいかないわ。リディアなら、この盤面こそ勝敗を分ける最大の分水嶺《ぶんすいれい》だと見切り、どちらかに全兵力を差し向ける賭《か》けに出る。

そして、その駆《か》け引きになれば、私が勝てる可能性はほぼ0。

リディアなら間違《まちが》いなく正しい一手を指す。間違いなく、ね。だけど、今の彼女は自由な采配ができない。大きな足枷《あしかせ》がある」

「イグナイト卿《きょう》か……」

「そう、卿が無理矢理作ったこの盤面が、リディアの自由な采配を縛《しば》っている。

そして、イグナイト卿はこう見えて、小心の小物。自分が圧倒的有利だと思っていることの状況で、一か八かの賭けなんてできやしないわ。つまり——」


〜〜〜

「今、ミラーノ中に展開するフリーの全軍を二手に分けろ！」

眼前に展開される意味不明なこの状況《じょうきょう》に、イグナイト卿が命令を下す。

「拠点籠城する女王！　そして、一点突破《とっぱ》を図《はか》ってミラーノ脱出《だっしゅつ》を狙《ねら》う敵軍！　我が軍を二手に分け、同時に攻《せ》め滅《ほろ》ぼすのだッッッ！　絶対に女王を逃《のが》すなよッッッ！」

「「「はっ！」」」

イグナイト卿の命令を受け、各将兵達が慌《あわ》ただしく動き始める。

だが。

「お、お待ち下さい、お父様！」

それを止める者がいた。リディアだ。

「なんだ？」

「恐《おそ》れながら申し上げますわ。この女王軍の不自然な兵力分散……恐らくブラフかと」

「そんなことは分かっている」

「今、我が軍を分散して二手に差し向ければ、私達は確定勝ちの優位を失います。戦況が泥沼《どろぬま》化する可能性が出てきます。そうすれば、私達がもっとも避《さ》けなければならない、最悪のシナリオの目が出てきますわ」

そんなリディアの進言に、イグナイト卿の表情がたちまち不機嫌《ふきげん》そうに歪《ゆが》んでいく。

「お父様。恐らくここが勝敗の分水嶺です。ここを制してこそ、お父様に勝利と栄光が訪《おとず》れるのです。……ここは勝負に出るべきです」

そして、リディアが図上の投射映像を見比べる。

それをしばらくの間、注視して、慎重《しんちょう》に卓上《たくじょう》の戦術状況図と見比べて……

……やがて、熟慮《じゅくりょ》して結論する。

「別働隊はブラフです。恐らく、拠点籠城する本隊こそ……今、ああして姿を見せている女王こそ本物です。お父様、私は別働隊を無視し、敵拠点に現在戦闘《せんとう》行動可能な全戦力を差し向けることを、提案──」

ぱぁんっ！　頬《ほお》を叩《たた》く音が作戦会議室内に響《ひび》き渡《わた》った。

イグナイト卿が、リディアの頬を張ったのだ。

「貴様、私に逆らうのか？　娘《むすめ》のくせに意見するというのか……ッ⁉」

イグナイト卿が顔を真っ赤にして、激憤《げきふん》していた。

「あ、いえ……そんな、お父様……私は……」

「もっとよく考えてから物を言え。もし、別働隊に女王が隠れ潜《ひそ》んでいたら、女王に逃げられてしまうだろうがッ！　貴様はそんなことも読み切れぬのかッ⁉」

「もっ！　申し訳ありません、お父様ッ！」

途端《とたん》、リディアが泣きながらイグナイト卿の前に跪《ひざまず》き、許しを乞《こ》い始める。

「お、お父様に逆らうなんて、そんな……ッ！　決して、私にそんなつもりは！　お許しを、お父様！　どうか、お許しを！　お許しを！　お許しを！　お許しを！」

壊《こわ》れた蓄音機《ちくおんき》のように、許しを乞い続けるリディア。

「お許しを！　お許しを！　お許しを！　お許しを！　お許しを！　お許しを！」

そんな異様な光景に、将兵達は唖《あ》然《ぜん》とするしかない。

「……ふん、わかればいいのだ、わかれば」

やがて、リディアの飼い犬のような平伏《へいふく》ぶりに、満足したのか。

イグナイト卿が鼻を鳴らして、背を向ける。

「貴様は私の言うことだけを聞き、私のためだけに働けば良いのだ。わかったか、リディア……我が愛《いと》しき娘よ」

「はいっ！　私の全てはお父様のためにありますわ！　だって、私は――お父様の娘なんですもの！」

途端、さっきの涙《なみだ》はどこへやら。

にっこりと嬉《うれ》しそうに笑って、リディアが立ち上がる。

「わかりました。では早速《さっそく》、軍を二手に分け、それぞれを殲滅《せんめつ》します」

「うむ」

「というわけで、将兵の皆《みな》さん。どうかよろしくお願いします。皆さんのお力を、どうかお貸し下さい」

そして、リディアがいつもの聖母のような笑《え》みを浮《う》かべて将兵達に振《ふ》り返り、次々と指示を出す。

イグナイト卿麾《き》下《か》の将兵達は、そんなリディアの姿に、どこか背筋が薄《うす》ら寒くなるのを感じるのであった――

黎明《れいめい》のミラーノを震《ふる》わす、戦いの怒号《どごう》。

「な、なんだ……？」

「今、このミラーノで一体、何が起きて……？」

《根》に怯《おび》え、都市を占領《せんりょう》したクーデター軍に怯えて。

ひっそりと家屋に引きこもって息を潜めていたミラーノ市民達が、目を覚まし、窓から恐る恐る外の様子をのぞき見る。

この時、ミラーノ市民は誰《だれ》一人気付いていない。

今、自分達が目《ま》の当たりにしているこの帝国《ていこく》軍内の内紛《ないふん》戦争。

それが、後の軍事史に燦然《さんぜん》と輝《かがや》く歴史的瞬間《しゅんかん》であったということを、市民の誰もがまだ気付いていないのであった――

「ぉおおおおおおおおおおおおおおおおおお――ッ！」

「行けぇえええええええ――ッ⁉」

――別働隊。

女王麾下の兵力137名が一丸となって、黎明のミラーノ都市内中を駆ける。

通信魔術でイヴの指揮を遠隔的《えんかく》に受けながら、駆ける、駆ける、どこまでも駆ける――

「通すなッ！　ここを死守だッ⁉　死守しろぉおおお！」

「囲め、囲めぇええええええええ――ッ！」

そんな別働隊を、イグナイト卿麾下の賊軍《ぞくぐん》が行く手を阻《はば》み、包囲しようとする。

イヴの策略によりうまく二分したとはいえ、その兵力差はやはり圧倒的《あっとう》。

別働隊は、容易に包囲網に追いつかれ、捕捉《ほそく》される。

「二番地区、三番地区、閉鎖《へいさ》完了《かんりょう》！」

「魔導《まどう》射撃兵横列斉射《せいしゃ》配置終了！」

「撃《う》てぇええええええええええええ――ッ！」

実際、別働隊が駆ける街路前方――そこを賊軍が封鎖《ふうさ》し、軍用攻性呪文《アサルト・スペル》の斉射を仕掛《しか》けてくる。

地獄《じごく》の破壊力《はかい》が、その場に渦《うず》を巻いた。

超《ちょう》高熱の火球が飛び、雷槍《らいそう》が幾条《いく》も飛来する。

普通《ふつう》なら、ここで終わる。殲滅されて終わる。そのハズである。

だが――

「いぃいいいやぁあああああああああああああああああーーッ！」

「ふ――ッ！」

二つの人影《ひとかげ》が、それぞれ烈風《れっぷう》と疾風《しっぷう》と化して、別働隊から先行して飛び出し――

「やあああああああああああーーッ！」

烈風が猛然《もうぜん》と大剣《たいけん》を振るって、その剣圧で迫《せま》り来る火球を吹《ふ》き飛ばし――

「――しゃ！」

疾風が疾《と》く鋭《するど》く刀を無数に翻《ひるがえ》し、雷槍を弾《はじ》き返す。

「な、何ぃいいいいいーーッ!?」

「ば、バカなッ!?　なんなんだ、あの二人はッ!?」

自分達が放った、攻性呪文《アサルト・スペル》の悉《ことごと》くが打ち落とされた賊軍将兵達は恐れ戦《おのの》くしかなく――

そんな彼らの渦中《かちゅう》に、烈風と疾風が、情け容赦《ようしゃ》なく飛び込んでいった。

「いいいいやぁあああああああああーーッ！」

烈風が暴嵐《ぼうらん》のように振り回す大剣に、十数名の将兵達が吹っ飛ばされて――

「はッ！」

疾風が微《かす》かに銀線を閃《ひらめ》かせながら、将兵達の隙間《すきま》を通り抜《ぬ》け――

その数秒後、将兵達がバタバタと遅《おく》れて倒《たお》れていく。

「凄《すご》い……相変わらず凄いね、リィエル」

「ん。エルザもやる」

その無双《むそう》の烈風と疾風の正体は、リィエルとエルザであった。

リィエルが両手で大剣を深く低く構え、エルザが鞘《さや》に収めた刀を左手に提《さ》げ、ゆるりと半身に構えている。

「だ、大丈夫《だいじょうぶ》ですか⁉《戦車》殿《どの》！《運命の輪》殿ッ⁉」

そこへようやく追いついてきた別働隊が合流する。

「凄い……お二方、なんという強さなんだ……ッ！」

「頼《たの》もしい……ッ！」

リィエルとエルザの怪物《かいぶつ》じみた力を目の当たりにした別働隊の者が、口々に二人を褒《ほ》め称《たた》え、尊敬の眼差《まなざ》しで注視する。

「お褒めに与《あずか》り光栄ですが……そのような暇《ひま》はないようですね」

だが、エルザがそう呟《つぶや》いた瞬間。

「居たぞぉおおおおおおおおおおおおおおー―ッ！」

「潰《つぶ》せぇえええええええええええー―ッ！」

今度は、右手の街路から、賊軍の攻撃《こうげき》隊が大挙してやって来る。

全員、帝国魔導兵の正規装備である細剣《レイピア》を抜刀《ばっとう》。迷いなく突《つ》っ込んでくる。

その歩は――速い。相当に練度の高い魔導兵だ。

すでに、近距離《きんきょり》魔術《まじゅつ》戦の間合いから格闘《かくとう》戦の間合いになっている。

「くっ……もう新手が……ッ⁉」

やや怯《ひる》む別働隊の将兵達を叱咤《しった》するように。

「皆さん、行きますよ！」

「ん！　行く！　ついてきて！」

再びリィエルとエルザを先頭に、友軍別働隊と賊軍攻撃隊が正面から激突《げきとつ》する。

両軍が剣を突き合わせ、激しく入り乱れる中――

「いいいいやぁあああああああああー―ッ⁉」

「はぁあああああああああああー―ッ！」

やはり、活躍《かつやく》目覚ましいのは、リィエルとエルザだ。

リィエルの大剣の一振《ひとふ》りごとに。エルザの刀の一閃《いっせん》ごとに。

賊軍が次々と討《う》ち取られ、落ちていく――

背中合わせに戦う二人の姿はまるで、竜巻《たつまき》だ。

呑《の》み込まれれば絶死の極地空間が、その周囲に形成されていた。

「大丈夫です、皆さん！　この戦場はイヴさんが見守っています！」

エルザが鞘から抜く手も霞《かす》む抜刀――と、同時にチンと鞘に刀を収める。

どう、と。斬《き》られて倒れ伏《ふ》す敵兵。

「ん！　イヴの言う通りに進んでいれば、勝てる！」

リィエルが大剣を横薙《よこな》ぎ一閃、大回転。

背後から斬りかかろうとしていた敵兵三人が纏《まと》めて、吹き飛んでいく。

「ああ、俺達は勝つ！　勝てる！」

「女王陛下のためにッッッ！」

そんな少女達の獅子《しし》奮迅《ふんじん》に勇気づけられた友軍も、必死の奮闘《ふんとう》を続ける。

戦力差の不利を、見事押し返しているのであった。

一方——女王軍本隊が籠城《ろうじよう》するホテル周辺にて。

「魔術射砲撃《ほうげき》隊ッ！　第三列一斉掃射《いっせいそうしゃ》ッッ！　撃てぇぇぇぇぇぇーーッ！」

ホテルを何重にも包囲展開する賊軍魔導兵達が、一斉に呪文を唱えている。

無数の火球が、弧《こ》を描《えが》いて雨霰《あめあられ》とホテルへ降り注ぐ。

ホテルの外壁《がいへき》のあちこちで、着弾《ちゃくだん》した火球が大爆発《ばくはつ》を起こすが——

「焦《あせ》る必要はありませんよ」

ホテル第一層の玄関広間《エントランス・ホール》にて。

激震《げきしん》し、埃《ほこり》がぱらぱらと降ってくる中、リゼが生徒達を振り返りながら言った。

「このホテルにはすでに、強固な防御《ぼうぎょ》結界を、ルミアさんの異能を乗せて何重にも施《ほどこ》してあります。ちょっとやそっとでは崩《くず》れません」

その場所には、ホテル全体に張られた防御結界へ魔力《まりょく》を供給し、維持《いじ》する、制御法陣《せいぎょほうじん》が描かれており、圧倒的な魔力が漲《みなぎ》っている。

そこでは、戦線での戦闘《せんとう》行動が不可能な女王麾下の負傷兵はもちろん、エレン、カッシュ、ウェンディ、テレサ、セシル、リンといった非戦闘員の生徒達までが集《つど》い、法陣に必死に魔力を注ぎ、ホテルに張られた防御結界の維持に専念している。

そして、リゼの役目は、遠見の魔術で外の賊軍の魔術射砲撃状況《じょうきょう》を観察しての、細やかな結界の出力制御だ。

リゼは、賊軍の攻撃に合わせて局所的に防御結界を厚くしたり、薄くしたりして、ひっきりなしにホテルへ降り注ぐ魔術射砲撃を捌《さば》き続けている。

「ここまでお膳立《ぜんだ》てしてもらったのです。今さら、C級軍用魔術程度では、びくともしません」

そして――

「《紅蓮《ぐれん》の獅子《しし》よ・憤怒《ふんぬ》のままに・吼《ほ》え狂《くる》え》――ッ！」

ホテル外壁の窓から、レヴィン、コレット、フランシーヌ、ジニー、ジャイル、ハインケルらが外を包囲する賊軍へ向かって、面制圧系の攻性呪文《アサルト・スペル》を次々と放っている。

生徒達の中でも、特にハインケルの放つ攻性呪文《アサルト・スペル》の威力《いりょく》は凄《すさ》まじく、その威力を知った賊軍は迂闊《うかつ》にホテルに近づけず、明らかに足を止め、攻《せ》めあぐねていた。

「何度も言うが、当てる必要はないからな」

ギイブルが、賊軍の鼻先に【アイス・ブリザード】を撃ち込みながら言う。

「僕らの役目は牽制《けんせい》だ。適当に撃ちまくって追い払《はら》うだけでいい」

「ええ、そうでしたね。ここを三時間保《も》たせるのが、僕達の役目でしたね」

レヴィンが肩《かた》を竦《すく》めて応じる。

「このホテルと、ホテルを守る結界は非常に強固です。並の魔導兵では、突破《とっぱ》も侵入《しんにゅう》もできません。三時間程度ならば、敵を殺さず守り切れるでしょう」

「……さ、三時間以上経《た》ったら……」

「どうするんですの……？」

戦々恐々《せんせんきょうきょう》としながら、コレットとフランシーヌが問う。

「その時は……覚悟《かくご》を決めるしかありませんね。……敵を殺す覚悟を」

そう神妙《しんみょう》に返すレヴィンに、コレットとフランシーヌが息を呑む。

だが。

「まぁ、多分心配はいらないよ」

眼鏡《めがね》を押し上げながら、ギイブルが言う。

「この戦いの決着は、三時間でつく」

「な、何を根拠《こんきょ》に言ってるんだよ？　そんなこと……」

「あのイヴ教官が三時間で決着をつけると、はっきり明言したんだ。それに、あのお人好《ひとよ》しのロクでなしもついている。……上手《うま》くいくに決まってるさ」

ふん、と。

鼻を鳴らし、ギイブルは窓から外の戦況《せんきょう》を見つめる。

（くそ……僕が目指す人達はなんて遠いんだ……）

そんなことを悔《くや》しげに考えながら、ギイブルは自分の仕事に専念するのであった。


「どうだ⁉　状況報告しろッ！」

「くそッ！　堅《かた》い……ッ！　小隊長ッ！　本小隊からの攻性呪文《アサルト・スペル》斉射効力0ッ！　敵拠点《きょてん》防御結界、依然《いぜん》健在ッ！　破れません！」

「敵陣《てきじん》からの攻性呪文弾幕《アサルト・スペルだんまく》も厳しく、これ以上の接近は──」

「どうなっているんだ……ッ⁉　ここまでビクともしないものなのかッ⁉　あの拠点に残っているのは、子供と負傷兵達だけじゃなかったのか⁉」

ホテルを遠巻きに囲む、とある賊軍《ぞくぐん》小隊のメンバー達が叫《わめ》く。

自分達の遠距離呪文《じゅもん》攻撃がまるで効果ないことを悟《さと》った小隊長が、決断する。

「仕方ない！　私がB級軍用攻性魔術で攻撃するッッッ！」

「え⁉　攻城《こうじょう》用のB級でですか⁉」

「アレは最早《もはや》、ただのホテルではないッ！　城だッ！」

「しかし、小隊長！　それを一度、唱えたが最後……小隊長はマナ欠乏症《けつぼうしょう》で、本日は戦闘行動不能に……ッ⁉」

「構わん！　やらねば埒《らち》が明かんッ！　私は今から呪文詠唱《スペリング》に入るッ！　アイル隊、ラークス隊にも、Ｂ級を合わせるよう伝えろ！　他隊員は万が一に備え、周囲警戒《けいかい》！　状況開始ッッッ！」

「──そう、なぜか私達の周りには、Ｂ級軍用魔術を当たり前のように三節で唱え、Ｃ級のようにバンバン撃《う》ちまくる御方《おかた》が多くて、感覚が麻痺《まひ》してしまってますが……本来、Ｂ級の詠唱《えいしょう》とは、そういうものですよね……」

リゼが遠見の魔術で、外の警戒をしながら呟く。

リゼの魔術の視界のあちこちで、Ｂ級を詠唱可能な数少ない隊長クラスが、一斉にタイミングを合わせて、全身全霊《ぜんれい》の魔力を高めている。

その手の先に展開した魔術法陣へありったけの魔力を注ぎ……同時に、長々と十数節以上にも亘《わた》る呪文を唱えている……そんな姿が確認《かくにん》できた。

制御に失敗し、暴発したら自分達が消し飛ぶ。

まさに、彼らは命がけでＢ級軍用魔術を起動しようとしているのだ。

「ええ、それはさすがに厄介《やっかい》ですが──」

「ぜぇ……ぜぇ……ッ！　行けぇぇぇぇぇぇぇーーッ！」

ついに完成した、B級軍用魔術が、あちこちから同時斉射される。

黒魔《くろま》【インフェルノ・フレア】。

黒魔【プラズマ・カノン】。

地獄《じごく》の業火《ごうか》が津波《つなみ》と化して、ホテルへと押し寄せ――

大砲《たいほう》のような極太《ごくぶと》の収束雷撃《らいげき》が、ホテル正面門を目掛《めが》けて突き進む。

だが、それら大気と大地を轟《とどろ》かせる超威力《ちょういりょく》は――

「――お願い、《私の鍵《かぎ》》！」

ホテル屋上に佇《たたず》むルミアの銀色の鍵の輝《かがや》きに応じて、空間に開いた亀裂《きれつ》が、迫《せま》り来る極太の収束雷撃を、あっさり吸い込んで呑み込み――

「《我に従え・風の民《たみ》よ・我は風統《す》べる姫《ひめ》なり》ッ！」

同じくシスティーナの黒魔改弐《に》【ストーム・グラスパー】が、ホテルを中心に圧倒的《あっとう》に巻き起こる風の結界が、押し寄せる炎《ほのお》の津波を受け止め――空へ吹《ふ》き散らしていく。

「ば、馬鹿《ばか》な……ッ！　ごほっ、げほっ……ッ！　私のB級が……ッ!?　あんな子供達に

「……あっさりと……防がれて……ッ!? ごほごほっ！」

それは、仕掛《しか》け側からすれば、実に心の折れる光景であった。

小隊長数名がかりで、意地と誇《ほこ》りをかけて行った、B級軍用攻性魔術《まじゅつ》の一斉砲撃。

それが難なく防がれるという信じられない事態に、小隊長達はがくりと膝《ひざ》をつき、気を失ってしまう。

「た、隊長ぉおおおおーーッ!? しっかりしてくださいッ！」

「やはり、マナ欠乏症か!? ま、待っててくださいッ！ 今、後方の法医兵《メディック》のところへ連れて行きますから――ッ！」

と、ぐったりした小隊長を、兵の一人が介抱《かいほう》しようとしていた、その時だった。

「や、その必要はないぞ、君」

ぽん、と。その兵の肩を、背後から叩《たた》いてくる者がいた。

その兵士は、顔だけ振《ふ》り返り、その人物を見て唖然《あぜん》とする。

なぜか、どこをどう見ても軍人ではない民間人が、当然のように立っていたのだ。

「え？ 誰《だれ》？」

「は!? 誰だと!? むしろ、君はなぜ僕の名前を知らないんだッ!? 僕はフォーゼルッ！

アルザーノ帝国《ていこく》魔術学院が誇る天才魔導考古学者ッッ！ フォーゼル＝ルフォイに決まっ

ているだろうがッッッ⁉　君、さてはモグリだな⁉」

なんだか、その民間人はよくわからないことで怒《おこ》っているが、兵士にとってはそれどころではない。なぜなら……

「あ、あれ……皆《みんな》……？」

いつの間にか、周囲に展開していた彼の小隊のメンバー十数名が全員、地面に倒《たお》れ伏《ふ》して気を失っているのだ。

「ん？　彼らか？　ああ、眠《ねむ》っててもらった。皆、お疲《つか》れのようだったからな」

「え？　何？　……え？」

「で、君もきっと疲れているんだろう？　無理はいけないぜ。だから、子守歌代わりに聞かせてやろう……僕の《天曲《てんきょく》》をな」

ゆるりと。兵士に向かって拳《こぶし》を構えるフォーゼル。

「ひ⁉」

身の危険を察知した兵士が慌《あわ》てて飛び下がり、戦闘行動を取ろうとするが。

その刹那《せつな》。

しゅっ！　まるで蜃気楼《しんきろう》のようにフォーゼルの姿が横振《よこぶ》れして、ゆらぎ消えて——

「ぎゃあああああああああああああーーッ⁉」

気付けば、脳が盛大《せいだい》に揺《ゆ》れる衝撃《しょうげき》と共に、兵士の視界一杯《いっぱい》に広がる黎明《れいめい》の空。

全身を包む浮遊感《ふゆうかん》。

兵士の身体《からだ》が、盛大に空へと吹き飛んでいたのであった。

今のは……アッパーカットだったのだろうか？

正直、兵士には、今、自分が一体何をされたのか、まったく理解出来なかった。

（……なんなんだ、あの男……？　《天曲》……？　ああ、そういえば……）

薄《うす》れ行く意識の中、兵士はとある逸話《いつわ》を思い出す。

（……《天曲》って……確か、徒手空拳技《としゅくうけんぎ》の極地……東方では〝九十九《つくも》拳〟と呼ばれた、幻《まぼろし》の技《わざ》じゃなかったか……？）

そんなことを、ぼんやりと考えながら。

兵士の意識は、ゆっくりと暗闇《くらやみ》の中に沈《しず》んでいくのであった──


「よし、上手くいってるわ」

──某所《ぼうしょ》にて。

イヴが魔術で戦況情報を集めつつ、淡々《たんたん》と言い放った。

「イグナイト卿《きょう》の戦闘《せんとう》行動可能な保有戦力の二分断に成功。

別働隊は、私の遠隔的《えんかく》な戦術指揮の下《もと》、《戦車》のリィエル、《運命の輪》のエルザを先頭に、とにかく敵を引きつけつつ転戦。

本隊は、ホテル全体に張った防御《ぼうぎょ》結界を頼《たの》みに籠城《ろうじょう》、システィーナとルミアで遠距離《えんきょり》砲《ほう》撃《げき》に対抗《たいこう》。その周辺を適当にフォーゼルに単騎《たんき》遊撃《ゆうげき》させて、ゲリラ戦ってとこね」

「……だが、おかげで、俺は向こう一年、あのアホ《フォーゼル》の助手をしなくちゃいけなくなったわけだが？」

グレンが不満たらたらで、イヴにぼやく。

「ふん、その程度で生徒達のリスクが減るんだから我慢《がまん》なさい。……でも、あいつって、なんであんなに強いのかしら？　謎《なぞ》過ぎる……」

「まぁ、探索《たんさく》危険度のバカ高い古代遺跡《いせき》に、しょっちゅう違法《いほう》に潜《もぐ》っては、毎回しぶとく生きて帰って来るくらいだ……相当の実力者だろうと思ってはいたけどな」

なんとも微妙《びみょう》な空気で溜《た》め息を吐《つ》く二人であった。

「まぁ、とにかく、そろそろ状況《じょうきょう》が動く頃合《ころあ》いよ。……ほら」

「一体、何をもたついているのだッ!?」

ティリカ＝ファリア大聖堂のイグナイト軍司令室。

そこに、イグナイト卿の怒号《どごう》が響《ひび》き渡る。

「相手は死兵の僅《わず》か百数十名と、退路のない籠城部隊だろう⁉　貴様ら、それを落とすのに一体、いくら時間をかけているッ⁉」

「し、しかし、死兵といえど、的確にこちらの隙間《すきま》を進軍し……」

「籠城部隊も、予《あらかじ》め入念に備えていたらしく、とても攻《せ》め難《にく》く――」

「黙《だま》れッ⁉」

「ギャッ⁉」

口答えする将兵達を殴《なぐ》り倒していく。

そして、猛火《もうか》が滾《たぎ》るような表情で、リディアに振り返る。

「リディア⁉　貴様、我が娘《むすめ》ならば、わかっているな⁉」

「はい、お父様の仰《おお》せのままに――」

怒《いか》れる父へ、リディアがにっこりと笑って、一礼する――

「……おおおおッ⁉　ほ、本当に、動きやがった……ッ⁉」

グレンが、その戦況を驚愕《きょうがく》の表情で凝視《ぎょうし》する。

なんと……イグナイト卿とリディアが、もっとも守りが堅牢《けんろう》なティリカ＝ファリア大聖堂を出て……残存兵力を引き連れて、自ら前線へと出陣《しゅつじん》したのである。

「そう。もうそれしかない」

わかっていたとばかりに、イヴが腕組《うでぐ》みしながら言う。

「今のイグナイト卿が、何の憂《うれ》いもなく安心して動かせる兵力は、それしかない。即《すなわ》ち

――自分達が直接指揮する部隊。それを前線の制圧に充《あ》てるしかなかったの」

本当に、なんなんだ、この女は。

グレンは、全《すべ》てをピタリと読み切ってみせたイヴを、改めてマジマジと見る。

「ははっ、俺って、スゲぇ奴《やつ》の下で働いてたんだな……」

「何？　なんか言った？」

「いいや、なんでも」

だが、グレンはおどけた表情を引き締《し》めて、言葉を続ける。

「だが……まだだ。まだ足りねえぞ。イグナイト卿達を外に引き摺《ず》り出したとはいえ――

連中の周囲には、かなりの戦力が随行《ずいこう》している」

「…………」

「俺達の最終目的を果たすには……この随行戦力が果てしなく邪魔《じゃま》だ。どうする？」

すると。

そんなグレンの問いに、イヴがくすりと笑った。

「あら？　こういうのって、私より貴方《あなた》の得意分野だって思ってたけど？」

「は？　どういうことだ？」

「わからない？　信じてるってこと、い、い、いっ」


ティリカ＝ファリア大聖堂から、女王が籠城するホテルへ進軍するクーデター軍。

西区ロッセ・ストリートを、西へ西へと猛進《もうしん》していたが——

突如《とつじょ》、その鼻先で炸裂《さくれつ》した魔術の大爆炎《ばくえん》。

そして、次の瞬間《しゅんかん》、市内に縦横無尽《じゅうおうむじん》に張り巡《めぐ》らされた断絶結界が、クーデター軍を細切れに分断し、クーデター軍は大混乱に陥《おちい》った。

「な、何が起こった⁉」

「ほ、報告しますッッッ！」

慌ててイグナイト卿の下へ参じた伝令兵が、報告した。

「敵襲《てきしゅう》ですッッ！」

「て、敵襲だとッ⁉　このタイミングで⁉　一体、何処《どこ》の誰が——ッ⁉」

目を剝《む》くイグナイト卿。

「ま、まさか──」

「あー、痛たた……やっぱ、まーだ本調子じゃないわい……」

「黙れ、翁《おきな》。真面目《まじめ》にやれ」

「あはは、二人とも、まぁまぁ」

最前線──

奇襲《きしゅう》に戸惑《とまど》い、足を止めるクーデター軍。

その鼻先に現れたのは──バーナード、アルベルト、クリストフの三人であった。

近場の建物の屋根上に立ち、眼下のクーデター軍を見下ろしている。

「さて、隠《かく》れ潜《ひそ》んでいた甲斐《かい》があったもんだわい。ふむ……友軍のこの差配は、イヴちゃんじゃな？　じゃったら、合わせやすいことこの上ないのう？」

「ええ、イヴさんの指揮なら、その意図は手に取るようにわかりますしね」

「本格的な戦闘行動には差し支《つか》えるが、援護《えんご》と攪乱《かくらん》くらいなら、今の俺達でも出来る」

そんな三人の姿は──未《いま》だボロボロだ。

パウエルとの戦いで治癒《ちゆ》限界に到達《とうたつ》していたため、傷が癒《い》えきっていないのだ。

特にアルベルトの負傷は酷《ひど》く、潰《つぶ》れた右目には包帯が痛々しく巻かれていた。

されど、三人とも意気軒昂《いきけんこう》。

この一戦こそ正念場だと悟《さと》り、遅《おく》ればせながら遊撃隊《ゆうげき》として馳《は》せ参じたわけである。

「しかし……俺達としたことが、なんという無様だ」

アルベルトが鼻を鳴らす。

「だが、失点は取り返す。いくぞ、翁、クリストフ」

「おうよっ！」

「はいっ！」

そして、未だ戸惑いさめやらぬイグナイト軍へ向かって。

アルベルト、クリストフ、バーナードは一斉《いっせい》に呪文《じゅもん》を唱え始めるのであった――

「これも、お前の読みか？」

今まで音信不通で連絡《れんらく》の取れなかった、アルベルト、バーナード、クリストフの唐突《とうとつ》なる参戦に、明らかに大混乱に陥っているクーデター軍。

この激動の戦況《せんきょう》を見つめながら、グレンが驚愕のままにぼやく。

「〝読んでいた〟っていうより、〝わかっていた〟、よ」

イヴが得意げに鼻を鳴らす。

「音信不通……なるほど、確かに何か重大なトラブルがあったようね。でも、仮に全滅《ぜんめつ》あるいは行動不能に陥ったとして……私の元・部下なら、その情報をありとあらゆる手段を用いて女王軍側に残すはず。彼らがそれを出来ないボンクラなわけがない」

「……ッ⁉」

「つまり、あの三人が、ずっと音信不通ということは、どっかで生きてるってこと。好機を窺《うかが》って隠れ潜んでいるということ。

彼らなら、きっと私の差配に合わせてくれる。

だったら、そんな彼らを戦術に組み込むのは至極《しごく》当然でしょう？」

「は、ははは……ったく、大したタマだよ、お前」

「……やっと気付いたの？」

「バーカ。元々、気付いてたさ」

そんなやり取りをして、互《たが》いにふっと不敵に笑い合う。

「……さて、グレン。私達の出番よ」

やがて、イヴがそう呟《つぶや》いた。

「ここまでの戦術は、全て時間稼《かせ》ぎに過ぎないわ。ここよ、ここなの。ここ……私達が、この作戦が成否を……勝敗を決する」

「ああ、わかってる」

ぎゅうっと。イヴが震《ふる》える拳《こぶし》を握《にぎ》り固める。

「三時間──夜明けと共に勝利を掴《つか》む。グレン……私に力を」

「任せろ！」

頷《うなず》き合って。

グレンとイヴは、ミラーノの水路を通って、ついに行動を開始するのであった──

──────。


「……始まっちゃったね……」

ミラーノの某所《ぼうしょ》。

とある一際《ひときわ》高い塔《とう》の天辺《てっぺん》で。

「ふん……皆《みな》、バカみたい……マジになっちゃって……」

一人の少女がそこに腰《こし》掛《か》け、眼下の紛争《ふんそう》を眺《なが》めている。

イリアだ。

重苦しい厭世《えんせい》感を漂《ただよ》わせながら、まるで他人事《ひとごと》のようにそれを見下ろしている。

どうやら、この戦いに加わる気は、まったくないようであった。

「あーあ、くっだらない……大義だの、名誉《めいよ》だの、国のためだの、女王のためだの、世界のためだの……あー、バッカみたい……バッカみたい……」

しばらく、イリアは力なく雑言《ぞうごん》を垂れ流し続けて……

やがて、溜《た》め息を一つ吐《つ》く。乾《かわ》いた笑いを零《こぼ》す。

「……あはは、人のこと言えないか……だって、私が一番くだらない……つまらない存在だもの……」

力なく自嘲《じちょう》し、イリアはがくりとうな垂れていた。

「……でも……それでも……私は……」

そして、誰《だれ》へともなく呟く。呟き続ける。

まるで、この場に居ない誰かに語りかけるように。問いかけるように。

「ねぇ……貴女《あなた》は、こんな私を見てどう思う？　怒《おこ》る？　呆《あき》れる？　ねぇ……？」

そして。

「……ねぇ、どう思うのかなぁ……？　姉さん……」

そんなイリアの呟きを聞く者は……誰一人いないのであった——

第五章　暁《あかつき》、燃ゆる

ルヴァフォース聖暦《せいれき》１８５３年、グラムの月13日。

同日４時17分より開始されたその小規模戦闘《せんとう》は、同日４時49分、二分散したイグナイト軍と、同じく拠点籠城《きょてんろうじょう》の本隊と別働隊で二分散した女王軍、それぞれと激突激闘《げきとつげきとう》し、完全に膠着《こうちゃく》状態に陥る。

この状態があまりにも長引けば、ミラーノの外に展開している諸外国軍に介入《かいにゅう》される隙《すき》を作ってしまう――そう考え、業《ごう》を煮《に》やしたイグナイト卿《きょう》は、同日５時21分、自身を守衛する兵力の前線投入を決意。

彼我《ひが》戦力差に再び水を開けて、一気に押し潰そうと目論《もくろ》む。

後の軍事研究によれば、イグナイト卿のその判断自体は、別に悪手ではないとされる。

が、ここで女王軍総指揮官イヴが、盤外《ばんがい》に伏《ふ》せていた遊撃小隊が唐突に出現し、市内ゲリラ戦を開始。

当時の記録によれば、女王軍本隊とこの遊撃小隊の情報連絡網《れんらくもう》は、完全に分断されていたとされており、一体、いかなる手段をもって本隊が遊撃小隊と連携《れんけい》を取ったかは、後世でも軍事史上最大の謎《なぞ》と伝えられることになる。

いずれにせよ、このノーマークの遊撃隊参戦は、前線投入されようとしていた賊軍《ぞくぐん》の後《ご》詰《づ》め戦力の出鼻を完全にくじくこととなる。

遊撃隊は魔術《まじゅつ》狙撃《そげき》や断絶結界、徹底的《てってい》なヒット&アウェイ戦法を繰《く》り返して、賊軍各小隊長を徹底的に落とすことに専念、イグナイト軍の指揮系統をズタズタに引き裂《さ》き、大混乱に陥らせる（一説によると、その遊撃隊とは別働で、拳一つで戦う謎の民間人遊撃手も居た……と記録にあるが、その真偽《しんぎ》の程《ほど》は不明である）。

指揮系統が破壊《はかい》された軍など、最早《もはや》、烏合《うごう》の衆。

混沌《こんとん》と混乱が支配する戦況は、完全に泥沼《どろぬま》化する。

しかし、それこそが女王軍総指揮官イヴの狙《ねら》い。

同日６時44分。

クーデター軍の指揮系統、陣形《じんけい》が、最早一軍としての機能を成していないほど、乱れに乱れきった、その時。

イグナイト卿が、ついにミラーノ外部の各国軍への警戒《けいかい》へ割《さ》いていた、最終予備戦力をやむを得ず内部投入しようと決意しかけた、その時。

イヴの起死回生、華麗《かれい》なる逆転の一手。

その策の目指す最大の壁《かべ》であり、肝《きも》となる盤面が——ついに成る。


——。


——ミラーノ西区五番街。

接する三方を水路で分断された、三角形の浮島《うきしま》のような街区画。

そんな五番街の中心にある、主街路の十字路にて。

周辺には天使像や聖堂、宗教情緒《じょうちょ》溢《あふ》れる美しい建物が立ち並んでいたが——今は激しい戦闘による余波で炎上《えんじょう》し、無惨《むざん》に崩《くず》れ落ちている。

上がる炎《ほのお》が大量の火の粉《ふ》を吹き上げては、空を焦《こ》がし、肌《はだ》を焦がし、世界を赤く、赤く染め上げていく。

この街区から離《はな》れた四方八方から、未だ攻性《こうせい》魔術の炸裂《さくれつ》する鳴動と、血で血を洗う闘争《とうそう》に明け暮れる兵士達の怒号《どごう》や悲鳴が、遠く聞こえてくる。

そんな遠き喧噪《けんそう》と混乱とは裏腹に——この場所は実に静謐《せいひつ》だ。

静かに炎が燃える音と、火の粉が爆《は》ぜる音しか聞こえない。

そんな黄昏時《たそがれどき》にも似た十字路の中心に、四つの人影《ひとかげ》があった。

「さて……いよいよ、大詰めだな」

「ええ」

グレンとイヴが、イグナイト卿とリディアに対峙《たいじ》していたのである。

「イヴめ……まさか貴様如《ごと》きが、ここまでやるとはな……」

イグナイト卿が、イヴを底冷えするような目で睨《にら》む。

「……ッ！」

その一瞬《いっしゅん》、イヴの額に冷《ひ》や汗《あせ》が浮《う》かび……ほんの僅《わず》かだけ片足が下がる。

「そうか……全《すべ》てはこのためか。友軍を囮《おとり》に使い、女王を囮に使い、我々の指揮系統を崩し、我々の防衛戦力を剝《は》がして……我々を孤立《こりつ》させた」

「……そうよ、父上」

微《かす》かに震える左手を握りしめながら、イヴが毅然《きぜん》と一歩前に出て睨み返す。

「今、父上麾下《きか》の賊軍は、怒濤《どとう》の混乱状態にあるわ。後、三十分は援護《えんご》に来ない。その三十分で……私がこの手で父上達を始末する」

「……ッ！」

「残念だわ、父上。貴方《あなた》はどこまでも傲慢《ごうまん》で自分勝手で……そして、罪を犯《おか》し過ぎた。帝《てい》国《こく》有史以来、連綿と続いた誉《ほま》れ高きイグナイトはもう終わりよ。終わらせなければならない……それがイグナイトの責務だから」

そう言って、イヴが右手に炎を宿す。

「バカ娘《むすめ》が……貴様ごときがイグナイトを語るな」

忌々《いまいま》しそうにイグナイト卿が返す。

「下賤《げせん》な貴様に何がわかる？　貴様は尊き血が果たすべき責務を何一つ理解していない。私はあくまでその責務を果たそうとしたまで。それが私の矜持《きようじ》であり、信念なのだ。救えぬな、イヴ。それすら理解できぬとは」

「理解してないのは貴方よ、父上」

イヴも負けじと返す。

「貴方はいつだって、そう。己《おのれ》の薄汚《うすぎたな》い欲望《よくぼう》と野望を、さも正義がある尊いもののように語る。矜持と信念という小綺麗《こぎれい》な言葉で矮小《わいしよう》な醜《みにく》さを女々《めめ》しく化粧《けしよう》し、取り繕《つくろ》う。ああ、ずっと、貴方に面と向かって言ってやりたかった……貴方は、史上最低最悪のゲスでクズだわ！　自分がもっともドス黒い邪悪《じやあく》であることに微塵《みじん》も気付いていないッ！　実に哀《あわ》れでみっともない小物よッッ！」

「黙《だま》れ」

語気強いイグナイト卿の一喝《いっかつ》に、イヴが怯《ひる》む。

「貴様……親に向かって、なんという口の利《き》き方だ……ッ!」

「……くっ……ッ!?」

「正直、裏切り者の貴様を、火刑《かけい》に処してやりたいところだが……ッ!」

ここで、イグナイト卿が沸《わ》き起こる憤怒《ふんぬ》を堪《こら》え、こう切り返した。

「同時に、寛大《かんだい》な私は、貴様の利用価値について再評価もしている」

「……は?」

「よくぞ、この私をここまで追い詰めた。褒《ほ》めてやる。ゆえに――〝戻《もど》って来い〟、イヴ。〝我が膝下《しっか》に跪《ひざまず》け〟。二度と私に逆らわぬよう再教育はしてやるが、それで再び、イグナイトの末席に加えてやる……さぁ……」

そんなイグナイト卿の薄《うす》ら寒い言葉に。

「……う……」

どくん……再び、イヴの胸が激しく動悸《どうき》する。過呼吸となっていく。

まただ――父親の言葉に逆らえない。逆らおうとすると、変な動悸が止まらない。全身にびっしょりと冷や汗が浮かび、手が瘧《おこり》のように震え出す。

「……はぁ……ぁ……ッ!?」

だが——

「イヴ。大丈夫《だいじょうぶ》だ、俺がついている。深呼吸だ」

そんなイヴの肩《かた》を、横からグレンが手を伸《の》ばして摑《つか》む。

すると。

「う——はぁ……はぁ……あ、ありがとう、グレン……」

今にも崩れ落ちそうなイヴの調子が、それで持ち直された。

「……なぜだ？　やはり、〝楔《くさび》〟の効きが悪い……一体、なぜ……？」

そんなことを不用意に呟《つぶや》くイグナイト卿へ。

それを耳聡《みみざと》く聞きつけたグレンが吐《は》き捨てた。

「……ああ、そういうことか？　薄々そうじゃねえかと思ってたんだが……やっぱ、てめえ……イヴに何かやってるな？」

「……ッ!?」

そんなグレンの指摘《してき》に、イヴが目を瞬《しばたた》かせ、イグナイト卿が押し黙る。

「精神支配系の暗示か、あるいは誓約《せいやく》系の呪《のろ》いか……どっちにしろ、イヴがてめえの言葉に逆らえなくなる、何らかの〝魔術的処置〟をしやがったんだな？」

「…………」

「つーことはアレか？　セラの件もそういうことってわけだ」

「貴様……！」

「笑わせるぜ。てめえより親失格なやつなんざ見たことねえ」

怒《いか》りに燃えたグレンが、じゃきんと拳銃《けんじゅう》を構える。

そんなグレンを諫《いさ》めるように。

「……グレン。落ち着いて。もう大丈夫だから」

イヴが目を細めて、自分の肩にのるグレンの手に、己《おの》が手を重ねる。

そして、イヴはイグナイト卿を真っ直《す》ぐ見据《みす》えるのであった。

「私は、大丈夫」

そんなイヴの毅然とした姿に。

イグナイト卿は総身を震《ふる》わせ……やがて、突然《とつぜん》、叫《わめ》き始めた。

「そうか、わかったぞ……イヴッ！　貴様、我がイグナイト家に対する依存《いそん》や崇敬《すうけい》を捨てたのだな……ッ!?　新たな対象を見つけたのだな……ッ!?」

「……は？　何を……？」

「失望したぞッ！　貴様はイグナイトでありながら、イグナイトであることを捨てたのだ……ッ！　前言撤回《てっかい》だッ！　貴様はもう要《い》らぬッ！　髪《かみ》の毛一本、灰の欠片《かけら》も残らず焼き尽《つ》くしてくれるわッ！」

一体、何が気にくわなかったのか。

イグナイト卿《きょう》が突然、火山の噴火《ふんか》のように激憤《げきふん》し始める。

そして――

「ええ、そうですわ、お父様」

リディアが、そんなイグナイト卿にそっと寄り添《そ》った。

「誰《だれ》だか知りませんけど、あんな悪い子、お父様に必要ありません。お父様には、この私が居ればよいのです！　お父様の娘である、この私が！」

「ああ、そうだったな、リディアよ！　我が娘は最早、お前だけだ！　アリエスといい、イヴといい、まったくもって使えぬ駄作《ださく》ばっかりだった！

イヴよ……もう、貴様には何も期待せぬッ！　さぁ、覚悟《かくご》しろ！　九園《くえん》の業火《ごうか》に焼かれながら、私に逆らった無知と蒙昧《もうまい》さを後悔《こうかい》するが良い！」

そう言い捨てて、イグナイト卿とリディアが身構える。

同時に、グレンとイヴが左右に散開し、それぞれ戦闘《せんとう》態勢を取る。

「行こうぜ、イヴ。お前を縛《しば》る因縁《いんねん》……ここで断《た》ち切ってやれ！　そして、女王陛下を――俺達の生徒達を守ってやろうぜ！」

「フン、言われずとも。頼りにしているわよ、グレン！」

「ああ、俺もな！」

そんな言葉をかわし合って。

グレンとイヴは、イグナイト卿とリディアへと挑《いど》むのであった──

「うおおおおおおおおおおおーーッ！」

まず、動いたのはグレンだ。

全身に刻まれた身体能力強化術式に魔力《まりょく》を注ぎ、身体能力を強化。

グレンを前衛、イヴを後衛に、グレンがイグナイト卿を目掛《めが》けて突進《とっしん》する。

影《かげ》走るような速度で、グレンがイグナイト卿へ肉薄《にくはく》する──

「バカが……貴様、私を誰だか忘れたか？」

対し、イグナイト卿が悠然《ゆうぜん》と左手を向けて、炎の呪文《じゅもん》を唱えようとする。

「《紅焔公《ロード・スカーレット》》──私は近距離《きんきより》魔術《まじゅつ》戦最強のイグナイトだッッ！」

イグナイト卿の左手に地獄《じごく》の猛火《もうか》が宿りかけた──その瞬間《しゅんかん》だった。

フッ……と。

まるで蠟燭《ろうそく》の炎を吹き消すように、その炎が消えてしまったのだ。

「な、に――ッ!?」

「やれやれ、てめえ、俺を誰だか忘れたか？」

疾風《しっぷう》のように迫《せま》り来るグレンの指には――一枚の大アルカナ。

グレンを中心とする一定領域内における魔術起動を完全封殺《ふうさつ》する術――固有魔術《オリジナル》【愚者《ぐしゃ》の世界】は、すでに起動している。

この瞬間、全ての賢《かしこ》き魔術師が無知なる愚者と化す――

「《愚者》――俺は魔術師殺しのグレン゠レーダスだぜッッッ！」

そう宣言して――

グレンはそのまま、右ストレートをイグナイト卿の顔面へと叩《たた》き込むのであった。

そう、熱と炎《ほのお》の魔術の大家、イグナイト。

かの家の魔術師は、良くも悪くも、〝正当派〟だ。

正当派の魔術師は、その真逆――魔術師でありながら魔術を封じる異端《いたん》の極《きわ》みたるグレンとは、相性《あいしょう》最悪なのであった。

どぱぁんっ！　グレンの振《ふ》り抜《ぬ》く拳《こぶし》が、殴打《おうだ》音を盛大《せいだい》に響《ひび》かせる。

「ぐぅおおおーーッ!?」

「だぁあああああああああーーッ！」

仰《の》け反るイグナイト卿へ、グレンがさらに一歩、影のように踏《ふ》み込む。

渾身《こんしん》のラッシュをイグナイト卿へ息吐《つ》く暇《ひま》なく、叩き込んでいく。

猛烈《もうれつ》な左のボディーブロウ。くの字に折れるイグナイト卿。

昇《のぼ》り龍《りゅう》のような右アッパー。エビ反るイグナイト卿。

そのまま、左上段裏回し蹴《げ》り──

がんっ！

「があああああああああああああーーッ！」

ぐるんと激しく首を回転させ、イグナイト卿が後方へ吹《ふ》き飛んでいく。

「イヴ！」

「──わかっている！」

イヴがグレンを追い越《こ》し、イグナイト卿を素早《すばや》く追う。

その手には、炎そのもので形成された一振《ひとふ》りの剣《けん》が握《にぎ》られている。

イグナイトの秘伝魔術【焔刃《えんじん》】だ。近距離魔術戦を主体とするイグナイトの魔術師が、珍《めずら》しく保有している近接格闘《かくとう》戦用の魔術。

グレンの【愚者の世界】起動前に、すでに起動させていたのだ。

そう、近距離魔術戦が圧倒《あっとう》的過ぎるゆえに誤解されがちだが、イグナイトの魔術師は決して、近接格闘戦に弱いわけではない。

「父上、覚悟──ッ！」

相手が此方側《こちら》の戦力を侮《あなど》っている内に、決める。

そう覚悟して、イヴがイグナイト卿へ炎の刃《やいば》を振るおうとするが──

「や、止めろ、イヴッッッ！」

「──ッ⁉」

そんなイグナイト卿の命令に、イヴの動きが一瞬鈍《にぶ》り──

ぼっ！　噛《か》み合う炎の刃と刃。上がる爆炎。

「──父上には、指一本触《ふ》れさせませんわ」

「姉さん……ッ⁉」

リディアが、左右の手に【焔刃】を一振りずつ出し、イヴの斬撃《ざんげき》を受け止めていた。

リディアの【焔刃】二刀流。刹那《せつな》の判断力と卓越《たくえつ》した技術力の為《な》せる業《わざ》。

グレンの【愚者の世界】の特性を見切り、成立する前に高速起動したのだ。

「は──ッ！」

リディアが左の【焔刃】を、イヴへと一閃《いっせん》する。

その軌跡《きせき》を追うように、炎が流れ星のように虚空《こくう》を燃え流れ──

「──くっ⁉」

イヴが咄嗟《とっさ》に飛び下がって、それを回避《かいひ》。

「はぁあああああーーッ！」

リディアがそんなイヴを追って、疾風のように斬《き》り込んでいく。

「イヴ！　クソ親父《おやじ》の相手は俺に任せろッッッ！」

グレンが、イグナイト卿の間合いに再び踏み込みながら叫んだ。

「お前は、まだ親父の呪いの影響下《えいきょうか》にあるッ！　お前は姉貴《さけ》を！」

「わ、わかったわ──ッ！」

グレンの指示を受けてイヴが飛び下がり、後方へ大きく跳躍《ちょうやく》する。

近場の建物の壁《かべ》を蹴って、蹴り上がり、くるんと後方宙返りで屋上へ。

「逃《のが》しませんわッ！」

リディアがそれを疾風のように追い、イヴへ追撃《ついげき》を仕掛《しか》ける。

それを尻目《しりめ》に──

「うぉおおおおおおおおーーッ！」

グレンがイグナイト卿へと再び、拳を放つ。

が。

「舐《な》めるな、小僧《こぞう》がぁあああーーッ！」

イグナイト卿の右クロスカウンターが、逆にグレンの頬《ほお》を捉《とら》えていた。

「ぐぅううううーーッ⁉」

今度、激しく後方へ派手に転がっていったのはグレンだ。

「ぐぅ……ぉお……ッ⁉」

「若造が！　ラッキーパンチで調子に乗りおって！　貴様とは戦いの年季が違《ちが》うわ！」

地に這《は》いつくばって悶絶《もんぜつ》するグレンを、イグナイト卿が見下ろす。

「たとえ魔術を封じた近接格闘戦だろうが、マトモにやり合って、貴様に勝ちの目がある
わけがあるまい⁉　嬲《なぶ》り殺しにしてやるッッッ！」

だが、その時、いきなり立つイグナイト卿の身体《からだ》に異変が起こった。

がくん……構えていた右拳が、だらりと下がったのである。

「な、なに……ッ⁉　右腕《みぎうで》に力が……入らぬ……ッ⁉」

「へっ……いつ、だーれが、マトモにやり合うっつったよ……？」

グレンが口の端《はし》から伝う血を拭《ぬぐ》いながら、不敵に笑って立ち上がる。

「こ、これは……ッ⁉」

見れば、イグナイト卿の右肩《みぎかた》に、いつの間にか一本の針が刺《さ》さっていた。

「毒針か……ッ!?」

「悪《わり》ぃな？　お行儀《ぎょうぎ》の悪い戦い方しか出来なくてよ」

再び、拳闘《けんとう》の構えを取り、軽快にステップを踏み始めるグレン。

どうやら先のイグナイト卿のカウンターの一撃《いちげき》、グレンは食《く》らいはしたが、上手《うま》く外したらしく、さほどダメージがあるようには見えない。

この時、イグナイト卿は、ふと思い出す。

確かに、三流の魔術師であったグレン。しかし、軍時代のグレン＝レーダスという執行《しっこう》官の格上喰《ジャイアント・キリング》い率の高さは、はっきり言って異様だった。

そんなイレギュラーな元執行官が、今、自分の前に立っているのだ。

その事実に、さしものイグナイト卿も、背筋が寒くなる感覚を禁じ得なかった。

「優等生のてめぇは、俺みたいなクソ雑魚《ざこ》なんぞノーマーク。だーが、俺は予習バッチリだ。さぁ、やろうか！　抜き打ちテストのお時間だぜぇ!?」

「おのれ……ッ！　おのれ、おのれぇええええ……ッ！」

その一方――イヴとリディアは激しく斬り結んでいた。

「はぁあああああーーッ！」

「やりますねっ！」

二人の娘《むすめ》が、屋根伝いに高速移動しながら、【焰刃】を交錯《こうさく》させる。

壁を蹴って、屋根を蹴って、立体的に立ち回りながら、何度も激しく斬り結ぶ――

「はっ！」

「――ふっ！」

【焰刃】と【焰刃】がぶつかり合う都度、激しく上がる焰。爆炎《ばくえん》。爆熱《ばくねつ》。

ばっ！　ぱぱっ！　と。大量に散っていく火の粉。

激流のように駆《か》け流れていく視界の中で、イヴは必死に【焰刃】を振るい、追い縋《すが》ってくるリディアの猛攻《もうこう》を捌《さば》き続ける――

やがて、【焰刃】で斬り結ぶ二人が、グレンの【愚者の世界】の効果範囲《はんい》外《がい》へと――

抜けた――その瞬間。

「《吠《ほ》えよ炎獅子《えんじし》》ッ！」

「《吠えよ炎獅子》ッ！」

双方《そうほう》、同時に、黒魔《くろま》【ブレイズ・バースト】の呪文を叫ぶ。

双方から放たれる、超《ちょう》高熱の収束エネルギー火球。

それが空中で真っ向から激突《げきとつ》し――

──大気を震《ふる》わせて、大爆発《ばくはつ》。

熱エネルギーが逃《に》げ場を求めて暴走、周囲に衝撃《しょうげき》と爆炎をまき散らす。

それは一見、互角《ごかく》のぶつかり合いに見えたが──

「くぅうううう──ッ⁉」

イヴが打ち負けていた。

相殺《そうさい》しきれない爆熱と爆風《ばくふう》が、正面からイヴを殴《なぐ》りつけ、イヴを吹き飛ばす。

飛ばされたイヴの身体が、近場の建物の壁に背中から激突する。

「……ぐう……ッ⁉」

ずざっ！　イヴはそのまま壁を伝って、着地。

「あらあら」

そして、リディアが悠然《ゆうぜん》とイヴの前に降り立ってくる。

「貴女《あなた》、なかなかやるようですけど……私とやり合うにはまだまだですね」

「…………ッ⁉」

イヴが悔《くや》しげにリディアを上目遣《うわめづか》いで睨《にら》むが……事実だ。

先程《さきほど》から【焔刃】による近接格闘戦は圧倒されっぱなしで、近距離《きんきょり》魔術《まじゅつ》戦に変わっても根本的な魔力《まりょく》や技量の規格差が、彼我《ひが》の間に存在した。

（こうなることはわかってたわ。だって、彼女は――……）

早くも乱れ始めた呼気を整えるイヴへ、リディアが楽しそうに告げた。

「悪いけど、早々に始末させていただきますわ。名も知らぬ魔導士さん。……お父様が待っているので」

そして、リディアは超高熱を左手に集めていく。

だが、そんなリディアへ、イヴがぼそりと告げた。

「哀《あわ》れだわ」

「え？」

「貴女のことよ。……哀れだ……そう言ったの」

見れば、イヴの目は、すでに敵を見るような目をしていなかった。

かといって、肉親を見るような目でもない。

「今、こうして魔力を交えて確信したわ……貴女は姉さん……リディア、じゃない」

「……は？　貴女、何を言って……？」

その時、リディアが笑《え》みを強《こわ》ばらせ、硬直《こうちょく》する。

「……先日、こんなタレコミがあったの。〝リディアはすでに故人。父親に殺された。今のリディアは【Project《プロジェクト》：Revive《リヴァイヴ》 Life《ライフ》】で作られた偽者《にせもの》だ〟と」

「…………」

「貴女、【Project : Revive Life】って、ご存じ？　死者の記憶《きおく》データを、白金術で新造した肉体と魂《たましい》にインストールして、復活させる外法《げほう》中の外法……貴女はそれよ」

「…………」

「道理で色々不自然なわけだわ。絶対に復帰できない障害から復活したのも、あの正義を尊ぶ姉さんが、なぜか父上に絶対服従しているのも。そして──……」

〝なぜか、私のことを知らないことも〟。

そんな言葉を呑《の》み下し、イヴが告げる。

「貴女、全部、父上に都合良く作られたのよ……心も、身体も、記憶も」

「──ッ!?」

そう。恐《おそ》らくリディアは──イヴのことを無視しているわけでも、忘れたのでもない。

イヴに関する記憶を意図的に削除《さくじょ》されたのだ。

恐らくは──イグナイト卿《きょう》にとって、その方が都合が良いから。使い易《やす》いから。

「本当は、貴女自身、薄々《うすうす》わかってるんじゃないの？　自分の不自然さに」

「な……」

「部分的な記憶の欠落、不自然なまでに父に抱《いだ》く忠誠心、自分の中の価値基準の歪《いびつ》さ……

貴女のベースがあの聡明《そうめい》なリディア姉さんなら、気付かないはずがない」

「何を……あ、貴女、一体、何を……？」

「貴女は道具よ。父上が自分の野望を満たすためだけに作った、哀れな道具。いくらでも複製と代用が利《き》く、便利な量産品。消耗品《しょうもう》。

なのに……貴女は父上に絶対的に従っていて……それを喜んですらいて……これを哀れと言わずして、なんて言うのよ⁉」

「ち、違うわ……私はお父様の娘よ……ッ！　愛するお父様のために、私は全《すべ》てを捧《ささ》げるの……ッ！　お父様だって、きっと、そんな私を愛してくれるはず……ッ！」

リディアが苛立《いらだ》ったように、イヴへ反論する。

だが、やはり何か心当たりがあるのか——その顔色が少し変わっていた。

「私が量産品で消耗品だなんて、そんなはずがない……ッ！　お父様の喜びが、私の喜びなのッ！　邪魔《じゃま》する人は容赦《ようしゃ》しないわッ！　たとえ誰《だれ》であろうとも！」

「ああ、本当に哀れよ、姉さん。死してなお、あの人に囚《とら》われたままだなんて……」

同時に、イヴの目尻《めじり》に涙《なみだ》が浮《う》かんでいく。

〝リディアはすでに故人。父親に殺された〟……それが事実だと確信してしまったからだ。

（だって、感じるもの……私の霊的《れいてき》な感覚が告げている……この魔力の波長……この紛《まが》い物の女の中に姉さんの存在を……姉さんの魂を！）

【Project : Revive Life】で使用する霊魂《れいこん》は、複数の霊魂を寄せ集めて錬成《れんせい》される。

そして、この偽《にせ》リディアの中に、確かにかつてのリディアだった者の魂の存在……その片鱗《へんりん》を感じるのだ。

それは、即《すなわ》ち──

(泣くな、私！　今は泣いている場合じゃない！）

イヴが涙を拭い、リディアを真っ直《す》ぐ見る。

脳裏《のうり》に浮かんでは消えていく、姉の幻影《げんえい》を振《ふ》り払《はら》う。

「私が貴女を解放してあげるから。それが姉さんへのせめてもの手向《たむ》けだから」

そして……そう毅然とリディアへ告げた。

「黙《だま》りなさい……ッ！　《燃えろ》──ッ！」

対し、激昂《げきこう》したリディアがそう叫《さけ》んだ瞬間《しゅんかん》、周囲に炎《ほのお》が巻き起こり──

それが大爆音《ばくおん》を上げて、イヴを呑み込んだ。

超高熱の炎が地を舐めるように四方へ燃え広がり、辺りはたちまち煉獄《れんごく》と化す。

「絶対にありえないけど……ッ！　万が一、私がリディアじゃなくてもッ！　見なさい、この力……ッ⁉　本物以外にどう表現すればいいのでしょうか⁉」

自分に言い聞かせるように、リディアがヒステリックに叫ぶ。

その叫びに応じるように、場の火勢が際限なく上がっていく。天を焦《こ》がす。

「あは、あははははっ！　私は、お父様の娘なのです……ッ！　私の身も心も全て、お父様のためにあるの……ッ！　それが私の存在意義……ッ！

お父様の邪魔はさせません……ッ！　貴女は私が殺すッ！　お父様の邪魔者は全て、この《紅焰公《ロード・スカーレット》》たる私の炎で燃やし尽《つ》くしてあげますわぁあああーーッ！」

リディアの暴力的な炎が、イヴを容赦なく焼いていく。

だが――

「……温《ぬる》いわ」

不意に、炎に焼かれるイヴが、そんなことを呟《つぶや》いた。

「……何ですって……？」

「温いと言ってるのよ」

呆《ほう》けたように問い返すリディアを、炎の中のイヴが真っ直ぐ見つめる。

その脳裏に浮かぶ、かつての姉の言葉――

――その尊き魔導の灯火《ともしび》で暗き闇《やみ》を払い、世の人々の行く先を明るく照らし導く者……

それが《紅焔公》《ロード・スカーレット》イグナイトなのよ──

「姉さんの──リディアの炎は……もっと熱かった！」

「だっ、黙れぇえええええええええええええええええーーッ！」

激昂するリディアが、呪文《じゅもん》を矢継早《やつぎばや》に唱え、さらに獄炎《ごくえん》を次々と放つ。

イヴも呪文を唱え、その右手に炎を渦巻《うずま》かせ──

──爆裂《ばくれつ》。

その場は、更《さら》なる大焦熱地獄《しょうねつじごく》と化していくのであった──

「ぐぅうううううううううううううーーッ⁉」

グレンの蹴《け》りが、イグナイト卿を吹《ふ》き飛ばしていく。

「ぜぇ……ぜぇ……そこだッ！」

グレンが身を翻《ひるがえ》して拳銃《けんじゅう》を抜《ぬ》き、早撃《クイック・ドロウ》ち。

銃声《じゅうせい》三発、吐《は》き出される鋭《するど》い火線が、イグナイト卿へ真っ直ぐ飛ぶ。

「ちぃいいいッ⁉」

だが、イグナイト卿もさる者。歴戦の猛者《もさ》。

空中で素早《すばや》く体勢を立て直し、横っ飛びに離脱《りだつ》、天高く跳躍《ちょうやく》。

半瞬遅《おそ》く鉛玉《なまりだま》は地面を穿《うが》ち、跳弾《ちょうだん》する。

「まさか、貴様如《ごと》きにここまで追い詰《つ》められるとは思わなかったぞ……ッ！」

近場の建物の屋根上に飛び乗ったイグナイト卿が、グレンを憤怒《ふんぬ》の表情で見下ろす。

「……ちっ」

歯噛《はが》みするグレン。

魔術を封殺《ふうさつ》し、麻痺《まひ》の毒針も入れた。だが、それでも本来の魔力量と身体能力強化術式の規格強度、そして、なにより戦闘《せんとう》技量と経験値が桁違《けたちが》いに過ぎる。

依然《いぜん》、グレンが圧倒《あっとう》的有利にありながら、押し切れない。

グレンの必殺の間合いを巧《たく》みに外してくる。

（腐《くさ》っても、帝国魔導《ていこくまどう》武門の棟梁《とうりょう》……イグナイト家の当主ってことか……ッ！）

本来ならば、最初の数分で、不意《ふい》討ちの範疇《はんちゅう》で速攻《そっこう》決着をつけたかった。

だが、イグナイト卿の老獪《ろうかい》さがグレンの猛攻《もうこう》を捌《さば》ききったのだ。

（くそ……ッ！　となると、アレが来ちまう……ッ！）

そんなグレンの悪い予感を形にするように。

「ちっ……本来ならば、貴様如きに使いたくなかったが——ッ！」

イグナイト卿が、懐《ふところ》から何かを取り出した。
それは――〝鍵《かぎ》〟だ。一本の〝赤い鍵〟。
「ちっ！　させるかぁあああああーーッ！」
グレンが瞬時《しゅんじ》に弾倉《シリンダー》交換《こうかん》を終え、銃口《じゅうこう》を旋回《せんかい》させる。
銃声、銃声、銃声――頭上のイグナイト卿目掛《めが》けて、神速三連射。
だが、イグナイト卿は天高く跳躍し、それをかわして――
「《焦熱《しょうねつ》する炎壁《えんぺき》よ》――ッ！」
呪文を唱えていた。
黒魔《くろま》【フレア・クリフ】。自身で自在に操作可能な、灼熱《しゃくねつ》の炎壁を張る呪文だ。
発生した分厚い炎壁が、頭上からグレンの視界いっぱいに押し寄せてくる。
（く――ッ⁉　【愚者《ぐしゃ》の世界】の効力切れの隙《すき》を抜かれたか⁉）
さすがは、歴戦の猛者イグナイト卿。
その一瞬の隙を見逃《みのが》さず、呪文を通してきたのだ。
「ぐぅうーーッ⁉」
対抗呪文《カウンター・スペル》を唱えている暇《ひま》は無い。
グレンは横っ飛びに転がりながら、荒《あ》れ狂《くる》う炎を避《さ》け――

その隙に、イグナイト卿が〝赤い鍵〟を自分の胸に差し込んでいた。

かちり。その鍵を回した瞬間。

どくん。天地が圧迫《あっぱく》されるような、暴力的な魔力《まりょく》の胎動《たいどう》。

イグナイト卿の全身から、ドス黒い魔力が脹《ふく》れあがり、イグナイト卿の身体《からだ》を容赦なく呑み込んでいく——

「くそ！　やっぱ、タレコミ通りかよ⁉」

転がって、燃え上がる獄炎《ごくえん》の効果範囲《はんい》から脱しながら、グレンが毒づく。

グレンの前で、イグナイト卿から立ち上るドス黒い魔力が溢《あふ》れ、際限なく溢れ——

やがて、その魔力が紅蓮《ぐれん》色に激しく燃え上がり、一気に天を焦がす。

輝《かがや》く真紅《しんく》の光輝《こうき》が、世界の黎明《れいめい》を鮮《あざ》やかな朱色《しゅいろ》に染め上げた。

気付けば、イグナイト卿の身体が生まれ変わっている。

滾《たぎ》るマグマのような熱炎から再誕したのは——一人の魔人《まじん》だった。

超《ちょう》高熱の炎そのもので形作られたその身体。纏《まと》う緋色《ひいろ》のローブが、辛《かろ》うじてその炎の身体を人形《ひとがた》に形成している。

際限なく脹れあがる、圧倒的な存在感と熱量。

大気が真っ赤に染まるように錯覚《さっかく》される、火焔《かえん》の魔人。

その名は──

「《炎魔帝将《えんまていしょう》》ヴィーア＝ドォルッ！　へっ、おとぎ話のバーゲンセールだな⁉」

再び、魔将星《ましょうせい》がここに君臨す。

「ふっ……素晴らしいな、この力……ッ！」

着地したイグナイト卿《きょう》──ヴィーア＝ドゥルが、その身を打ち震《ふる》わせながら言った。

轟《ごう》ッッッ！

グレンと魔人を取り囲むように、膨大《ぼうだい》な炎が天まで焼き尽くさんと上がる。

あまりの熱波に、グレンは身動きが取れない。

「外宇宙の深淵《しんえん》なる力と知識が、我が魂《たましい》に刻まれる……なるほど、これが真理の一端《いったん》か。

ああ、私は愚《おろ》かだった！　もっと早く、この力を使うべきだった！

中途半端《ちゅうとはんぱ》に人であることに拘《こだわ》らず、さっさと完全に人を捨て去るべきだった！

ふっ、あの時、鍵を受け取っておいて正解だった！　あの御方の仰《おっしゃ》ることこそが真理だったのだッ！　ははは、はははははは……ッ！」

「うるせえ、黙れ！」

グレンが銃口を向け、撃鉄《げきてつ》を弾《はじ》く。放たれる弾丸《だんがん》。

だが、対するイグナイト卿はそれを、避《よ》けようとすらせず──

弾丸はイグナイト卿の胸部をすり抜け――そのまま、じゅっと燃え尽きる。

「馬鹿《ばか》め。今の私は《炎魔帝将》ヴィーア＝ドォル。この身体は、超高熱の炎そのものなのだ……そのような玩具《おもちゃ》が通じるわけがあるまい？」

「けっ、だろうよ――ッ！」

「もう貴様の貧弱《ひんじゃく》な武器も魔術も、この魔人の身体には何一つ通用せぬッ！　ふははははははは……ッ！　さぁ、燃やすぞ！　燃やし尽くしてやるぞ、脆弱《ぜいじゃく》な人間ッ！　ぉおおおおおおおおおおおおおおお……ッ！」

イグナイト卿の咆哮《ほうこう》に応じ、さらに周囲の火勢が上がる。

灼熱の炎が渦《うず》を巻いて、嵐《あらし》となり、グレンを消し炭にせんと迫《せま》って来る。

その大焦熱地獄の包囲を徐々《じょじょ》に狭《せば》めてくる――

（しかし、以前戦った《鉄騎剛将《てつきごうしょう》》や《白銀竜将《はくぎんりゅうしょう》》といい、そして、この《炎魔帝将》といい……いつだって、〝鍵〟が関《かか》わってくる……あれは一体、なんなんだ……？）

そして、〝鍵〟と言えば。

ルミアの異能も、〝鍵〟――

（……ちっ、考察は後にしろ。今はこいつをなんとかしねえと……ッ！）

一瞬、脳裏を走った嫌《いや》な想像を、グレンは振《ふ》り払《はら》う。

改めて、炎《ほのお》の向こう側のイグナイト卿を見据《みす》える。

状況《じょうきょう》は極めて悪いが——手はある。

グレンには、この魔人を打倒《だとう》しうる切り札《ラスト・カード》がある。

固有魔術《オリジナル》【愚者の一刺し《ペネトレイター》】。

グレン自身の魔術特性《パーソナリティ》を乗せ、相手の存在そのものを射貫《いぬ》く、必滅の魔弾《まだん》だ。

あのエルザが持って来た奇妙《きみょう》なタレコミのため、一応、用意していたのである。

（だが、コイツは、零距離射撃《ポイント・ブランク》でブチ込まなきゃ効果がねえ……ッ！）

グレンは手早く銃《じゅう》の弾倉《シリンダー》交換をしながら、炎の化身《けしん》と化したイグナイト卿を見据える。

だが、イグナイト卿の周囲には、まるで意思を持った生き物のような炎が、イグナイト卿を守るように蠢《うごめ》いている。迂闊《うかつ》に近付けば、灰一つ残らない。

（……近付けるか……ッ⁉　零距離《ゼロきょり》まで……ッ⁉　白猫《しろねこ》、ルミア、リィエル……あいつらがいない、この状況で……ッ⁉）

とても不可能だ。

一対一で真っ向からぶつかれば、グレンはどこまでも三流魔術師《まじゅつし》に過ぎない。

そんなグレンが、あの懐まで飛び込めば、間違《まちが》いなく消し炭にされる。

（だが——やるしかねえ……ッ！）

悲壮《ひそう》な決意を固めて。

グレンは、いつものように絶対的強者へと挑《いど》むのであった——

————。


——戦っている。

ミラーノを舞台《ぶたい》に、アルザーノ帝国の同胞《どうほう》達が各地で戦っている。

「《私の鍵》——ッ！　皆《みんな》を守って！」

「させないッ！　風よッ！」

女王軍拠点《きょてん》にて、システィーナが風姫の結界を振るい、ルミアが空間を支配する。

「ここが踏《ふ》ん張りどころです、皆さん！　魔力を！」

「「「おおおおおおッ！」」」

女王を守る生徒達が、必死に魔力を捻《ひね》り出し、呪文を紡《つむ》ぐ。

「いいいいやぁあああああああああああーーッ！」

「はーーーッ！」

卓越《たくえつ》した剣技《けんぎ》をもって、ミラーノ各地をひたすら転戦するリィエルやエルザ。

「うぉおおおーーッ　まだだッ⁉　まだ、我々は倒《たお》れるわけにはいかないのだッ！」

「「「ぉおおおおおおおおおおおおおおおおーーッ！」」」

心血を注いで戦い続ける、女王軍の将兵達。

「女王を斃《たお》せぇえええええええええーーッ！」

「イグナイト卿に栄光あれぇえええええーーッ！」

同じく、命を振り絞《しぼ》るクーデター軍の将兵達。

激しくぶつかり合い、すり潰《つぶ》し合う両軍。

「アルベルトさん、こっちです！　結界を展開しました！　一旦《いったん》、退《ひ》きましょう！」

「ちーーー不甲斐《ふがい》ない」

「しゃーないわい！　わしら最初からボロボロなんじゃからなッ⁉」

命がけで遊撃《ゆうげき》するアルベルト、バーナード、クリストフ達。

「うるさいッ!? 貴様らのせいで、貴重な遺跡《いせき》が台無しではないかッッッ!?」
「「「どおわぁああああああーーッ!?」」」
一人、意味不明な理由で、クーデター軍を殴《なぐ》り倒していく者もいるが——
誰《だれ》もが戦っている。
時間にして、僅《わず》か三時間弱——
だが、彼らの人生において、もっとも濃度《のうど》の高い時間が流れていく。
なぜ、同胞同士で殺し合わなければならないのか。
この戦いに一体、何の意味があるのか。
戦いの狂騒《きょうそう》と熱狂《ねっきょう》は、それすらあやふやにしていく——
ただ、はっきりとしていることは——〝終わらせなければならない〟。
どんな形でも、この不毛な戦いに決着をつけなければならない。
そして、誰もが等しく予感していた。
この戦いは——じきに終わる。後、僅かな時間で決着する。
そんな予感を、ひしひしと感じながら。

今はただ、皆一様に、生き残るために戦うのであった──

──。

そこは、冥界《めいかい》第七園──大焦熱地獄《しょうねつじごく》と化していた。

「《真紅《しんく》の炎帝よ・劫火《ごうか》の軍旗掲《かか》げ・朱《しゅ》に蹂躙《じゅうりん》せよ》ッ！」

「《真紅の炎帝よ・劫火の軍旗掲げ・朱に蹂躙せよ》──ッ！」

イヴとリディア──二人の娘《むすめ》が、同時に同じ呪文を叫《さけ》ぶ。

B級攻性《こうせい》軍用魔術、黒魔《くろま》【インフェルノ・フレア】。

背後に上がる真紅の極光《きょっこう》、獄炎《ごくえん》の火柱。それがうねる灼熱《しゃくねつ》劫火の津波《つなみ》となりて、互《たが》いの相手を呑《の》み込まんと押し寄せる。

激突《げきとつ》──荒れ狂う超高熱の炎が逃《に》げ場を求めて、四方八方に舐《な》め広がっていく。

ふつふつ、と。

あまりの熱量に、建物や道路の石材が赤熱《しゃくねつ》し沸騰《ふっとう》を始める。

「《吠《ほ》えよ炎獅子《えんじし》》──《猛々《たけだけ》しく》──ッ！」

間髪《かんはつ》を容《い》れず、イヴが黒魔【ブレイズ・バースト】を三発同時起動。

「《焦熱《しょうねつ》する炎壁《えんへき》よ》――ッ！」
対し、リディアが黒魔【フレア・クリフ】を展開。
突《つ》き立つ大炎壁が、飛来する三発の火球を受け止め。
爆発《ばくはつ》、爆発、爆発。
大量の火の粉と爆風《ばくふう》が、周囲にまき散らされ、世界を朱に染める。
「《天に満ちし怒《いか》りよ》――ッ！」
そして、リディアがすかさず黒魔【メテオ・フレイム】を詠唱《えいしょう》。
イヴの頭上に、炎弾が雨霰《あめあられ》と降り注いで――
「――《爆》――ッ！」
咄嗟《とっさ》に、イヴが黒魔【クイック・イグニッション】を起動。
周囲に巻き起こした爆風で、炎弾を吹《ふ》き飛ばしながら、素早《すばや》く後退する。
炎が、炎が、炎が。
戦いの余波で燃え上がる大量の炎が。
周囲を焦《こ》がしていく。燃やしていく。融《と》かしていく。全《すべ》てを――何もかもを。
呪文応酬《おうしゅう》の円が途切《とぎ》れ、イヴとリディアが再び滾《たぎ》る猛火《もうか》の中で睨《にら》み合う。
炎上《えんじょう》する建物。炎上する大地。炎上する空。

全てが真っ赤に染まり、真っ赤に燃え上がる、赤い世界の真ん中で。
「ぜぇ……ッ！　ぜぇ……ッ!?　はぁ……ッ！」
激しく息を切らしているイヴとは裏腹に。
「……うふふ、頑張《がんば》り屋さんね、貴女《あなた》。まるでアリエスみたい」
対するリディアは、どこまでも涼《すず》しげで余裕《よゆう》そうであった。
「私の妹……アリエスも、貴女と一緒《いっしょ》。凄《すご》く頑張り屋さんだった」
（……強い……ッ！）
イヴが、必死で呼気を整えながら、リディアを睨む。
当然、イヴは黒魔【トライ・レジスト】で、自身の炎熱防御《えんねつぼうぎょ》力を極限まで高めている。
様々な技巧《ぎこう》や呪文を駆使《くし》し、リディアの炎熱呪文の直撃《ちょくげき》だけは避《さ》けている。
それでも尚《なお》――防ぎきれない。
リディアの炎はその余波と余熱だけで、イヴの身体《からだ》をじりじりと焼いていく。
手酷《てひど》い火傷《やけど》が、イヴの全身を蝕《むしば》んでいっている――
（今の私……多分、顔、凄いことになってる……あいつには見られたくないわね）
対し、リディアは無傷。
呼気も乱れていなければ、火傷の一つもない。

顔の左半分に酷《ひど》い火傷を負ったイヴと違《ちが》い、実に綺麗《きれい》で涼しげな顔のままだ。

(なんとか……なんとか、突破口《とっぱこう》を……ッ!)

そう、手をこまねいてはいられない。

あの謎《なぞ》のタレコミが真実ならば——今、グレンが相手しているのは、すでにイグナイト卿《きょう》ではないだろう。

古代文明が生み出した怪物《かいぶつ》——魔王《まおう》の忠実なる下僕《しもべ》、魔将星《ましょうせい》。

《炎魔帝将《えんまていしょう》》ヴィーア=ドゥル。

色々と対策は持たせたが、グレン一人にはあまりにも荷が勝ちすぎる相手だ。

(私がいかないと……私が……ッ!)

だが、勝てない。

今のイヴにとって、リディアはあまりにも高い壁《かべ》だ。

(せめて……左腕《ひだりうで》が……左腕が使えたなら……ッ!)

イヴが左腕に、ぐっと力を入れる。

かつて、フェジテ最悪の三日間の渦中《かちゅう》で、ジャティスに切り落とされた左腕。結局、あれ以来、この腕に魔力《まりょく》が通ることはなく——未《いま》だ左手での魔術行使は出来ない。

(……無い物ねだりしている場合じゃないわ)

弱気になりかける心を自己叱咤《しった》し、イヴが構え直す。

(勝つの。勝つしかない。負けるわけにはいかないのよ……私自身のためにッ！)

悲壮な覚悟《かくご》を改めて固め、イヴがリディアの隙《すき》を窺《うかが》っていると。

ぱちぱちぱち……リディアがなぜか突然《とつぜん》、場違いな拍手《はくしゅ》を始めた。

「はい、貴女、よく頑張りましたね」

「……？」

「《紅焔公《ロード・スカーレット》》の名を継《つ》ぐ私の炎《ほのお》に、ここまで喰《く》らい付くなんて。……貴女の炎は本当に大したものだわ」

「……お褒《ほ》めに与《あずか》り光栄だわ」

本当は、本物の姉さんにそう褒めて貰《もら》いたかったんだけど。

イヴが一瞬《いっしゅん》、そんな感傷に浸《ひた》っていると。

「でもね、もうお終《しま》いです」

そんなイヴを、リディアが地獄《じごく》のどん底へと突き落とす。

「〝私の領域〟が完成しましたので」

「……え？　領域？　何のこと……？」

イヴがそんな風に呆《ほう》けた、その瞬間《しゅんかん》だった。

リディアの周囲に、更《さら》なる火勢の火焔《かえん》が、渦《うず》を巻いて上がったのだ。

——まったく呪文を唱えずに。

その光景にイヴが狼狽《うろた》えながら、一歩、二歩と後ずさる。

「嘘《うそ》……それは、眷属秘呪《シークレット》【第七園】ッ⁉」

眷属秘呪《シークレット》【第七園】。イグナイトが誇《ほこ》る炎熱《えんねつ》系魔術《まじゅつ》最大の秘奥義《ひおうぎ》。

予《あらかじ》め指定した一定領域内における、炎熱系呪文の起動『五工程《クイント・アクション》』の完全棄却《ききゃく》。

支配領域内における炎熱系呪文を、集中なし、溜《た》めなし、詠唱なし、マナ・バイオリズムの乱れなし——ノー・リスクで自在に操《あやつ》る規格外の術。

それ即《すなわ》ち、領域内における炎の〝完全支配〟。

ゆえに【第七園】を発動したイグナイトの魔術師は無敵——近距離《きんきょり》魔術戦最強なのだ。

「なんでよ……ッ⁉　なんで【第七園】の領域が展開してるの……ッ⁉」

そう、無敵の【第七園】にも唯一《ゆいいつ》の弱点があり、それが領域の事前準備の手間だ。

領域を構築するには、周囲一帯に幾《いく》つもの霊点《レイ・スポット》を魔術的に構築しなければならない

……もの凄い手間と工数をかけて。

それゆえに【第七園】は、予め展開しておいた領域内に敵を誘《さそ》い込むという、罠《わな》的な運用が常のはずなのだ。なのに——

「一体、なぜ⁉　どうやって……」
そこまで言いかけて、イヴは己《おのれ》の蒙昧《もうまい》さに気付く。
自分が一体、誰と戦っていると思っているのだ？
相手は、偽者《にせもの》とはいえ……曲がりなりにも〝リディア〟なのだぞ？
「まさか、領域を……今、作ったの……？　私と戦いながら、片手間に……？」
そんなイヴの言葉に。
リディアは肯定《こうてい》するように、ニッコリと笑った。
「…………ッ！」
イヴは、愕然《がくぜん》とするしかない。
こっちは、常に全力で戦っていたのに。少しでも気を抜《ぬ》けば、一気に燃やし尽《つ》くされる
……だから全身全霊《ぜんれい》をかけて、必死に炎を振《ふ》るっていたのに。
対するリディアはそんなイヴをあしらいながら、【第七園】の領域を片手間で構築して
しまえたのである。しかも、イヴに気付かれずに。
（なんて……こと……）
一体、自分と姉の間には、どれほどの実力差があるのか。
あれから、数年。

少しは姉の背に追いつけたと思ったが……その差はまったく縮んでいない。

あまりにも高過ぎる壁に、イヴの心が折れそうになる。

そして、そんなイヴへ追い打ちをかけるように。

「さて……こうなったらもう私、今までのように優《やさ》しくないですからね？」

にこり、と。

リディアがどこまでも穏《おだ》やかに優しげに微笑《ほほえ》んで——

さっと、手を振るう。

イヴの四方八方から濃密《のうみつ》なる炎が上がる。

地も空も、全てが一片《いっぺん》の隙間《すきま》も無く、真紅色に染まる。染め上げられる。

それはなんと残酷《ざんこく》で、美しい光景であったことか——

「……あ……」

「さようなら、名も知らない人」

ぱちん！　リディアが無慈悲《じひ》に指を鳴らすと。

イヴの世界をすっかりと染め上げる真紅が、一斉《いっせい》にイヴを呑み込まんと迫《せま》って来る。

全空間包囲殲滅攻撃《せんめつこうげき》。逃げ場はない。防ぐ手段もない。

「…………」

イヴは呆然《ぼうぜん》としながら、その光景を受け入れるしかなかった――

「ぐぁあああーーッ!?」

「ふはははははッ！　弱い！　弱すぎるぞッ!?」

火達磨《ひだるま》になって転がるグレンを見て、魔人《まじん》と化したイグナイト卿が哄笑《こうしょう》する。

「……ぐぁあ……ッ!?　クソがぁ……ッ！」

グレンは素早くポケットから魔晶石《ましょうせき》を取り出し――

何事かを叫《さけ》ぶ。

途端《とたん》、ぱぁんっ！　と魔晶石が砕《くだ》け――

グレンを火達磨にしていた炎が吹き飛ばされ、消し止められる。

「ふん……小癪《こしゃく》な……まだ、それを握《にぎ》っていたか」

「ぜぇ……ぜぇ……ぜぇ……ッ！」

今の魔晶石は、炎熱《えんねつ》攻撃に強い耐性《たいせい》を発揮する【トライ・レジスト】の呪文《じゅもん》を、ルミアの異能を乗せて、イヴやシスティーナが込《こ》めたものだ。

グレンは《炎魔帝将》ヴィーア＝ドォルと化したイグナイト卿の圧倒《あっとう》的超《ちょう》火力を、この魔晶石に込めた力を使うことで、辛《かろ》うじて耐《た》えていたのである。

（しかし、アホか……ッ！　何度レジスト張り直しても、あいつの炎はすぐに貫通《かんつう》してきやがる……まるで紙の盾《たて》だぜ……ッ⁉）

状況《じょうきょう》を確認《かくにん》する。

周囲は相変わらず地獄だ。大焦熱《しょうねっ》地獄とはまさにこのことだ。

全《すべ》てが真っ赤に赤熱《しゃくねっ》して輝《かがや》き、ぐつぐつと煮《に》え滾《たぎ》っている。

この魔晶石がなかったら、その場に立っているだけで消し炭だったことだろう。

イグナイト卿の周囲には、依然《いぜん》として分厚いマグマのような炎壁《えんへき》が、何重にも立ちはだかっている。

さすがにあの炎壁は、魔晶石を盾にしても耐えられまい。抜けられまい。

近付けない、突破口がない。

おまけに――

（魔晶石の残り――後、二つ。もう三分も保《も》たねえな……）

ほぼほぼ、詰《つ》みだ。

グレンの冷静な戦闘《せんとう》思考がそう結論する。

と、その時だ。

ここは違う、遠くで爆炎《ばくえん》が上がる音が聞こえてきた。

グレンが咄嗟《とっさ》に、その方角を横目で追う。

「……ッ⁉　今のは……ッ⁉」

「ほう？　我が愛娘《まなむすめ》、リディアだな？　どうやら【第七園】を発動したようだ」

「────ッ⁉」

グレンが目を見開く。

リディアが【第七園】を起動した。それつまり、リディアと戦うイヴは──

「……ふっ、終わりだな？　グレン＝レーダス」

勝ち誇ったようにイグナイト卿が告げる。

「じきに、ここには生ゴミを焼却《しょうきゃく》処分したリディアが駆《か》けつける──そうなれば、いくらしぶとい貴様も一巻の終わりだ。くくく……はははははははは……ッ！」

だが。

そんなイグナイト卿に応じたのは、一発の銃声《じゅうせい》だった。

イグナイト卿へ飛来した一発の銃弾《じゅうだん》は、当然、その途中《とちゅう》にある炎に捉《つか》まり──

じゅっ！　銃弾はそのまま一瞬で燃え尽きて蒸発する。

イグナイト卿へは、欠片《かけら》も届かない。

だが、そんなグレンの悪あがきは、イグナイト卿を苛立《いらだ》たせるには充分《じゅうぶん》だった。

「虫けらめ……まだ、抗《あらが》うか？」

「たりめーだ」

グレンが卿へ銃口《じゅうこう》を向けたまま、当然のように告げる。

「なぜだ？　もう勝負は決しておろうに……」

「信じてるからだッ！」

グレンは迷いなく言った。

「あいつは負けねえ……ッ！　必ずここに戻《もど》って来るッ！」

「ふん、愚《おろ》かな……軍時代からつくづく現実の見えない男だ、貴様は。あの愚物《ぐぶつ》が戻って来るだと？　そんなものは妄想《もうそう》だッ！」

「はっ……妄想と言ったか？　てめえは親父《おやじ》のくせに、あいつの凄《すご》さを何もわかっちゃいねんだな!?　呆《あき》れを通り越《こ》して、哀《あわ》れだぜ、お前！」

グレンも不敵に返す。

「あいつは嫁《い》き遅《おく》れで、捻《ひね》くれてて、嫌《いや》な奴《やつ》だけど……やると言ったらやる女だ。へっ、覚悟しとけよ？　あいつが戻って来る時が……てめえの終わる時だ」

「くだらん。いい加減、貴様の戯《ざ》れ言《ごと》にも付き合ってられぬ」

不快そうに絶叫《ぜっきょう》して、イグナイト卿《きょう》が炎を振るい。

「うおおおおおおおおおおおおおおお――ッ！」
グレンが再び、それに挑《いど》む。
グレンの気迫《きはく》と、炎《ほのお》の爆音《ばくおん》がミラーノの空をどこまでも震《ふる》わせる――
――。
――。
それは――刹那《せつな》の時。
だが、死に瀕《ひん》した精神が極限まで引き延ばした、無限の刹那だった。
そんな、時間の流れが狂《くる》った世界の真ん中で――
（……負けた）
――イヴは悔《くや》しげに、目を閉じた。
熱い。全身が熱い。文字通り、燃えている。
リディアが起動したイグナイトの秘奥《ひおう》、眷属秘呪《シークレット》【第七園】。
それを前に、イヴは抗う手段を何一つ持ち得なかった。

そもそも、どう防げと、どう凌《しの》げ、どう逃《に》げろというのか？

眷属秘呪《シークレット》【第七園】の効力下でのみ、行使可能な必殺攻式《こうしき》。

支配領域内の全空間を、一片の隙《すき》なく超高熱の極炎で満たし、焼き尽くす大焦熱地獄《じごく》。

その名を《無間大煉獄真紅《むげん・だいれんごくしんく》・七園》――眷属秘呪《シークレット》【第七園】の極地。

全盛時《ぜんせい》のイヴですら、ついに到達《とうたつ》しえなかった必中必滅《ひつめつ》の術式だ。

そんな――全てが真紅と紅蓮《ぐれん》に染まる世界の真ん中で。

（……負けたわ……）

全身を獄炎《ごくえん》に焼かれながら、イヴが膝《ひざ》をつく。

後、数瞬《すうしゅん》で自分はこの思考ごと綺麗《きれい》さっぱり燃え尽きる。灰一つ残らない。

その刹那の猶予《ゆうよ》の間、イヴはぼんやりと考える――

（そうよ……勝てるわけない……私が姉さんに勝てるわけなかったのよ……一体、何を自惚《うぬぼ》れていたの……？　知ってたじゃない、姉さんの力……

相手が紛《まが》い物なら勝てる？　紛い物の炎は温《ぬる》い？　バカ丸出しよ。私と姉さんじゃ、根本的に規格が違《ちが》うじゃない……ッ！）

地獄のような熱と苦痛の中、イヴはひたすら自嘲《じちょう》気味にぼやく。

（姉さんは、本物のイグナイト……そんな姉さんに、紛い物のイグナイトに過ぎない私がどうして勝てるっていうの……？　紛い物はどっちよ……？）

左手を……握る。

未《いま》だ魔力《まりよく》の通わぬ、その左手を。

（悪いわね、グレン……貴方《あなた》はいつものように、バカみたいに私を信じてくれているんでしょうけど……終わりよ、もう。

過大評価よ。貴方が思っているほど、私は大した女じゃない。

私は紛い物。何の信念も思いもなく、イグナイトという名前に取り縋《すが》って、惰性《だせい》で生きているだけの、ただの燃えかす。いつだって熱く燃えている貴方とは……違う）

今なら、わかる。

なんで、今までずっと、あいつ《グレン》が気にくわなかったのか。

それは――似ていたのだ。

かつて、イヴが目指し、そして挫折《ざせつ》した――リディアの在り方に。

（……今さら言って、詮無《せんな》きことか）

どうやら、時間が来たらしい。

熱に浮《う》かされた思考が、真紅の世界が――遠く、白ずんでいく。

熱い。苦しい。痛い。……もう、いい……

紛い物の私にしては、まぁ、よくやった方じゃないの？

最後にそんなことを、自分を納得《なっとく》させるように言い聞かせて。

そのまま。

イヴが、全ての思考を放棄《ほうき》しようとした――

――その時だった。


『私は、そんなことないと思うよ？　イヴ』


イヴの全身を包む炎が――

なぜか、そんなことを呑気《のんき》に語りかけてきた――気がした。

『私は、貴女《あなた》が紛い物のイグナイトだなんて、全然、思わない』

（……誰《だれ》？）

すでにはっきりしない胡乱《うろん》な意識の中、イヴが投げやりに問う。

が、〝声〟は問いに答えず、一方的に語りかけてくる。

『イヴは、イグナイトという名前に拘《こだわ》り過ぎなのよね』

『前に、私、言ったよね？　本当に大事なのは、どう生きるか？　自分が正しいと思える道を歩むこと……それがイグナイトの名が示す真の道だって』

(…………)

『うふふっ、イヴがちょっと気になるあの男の子も、つい最近、そう言ってくれたじゃない？　イヴったら、もう忘れちゃったの？』

……なんだろう？

この微妙《びみょう》に鬱陶《うっとう》しくて、馴《な》れ馴れしい〝声〟は。

まぁ、死の間際《まぎわ》に聞く幻聴《げんちょう》か、あるいは白昼夢なのだろうけど。

ああ、でも、懐《なつ》かしい。

私は、この〝声〟をずっと聴《き》きたかった──

『イヴは、真面目《まじめ》過ぎるっていうか、頭が固いっていうか……もっと、肩《かた》の力を抜《ぬ》いて、気楽に生きたらいいのに……』

(…………)

『ううん、違うか……イヴは優《やさ》しいから……ずっと、ずっと、私のために、頑張《がんば》ってきたんだよね……？　私のために、イグナイトであろうとしたんだよね……？』

(…………)

『ありがとう。そして、ごめんね。……もう、いいの。イヴ、貴女は貴女が生きたい道、正しいと思えることのために戦っていいの……もう、いいのよ、イヴ』

そんなことを言ってくる〝声〟に、イヴは頭を力なく振《ふ》った。

（買い被《かぶ》りだわ。私は紛い物よ。自分が生きるべき道、正しい在り方なんて、未だ何一つ分からない……何が正しいかなんて、私には……）

そんな風に、嘆《なげ》くイヴへ。

『嘘《うそ》よ』

〝声〟は、どこまでも優しく諭《さと》してくる。

『嘘は吐《つ》かなくていいの、イヴ。貴女はもう……とっくに、自分の生き方、正しい道を見つけてるじゃない？』

『ほら、よく思い出して。今の貴女を、貴女たらしめるものを』

（――――ッ⁉）

そんな〝声〟の指摘《してき》に。

ふと、イヴの脳裏《のうり》を激流のようにイメージが流れて行く。

――それは、あのアルザーノ魔術《まじゅつ》学院の風景であり――

──自分を教官と慕《した》ってくれる、生徒達の笑顔《えがお》であり──

──システィーナ、ルミア、リィエルであり──

──左遷《させん》された今の自分ですら仲間と認め、自分の意図を汲《く》んで駆《か》けつけてくれた特務分室の仲間達であり──

──いつだって苛立《いらだ》たしくありながら、こんなポンコツな自分の味方でいてくれる、いけ好かない、気にくわない、ロクでなしの顔であり──

今の自分には、こんなにも大切なものがある。守りたいものがある。

その思いだけは──決して、〝紛い物〟なんかじゃない。

紛《まぎ》れもなく──〝本物〟だ。

（……私は、どうしたいの？　そんな彼らをどうしたいの？　私の空っぽの心を満たしてくれた彼らに何を報《むく》いるの？　私の生きる道は──）

イヴが自問自答していると。

『……答え、見つかったね……』

〝声〟は優しくそう言った。

『ふふ、貴女はもう大丈夫《だいじようぶ》だよ……ほら、立って、イヴ……』

「で、でもっ！」

イヴが叫《さけ》ぶ。

「こんな弱い私に、どうしろっていうのよ⁉」

『イヴなら、大丈夫よ。貴女ならできる……だって、わかるでしょう？』

「……ッ⁉」

そんな〝声〟の指摘に、どきりとイヴの心臓が跳《は》ねる。

『貴女は本当に優しい子だから……心の奥底で、無意識にそれを躊躇《ためら》っていたんだよね？

もう、迷わなくていいから……ね？』

「でも、そうしたら……私は……ッ！」

そして、イヴが何かを言いかけ、思いとどまり、言い淀《よど》むと。

〝声〟は全《すべ》てを察したように優しく言った。

『私は、何も恨《うら》まないわ』

途端《とたん》、イヴがはっとしたように硬直《こうちよく》し。

ぼろぼろ、と涙《なみだ》を零《こぼ》していく。

「そんなの……嫌《いや》……」

零した端《はし》から涙が蒸発していくが──止まらない。

『嫌よ……嫌ぁ……ッ！　イグナイトが終わっちゃう……名前がなくなっちゃう……本当にいいのッ⁉　貴女にとって、かけがえのないものじゃなかったの⁉』

『イグナイトは終わらないよ。……貴女がいる限り、道は続く……』

「～～～ッ⁉」

『家そのものは潰《つい》えるかもしれない。でも、イグナイトの名が示す真の意味は……志は……きっと、貴女の中に生き続ける……貴女の子孫に受け継《つ》がれる……永遠に』

「あ、あぁあぁぁぁ……」

『イヴ。貴女に全てを託《たく》したわ……どうか真のイグナイトを……未来に繋《つな》いでちょうだい……お願いね、私の可愛《かわい》い──……』

〝声〟が──遠ざかっていく。

もう何も聞こえない。あの〝声〟は一体、なんだったのか？

だが、託されたのは思いであり、残されたのは決意だ。

万感《ばんかん》の思いが、イヴの心をはち切れんばかりに満たす。

そして、堪《こら》え切れんばかりに溢《あふ》れる思いを、ただ一つの言葉に換《か》えて。
イヴは——叫ぶ。
もう、迷いはない。迷うことなど許されない。
左腕を振りかざして——魂《たましい》のあらん限りで吠《ほ》える。

「——姉さぁあああんッッッ！」


途端、ばっ！

全てを埋《う》め尽《つ》くす、地獄《じごく》の火焔《かえん》大海が真っ二つに割れた。

イヴを焼き尽くそうと抱《だ》きしめていた炎《ほのお》が全て、四方に吹《ふ》き飛んでいた。

「え——ッ⁉　嘘⁉」

眷属秘呪《シークレット》【第七園】で業火《ごうか》を操《あやつ》っていたリディアが、驚愕《きょうがく》の声を上げる。

「私の支配領域を利用して、自分が【第七園】を起動した⁉　領域を奪《うば》われた⁉」

「ああああああああああああああああああああーーッ⁉」

溢れる涙の蒸発と共に、イヴは吠える。

そして、魔力が通う左腕——久しぶりの感覚を感じながら、あらん限りの魔力を左腕に

通し、漲《みなぎ》らせ——一気に振り下ろす。

場にわだかまる業炎《ごうえん》が——今度は全て、リディアへと殺到《さっとう》する——

眷属秘呪《シークレット》【第七園】。

それはまさに、イグナイトの代名詞——象徴《しょうちょう》ともいえる術だ。

だが、ジャティスに左腕を落とされて以来、イヴはずっと迷いと葛藤《かっとう》を抱《かか》えていた。

自身のイグナイトとしての在り方を、ずっと見失っていたのだ。

ゆえに、イヴは左手の魔術能力を、【第七園】を失った。

だが、今はもう迷いはない——

彼女は見つけたのだから。新たなるイグナイトの道を。

自分の歩むべき道を。

「ぁああああああああああああああああああああああああああーーッ!」

「くぅ……ッ⁉」

驚愕するリディアは、なんとかイヴに奪われた【第七園】の領域を、自身の支配下に取り戻《もど》そうと必死に魔力《まりょく》を操る。術式に介入《かいにゅう》しようとする。

だが──止まらない。

全身全霊《ぜんれい》で【第七園】を操作するイヴの怒濤《どとう》の勢いには、まるで敵《かな》わず──

今度、《無間大煉獄真紅《むげん・だいれんごくしんく》・七園》が抱きしめたのは──リディアであった。

「──ぁ──」

全身を超《ちょう》高熱の炎に包まれる、リディア。

リディアの魔力の上に、イヴの魔力も上乗せし、相乗効果で無限熱量に達した獄炎《ごくえん》は、ありとあらゆる魔術的防御《ぼうぎょ》を貫通《かんつう》して、ただの一撃《いちげき》で致命傷《ちめいしょう》となった。

「終わりよ」

そう宣言するイヴの前で。

「……ッ⁉」

信じられないものを見たような表情で固まるリディアの姿形が……消えていく。

その輪郭《りんかく》が、まるで炎の中に融《と》けるように消滅《しょうめつ》していく。

ゆっくり、ゆっくりと……灰の一欠片《かけら》すら残さずに。

「さようなら、姉さん」

この時点で勝利は確定。

だが、油断せず、イヴがリディアを睨《にら》んでいた……その時だった。

不意に、炎の中で消え逝《ゆ》くリディアが、ふわりと相好《そうごう》を崩《くず》したのだ。

「……強く……なったね……イヴ……」

それは、今までのような、どこか作り物めいた微笑《ほほえ》みではない。

どこまでも優《やさ》しくて……穏《おだ》やかな、懐《なつ》かしい微笑みだった。

「……ありがとう……」

「〜ッ!?」

その真意を問い質《ただ》す暇《いとま》も無い。

イヴが言葉を返す暇もなく――

リディアは、輝《かがや》く紅炎《こうえん》の中へ完全に消えていくのであった――

「…………」

――静寂《せいじゃく》。

あれほど、世界を真紅に染めていた炎が消えた、燃え殻《がら》の世界の中心で。

しばし、放心のイヴが物思いに耽《ふけ》る。

(姉さんの《無間大煉獄真紅・七園》……どうして、私は燃え尽きなかったの？　本来なら、私なんか一瞬《いっしゅん》で消し炭になっていたはずなのに……)

物思いに耽る。

（あの炎の中で聞いた〝声〟は……？）

物思いに耽る。

（あの最後の言葉は……私の名前を呼んだのは……）

そして、あの今際《いまわ》の際《きわ》に見せた——穏やかな笑み。

……耽る。

あのリディアが——【Project《プロジェクト》：Revive《リヴァイヴ》 Life《ライフ》】で創《つく》られた偽者《にせもの》であることは、恐《おそ》らく間違《まちが》いない。それは確信している。

だから、あのリディアは——断じて、自分の知っている姉じゃない。

精神と記憶《きおく》は複製の上に弄《いじ》くられ、本質的には別人だ。別人のはずなのだ。

だけど。

あの紛《まが》い物には、姉リディアの魂の一部と記憶も使われていたのも事実なわけで。

それは、つまり。

つまりは、ひょっとしたら。

最後の、あの瞬間だけは——……

………。

「……くっ！」

イヴは、ボロボロと溢れる涙を拭《ぬぐ》う。

「泣いてる場合じゃない……ッ！　泣いている場合じゃ……ない……ッ！」

溢れる涙を堪《こら》えながら——イヴが《疾風脚《シュトロム》》を起動し、跳《と》ぶ。

激風を纏《まと》い、猛《もう》スピードで焼け落ちた街中を駆《か》け飛んでいく。

先のリディアに関しては——様々な可能性、様々な仮説が立てられる。

だが——もう無駄《むだ》だ。

その真偽《しんぎ》を検証することは永久に叶《かな》わない。

真相は闇《やみ》の中であり——もう永遠に決着がついてしまったことだ。

彼女は、女王陛下に逆らったただの逆賊《ぎゃくぞく》で——自分がそれを誅伐《ちゅうばつ》した。

結局は、ただそれだけの話。

それよりも——

「終わってない……まだ、終わってないんだから……今は……ッ！」

イヴは、恐らく、まだバカ正直に自分を信じてくれているだろう男の下《もと》へ。

ただひたすらに、急いで駆ける——

「ぐぁあああッ⁉　ぐぅ……ッ！」

グレンが焼《こ》け焦げた左腕を押さえ、片膝《かたひざ》をついて蹲《うずくま》る。

「ふっ、魔術《まじゅつ》を振《ふ》るう左腕を取ったぞ。終わりだな！」

炎が滾《たぎ》る世界の中にイグナイト卿《きょう》の哄笑《こうしょう》が響《ひび》き渡《わた》る。

「しかし、貴様も本当に諦《あきら》めの悪い男だ。その一点だけは褒《ほ》めてやってもいい！」

「うるせぇ、黙《だま》れ、クソが……」

「とっとと諦めればいいものを。諦めれば、そう無駄に苦しむこともなかったろうに」

グレンの状態は酷《ひど》いものだ。

全身のあちこちに重度の火傷《やけど》が刻まれている。

左腕は半ば炭化しかかっている。これ以上は魔術でも治癒《ちゆ》できなくなる。

そして、当然、命綱《いのちづな》の魔晶石《ましょうせき》はもう一つも残っていない。

辛《かろ》うじてグレンの身体《からだ》を守る、ルミアの異能乗せの【トライ・レジスト】も、間もなく効力が尽きるだろう。

それが尽きた瞬間が、グレンがこの世から灰の欠片《かけら》も残すことなく消える時だ。

「なるほど。そんな無様な姿になってまで、この私を討《う》ちたいか？　かつて、愛した女の仇《かたき》を討ちたいか。フン、滑稽《こっけい》だ。さぞかし口惜《くちお》しかろう？　この圧倒《あっとう》的な力の前に、何もできず死んでいく有様は」

だが、グレンは口の端《はし》を吊《つ》り上げ、不敵に笑う。

「仇……ね。ま、それもあるがな。ぶっちゃけ、セラの真なる仇は、俺の中ではジャティスでな……てめぇなんかオマケだ。自意識過剰《かじょう》だぜ？　オッサン」

「なんだと……？」

「今、俺がこうやって無様に足掻《あが》いているのはな……生徒達のためだ。そして、あいつを信じてるからだ。

あいつは必ず戻って来る。あいつさえ居れば……俺はてめぇを滅《ほろ》ぼせる」

「……虚勢《きょせい》を張るな。貴様如《ごと》き三流が、どうやってこの私を滅ぼす？」

「虚勢かどうか、確かめてみりゃいい」

「ふん、偉《えら》そうに。実に不愉快《ふゆかい》だな。なぜ、貴様はそう偉そうなのだ？　たかだか二十年前後しか生きてない若造のくせに」

「そっくり返すぜ。てめぇは無駄に歳《とし》食ってるくせに、なんでそう大人げねえんだ？」

「……減らず口を……ッ！」

すると、不愉快極《きわ》まりないとばかりに、イグナイト卿の周囲にさらなら極炎《ごくえん》が燃え上がった。

「もういい！　貴様は死ね！　消えろッ！」

そして、炎《ほのお》が津波《つなみ》となって四方八方からグレンを呑《の》み込まんと迫《せま》る。

世界が──真紅に染まっていく──

──だが。

「ああ、悪《わり》ぃな、オッサン」

そんな絶望的な光景を前に、不意にグレンがにやりと笑った。

「俺達の勝ちだ」

「……なん……だと……ッ⁉」

イグナイト卿が信じられないものを見たように、その奈落《ならく》の瞳《ひとみ》を見開く。

イグナイト卿が操《あやつ》る炎が──グレンへ届かない。

何かにせき止められたかのように、ぴたりと動きを止めていたのだ。

そして──片膝をつくグレンの背後に、いつの間にか人影《ひとかげ》が立っている。

その正体は──

「──い、イヴ⁉」

「…………」

イヴは左腕《ひだりうで》を前方へ突《つ》き出し、掌《てのひら》の先に魔術法陣《ほうじん》を展開して佇《たたず》んでいた。

「……待った？」

「ああ、遅《おせ》えぞ」

「相変わらずデリカシーないわね。普《ふ》通《つう》、男なら否定するところじゃないの？」

「お前相手に、男らしさを見せてもなぁ？」

「バカ」

「でも、なんだ？　驚《おどろ》いたな……なんか俺の想像を遥《はる》かに超《こ》えるもん、ひっさげて来てんじゃねえか？」

グレンが、魔力《まりょく》の通うイヴの左腕を流し見る。

「お前が居りゃ、ワンチャンあるかと思ってたんだが……こりゃ、ワンチャンどころじゃねーぜ」

「………………」

そんなグレンに、イヴは無言で応じる。

それで、何かを察したのか、グレンが一瞬、押し黙り……イヴへ問う。

「……お前、大丈夫《だいじょうぶ》か？　……行けるか？」

「当然」

「じゃあ、頼《たの》んだ。……俺が終わらせる」

そんな短いやり取りの後。

グレンは深呼吸一つして、立ち上がる。

そして、イグナイト卿へ向かって、ゆっくりと歩き始めた。

歩きながら、自身の古式回転拳銃《パーカッション・リボルバー》へ新しい弾薬《だんやく》を、丁寧《ていねい》に装填《そうてん》し始める。

回転弾倉《シリンダー》に並ぶ六つの弾室孔《だんしつこう》の一つに、携帯用火薬入れ《パウダー・フラスク》から、とある特殊《とくしゅ》装薬を流し込む……

だが、そんな呑気《のんき》なグレンを黙って見ているイグナイト卿ではない。

「ふん、隙《すき》だらけだぞ、バカが」

当然、イグナイト卿が炎を操る。

この世界そのものを燃やし尽《つ》くさんばかりの猛火《もうか》が巻き起こり——グレンとイヴを呑み込もうとするが——

その炎は、グレンとイヴに触《ふ》れることはなく、ビタリと止まる。

そして、炎が割れ、ゆっくり歩くグレンとイグナイト卿の間に道が出来る。

それどころか——

「な、何⁉　か、身体が動かぬ……ッ⁉」

——なんと、イグナイト卿の動きが完全に停止したのだ。

まるで、金縛《かなしば》りに遭《あ》ったかのように動かなくなっていたのである。

イグナイト卿がそうしている間に、グレンは口に咥《くわ》えた球弾頭《きゅうだんとう》を弾倉内《シリンダー》へ吹《ふ》き込み、銃身《じゅうしん》下のローディング・レバーを折って、弾丸《だんがん》を弾倉《シリンダー》内部へ深く押し込む。

弾倉《シリンダー》の尻《しり》に雷管《らいかん》を装着しながら、イグナイト卿へ向かって、ゆっくりと歩いて行く。

……ゆっくりと。

「な、なんだッ⁉　一体、何が起きたッ⁉」

「無駄よ、父上」

我が身を襲《おそ》った予想外の出来事に戦《おのの》くイグナイト卿へ、イヴが淡々《たんたん》と言った。

「今、この一帯は、すでに私の領域——【第七園】の影響下《えいきょうか》にあるわ」

「な……ッ⁉」

「この領域内において、私はあらゆる炎を呪文《じゅもん》なしで操り、支配できる。あらゆる炎が私の手足、私の下僕《しもべ》。そして——」

イヴがイグナイト卿を冷たい目で見る。

その、炎の魔人《まじん》と化して変わり果てた、かつての父の姿を。

「人を捨て、随分《ずいぶん》と変わり果てたわね、父上。その姿——まるで貴方自身が炎そのものと化したみたい」

「……残念ね。貴方《あなた》が人を捨てなければ、まだわからなかったのに」

「～～～～～ッ!?」

ここで。

イグナイト卿の表情が、はっきりと絶望に歪《ゆが》む。

イヴに支配され、まったく動かなくなってしまった、己《おのれ》の身体。

そして、ゆっくりと、死神の行進のように歩いてくるグレン。

脅威《きょうい》の格上喰らい《ジャイアント・キリング》率を誇《ほこ》る〝魔術師殺し《まじゅつし》〟の姿に、はっきりと恐怖《きょうふ》を覚える──

「い、イヴッ!? ま、待て……ッ！」

慌《あわ》ててイグナイト卿が半狂乱《はんきょうらん》で叫《さけ》ぶ。

「め、命令だ……ッ！　イヴ、私を助けろ！　この私の命令が聞けないのか!?」

だが──

イヴは溜《た》め息を一つ吐《つ》いて、憂鬱《ゆううつ》そうに返した。

「残念だけど……私、そういうの……もういいの」

「～～～～ッ!?」

イヴは、なんとなく自分を縛《しば》り付けていた、呪術《じゅじゅつ》の正体を大体看破していた。

恐《おそ》らくは、〝イグナイトという名への心酔《しんすい》、畏怖《いふ》、忠誠〟……そういった崇敬《すうけい》する心を

〝楔《くさび》〟に相手の心を縛り、命令を聞かせる術なのだ。

条件に縛りがある分、一度嵌《はま》ったら最後、さぞかし強力な強制力を発揮したことだろう。

そして、イグナイト卿が、己の配下の軍隊を操っていたカラクリも、恐らくそれ。

イグナイト卿がやたら手柄《てがら》を立て、イグナイトの名声を高めることに拘《こだわ》ったのも、心酔を集めることで、自分が支配できる手駒《てごま》を増やすためだ。

まったくもって、反吐《へど》が出るような術式である。

恐らく、一族の限られた者のみが知る、秘伝の眷属秘呪《シークレット》か何かではないだろうか？

だが、そんなことはどうでもいい。

イヴはそんな汚《よご》れきったイグナイトと決別するように。

なによりも、父と決別するように。

最後にこう告げた。

「さようなら、父上。私……貴方のこと、大嫌《だいきら》いだったわ」

「い、イヴぅうううううううううううううううううううーーッ！」

悲鳴を上げるイグナイト卿の眉間《みけん》に――

悠然《ゆうぜん》と歩いてきたグレンが、その銃口《じゅうこう》を押し当てる。

「《0の専心《セット》》――」

がちり。

無情に響《ひび》き渡《わた》る撃鉄《ハンマー》を引く音に、イグナイト卿がびくりと身体《からだ》を震《ふる》わせる。

「ひ——ッ!?　ま、待——」

聞かず——グレンは引き金を引いた。

「——【愚者の一刺し《ペネトレイター》】」

どんっ！

【変化の停滞《ていたい》・停止】がもたらす必滅の魔弾《まだん》。

魔人にとっての致命《ちめい》的な猛毒《もうどく》が、ついに火を噴《ふ》くのであった——

終章　消ゆる灯火《ともしび》、灯《とも》る灯火

グレンの放った魔弾によって、魔人が大爆発《ばくはつ》と共に呆気《あっけ》なく消滅《しょうめつ》した後。

未《いま》だ、炎と熱が燻《くすぶ》る燃えさしの世界にて——

「…………」

イヴは呆然《ぼうぜん》と放心していた。

「……イヴ」

グレンは、そんなイヴの背中を見守ることしかできない。

やがて。

「案外、大した感慨《かんがい》、湧《わ》かないわね」

……イヴがぼそりと呟《つぶや》いた。その声は、どこか虚《うつ》ろだ。

「父を手にかけて……紛《まが》い物とはいえ、姉も手にかけたのに……全然、平気。まぁ……彼らは倒《たお》すべき反逆者だもの。……そんなものかもしれないわね」

「…………」

「……イグナイトは……もう終わりだわ」

「…………」

「でも……関係ない。家なんか……関係ないの。……だって、本当に大事なのは、何をするか？　どう生きるか？　そうでしょう？」

「…………」

「グレン、貴方は気にしないで。……だって、これは私の意志と選択《せんたく》。紛《まぎ》れもない、私自身が正しいと信じた道……後悔《こうかい》なんて微塵《みじん》もない」

「…………」

「だから……これでいいの……」

「…………」

「……これで……」

そんな、何かを自分に言い聞かせるように独白するイヴに。

グレンは無言で歩み寄り……その肩《かた》に手を乗せた。

途端《とたん》、びくり、と。イヴの身体が小さく跳《は》ねて。

やがて、かたかたと小さく震え始める。

「貴方って、本当に嫌い……なんで……なんで、強がらせてくれないのよ……」

「……イヴ」

たちまち、イヴの声が濡《ぬ》れたものになっていく。

しゃくり上げや洟啜《はなすす》りが、たちまち増えていく。

「……ねぇ……っ……グレ、ン……っ……命令……」

「なんだ？」

「……顔を……見ない、で……」

「…………」

「今の私の顔……火傷《やけど》で、酷《ひど》いことに……なって……る、か、……ら……ッ！」

そんなことを喉奥《のど》から絞《しぼ》り出した、その瞬間《しゅんかん》。

どんっ！

イヴが体当たりするように、グレンの胸へ取り縋《すが》っていた。

そして──

「ぁ……ぁ、ぁあああああああああああああああああーーッ！」

──イヴは、まるで子供のように泣きじゃくり始めるのであった。

「うわぁあああああああああん！　イグ、イグナイトが……ぁああああああああああああああッ！　ひっく、姉さん！　姉さん……ッ！　ごめんなさい！　本当に……

ごめんなさい……ッ！　わ、私……私ぃ……ッ！　うぁぁあああ……ッ！」

「……辛《つら》かったな、イヴ。……すまん。そして、ありがとうな……」

ああーーッ！」

グレンは、いつまでも、泣きじゃくるイヴのするがままにさせてやるのであった。

……イヴが泣き止《や》むまで、いつまでも。

…………。

ミラーノ某所《ぼうしょ》。

誰《だれ》も居ない、薄暗《うすぐら》い路地裏にて。

ずる……ずる……

「馬鹿《ばか》な……馬鹿な、馬鹿な馬鹿な馬鹿な……ッ！　ゴフッ⁉　ガハッ！」

全身醜《みにく》く焼け焦《こ》げた、一人の男が無様に地を這《は》っていた。

イグナイト卿だ。人間に戻《もど》っている。

先刻、グレンの魔弾に穿《うが》たれた後——イグナイト卿は全身が崩壊《ほうかい》していく最中《さなか》、魔人としての身体と力を全て放棄《ほうき》し、爆炎《ばくえん》のどさくさに紛れてあの場から離脱《りだつ》したのだ。

「なんだ、これは……？　あの弾丸《だんがん》は……ッ！　げほごほがはっ⁉」

だが──それだけだ。

傷がまったく治らない。霊魂《れいこん》という根本的な存在を深くズタズタにされたらしく、残り少ない命が、自分の身体からみるみる零《こぼ》れ落ちていくのがわかる。

──もう助からない。死ぬ。

そんな身の凍《こお》るような予感が、ひしひしとイグナイト卿の身体を蝕《むしば》んでいく。

「い、嫌《いや》だ……嫌だ、嫌だ、嫌だ……ッ！」

イグナイト卿は半狂乱で藻掻《もが》くが、その身体はまったく言うことを聞かない。

「な、なぜだ……なぜ、この私が……ッ⁉　全ての頂点に立つべき私が……どうしてこんな、惨《みじ》めな……無様な……ッ⁉」

おかしい。何もかもがおかしい。狂《くる》ってる。

この自分が、トップに立てないこんな世界は間違《まちが》っている。

「わ、私は何も間違ってなかった……常に正しかった……なのに、なぜだ……？　私は悪くない……悪くない……一体、誰のせいだ。誰の、誰の、誰の──」

そんな風に、イグナイト卿の命が無慈悲《じひ》に燃え尽《つ》きかけていると。

「あ、見つけましたっ！　よかったぁ、ご無事で！　我が愛しのあるじ様《マイ・ロード》！」

場違いなまでに陽気な少女の声が、辺りに響き渡る。

イグナイト卿が視線を向けると、路地裏の奥にイリアが立っていた。

ニコニコと実にご機嫌《きげん》そうに、イグナイト卿を見つめている。

「イリア……」

「うわぁ、酷い目に遭《あ》いましたね⁉　それ、普通《ふつう》、即死《そくし》ですよぉ？　でも、それでも生き残るあたり、さすが我が愛しのあるじ様《マイ・ロード》っていうかぁ？」

トコトコと軽い足取りで、イグナイト卿へと歩み寄って来るイリア。

そんなイリアへ助けを求めるように、イグナイト卿が炭化しかけた手を伸《の》ばす……

「い、イリアよ……わ、私を……助けろ……早く……ッ！」

だが。

「いやぁ、本当に良かったですよ～、私の分が、残ってて、」

ぱんっ！　イリアが伸ばされたイグナイト卿の手を、笑顔《えがお》のまま、横に叩《たた》く。

ぼろっ！　イグナイト卿の炭化しかけていた腕《うで》が、ボロボロに崩《くず》れて、取れた。

「おぁあああぁッ⁉　い、イリア⁉　き、貴様ぁ⁉　な、何を……」

当然、非難の悲鳴を上げるイグナイト卿。

構わず、イリアは足でイグナイト卿を仰向《あおむ》けにひっくり返し、踏《ふ》みつけた。

「ギャッ⁉」

「実を言うと、もうちょっと、タメたかったんですけどね。我が愛しのあるじ様《マイ・ロード》が人生最絶頂の時に、大転落させてやりたかったんですけど。

そのためにずっと、クソ我が愛しのあるじ様《マイ・ロード》に傅《かしず》いてきたんですけど。貴方《あなた》が早漏《そうろう》だったせいで台無しです。……ま、この際、贅沢《ぜいたく》言いませんけど。クスクスクス……」

ぞくり。

イグナイト卿はイリアの目を見て、背筋が震えた。

イリアが豹変《ひょうへん》していた。その目は奈落《ならく》そのものだ。闇《やみ》が深すぎて何も見えない。

一体、どんな絶望を見てきたらこうなるのか……

絶句するイグナイト卿の前で、イリアは実に楽しそうで、嬉《うれ》しそうだ。

まるで、無邪気《むじゃき》な子供が、長年我慢《がまん》させられていた待望の玩具《おもちゃ》を、ついに与《あた》えられたかのような……そんな雰囲気《ふんいき》。

「一つ、昔話をしましょう」

イリアが何の前触《まえぶ》れもなく、嬉々《きき》として語り始める。

「昔、昔、とてもクソな家にクソ親父《おやじ》、そして、可哀想《かわいそう》な姉妹《しまい》がいました。

妹はとても不出来で、いつもクソ親父に酷く虐《いじ》められていました。どうも、優秀《ゆうしゅう》な自分の血を受けながら、姉の代わりにもならない不出来さが酷く不満だったようです。

姉は、いつも必死に妹を庇《かば》いましたが、クソ親父が強くて怖《こわ》くて庇いきれません。

姉はちっとも悪くないのに、いつも妹にごめんね、ごめんねって謝っていました」

「な、何を……？」

「そのうち、クソ親父は本格的に妹が要《い》らなくなったらしく、殺処分を決めました。なんか、その妹がいると、家の地位や名声に傷がつくとかどうとか。

妹はクソ親父に魔術《まじゅつ》で燃やされましたが、死に損《そこ》ね、半死半生になりました。

姉はそんな妹を泣きながら密《ひそ》かに救い出し、クソ親父の手の届かない、信頼《しんらい》できる遠い家にこっそり逃《に》がしました。

新しい顔と新しい名前を得て、妹の新しい人生が始まります。

でも、妹は、ずっと守ってくれた姉に凄《すご》く感謝しており、いつか、大好きな姉の力になりたい、姉を助けたい……その一心で、別人として魔術の修業《しゅぎょう》を続けました。幸い、炎《ほのお》の魔術の才能は0でも、幻術《げんじゅつ》の才能はあったのです。

なんか、その間、本家では〝新しい妹〟が補充《ほじゅう》されたみたいですけど、正直、どうでもよかったです。彼女には何の感慨《かんがい》もありません。心底、どーでもいいです。

ただその妹は、姉がいればよかったんです。

ですが、妹がようやく一人前になった……ようやく姉と再会できる……姉妹としては無理でも、せめて部下として傍《そば》にいられる……そういう時。

あのクソ親父は、なんと姉も殺してしまったのです。なんでも、姉が魔術使えなくなったので、いつか新しく作り直すとかなんとか。ははは、笑えねえ。死ねよマジで」

「……う、……あ……あああ……？」

「妹は完全にキレました。あの時、人としての何かが壊《こわ》れちゃったのです。いつか絶対クソ親父ぶっ殺す。惨めったらしく。無様に。

それが妹の真なる願いと望みであり——他《ほか》はどうでもいい。

でも、クソ親父はいつの間にか人間辞《や》めたらしく、しょせん人間の妹には殺しきる手段がありません。さぁ、どうするか？

そんな機会を窺《うかが》うため、妹は顔も見たくないクソ親父に近付くことに決めました。

我が愛し《マイ》のあるじ《ロード》様と、何度も何度も自己暗示で言い聞かせて」

ぐし。

イリアがイグナイト卿《きょう》の顔を踏みつける。

「そぉんな、本っ当に、最っ高に、つっまんない昔話があるんですけどぉ……どう思いますかぁ？　ねぇ？　我が愛しのあるじ様《マイ・ロード》……」

「ま、まさか……まさか、お前は……ッ!?」

ガタガタ震《ふる》えるしかないイグナイト卿の前で。

イリアがぱちんと、指を打ち鳴らす。

自身にかけていた【月読ノ揺リ籠《ムーン・クレイドル》】を解いたのだ。長年、継続《けいぞく》的にかけ続けることで、ほぼ世界事実と化していた己《おのれ》の偽装《ぎそう》を——ついに解く。

イリアの姿が——変わる。

髪《かみ》の色が炎のような真紅《しんく》色に。瞳《ひとみ》の虹彩《こうさい》の色が鮮《あざ》やかな紫炎色《しえんしょく》に。

されど、その半身は、顔の半分は、醜く焼け爛《ただ》れていて——

「ぁあああああああぁッ!?　お、お前……お前はぁ……ア、アリ、アリエ——」

すらっ！　イリアが驚愕《きょうがく》するイグナイト卿の前で、短剣《たんけん》を抜《ぬ》いた。

特上の笑顔で抜いた。

「〝強く信じて真っ直《す》ぐ突《つ》き進めば、いつかきっと願いは叶《かな》う〟」

「ひッ!?」

「ふむふむ。なるほどなるほど、確かに！　私の願い、叶っちゃいました！」

そして――

「うぎゃあッ!? がぁあああああッ!? ひぎゃあああああッ!? や、やめっ、あがぁああああッ!? ひぎゅうッ!? あ、ああああ、たす、助け……ぁあああああああああああああああああああああああ――ッ!? ぎゃああああああああああああああああああああああああああああああああああああああ――……」

――とある人気《ひとけ》のない路地裏に。

誰かの哀《あわ》れで惨めな悲鳴と断末魔《だんまつま》の叫《さけ》び。誰かの昏《くら》い歓喜《かんき》の嗤《わら》い声。肉を鋭《するど》いナニカが断続的に穿ちまくる鈍《にぶ》い音が、延々と響《ひび》き渡《わた》るのであった――

ルヴァフォース聖暦《せいれき》1853年、グラムの月13日――7時11分。

後世に『炎の一刻半《いっときはん》』と呼ばれる動乱は、女王軍臨時総司令イヴ＝ディストーレが、十倍以上の戦力差を卓越《たくえつ》した戦術眼で捌《さば》ききり、イヴ自らクーデター軍首魁《しゅかい》、アゼル＝ル＝イグナイト卿を討《う》ち果たすことで幕を下ろした。

イグナイト卿が討ち果たされたのと同時に、クーデター軍は全面投降。

皆《みな》一様に、〝なぜ、自分達はイグナイト卿の命じるまま、女王陛下に刃《やいば》を向けていたのか、まったくわからない〟と供述し始める。

だが、女王に対する反逆は反逆。極刑《きょつけい》に値《あたい》する大罪だ。

自責の念から己が罪を雪《そそ》ぐために、自害しようとする将兵が続出。

一時期、元クーデター軍は大混乱に陥《おちい》る。

『傾聴《けいちょう》なさい。今は、死して罪を償《つぐな》う時ではありません』

『そのような贖罪《しょくざい》、このアリシア七世、断じて受け入れません』

『償いたくば——どうか、その命を未来を繋《つな》ぐために』

実際、女王アリシア七世が、魔術の拡張音声で『恩赦《おんしゃ》』を大々的に宣言しなければ、さらなる犠牲者《ぎせいしゃ》が出ただろう。

そして、アリシア七世の指示で、囚《とら》われていた帝国《ていこく》高官、各国首脳陣《じん》は次々と解放。続く事後処理——アリシア七世は、同じく解放されたファイス＝カーディス司教枢機卿《すうききょう》と協力し、世界の分裂《ぶんれつ》と大戦勃発《ぼっぱつ》の危機を、なんとか乗り越《こ》える。

だが、この動乱が残した傷跡《きずあと》は、果てしなく大きい。

帝国将兵の同士討ちによる死傷者、千以上。

戦闘《せんとう》の余波で痛々しく破壊《はかい》された自由都市ミラーノ。

未だ、地下で増殖《ぞうしょく》を続ける《根》と邪神《じゃしん》の眷属《けんぞく》への対策は一向に進んでおらず。ミラーノ市民達の避難《ひなん》も未完了《かんりょう》だ。

邪神降臨までの時間は、この動乱の対処によって大幅《おおはば》に削《けず》られてしまった。

無論、世界各国は絶賛大混乱中。一体、いつになったら収拾《しゅうしゅう》がつくのか。

だが、進むしかない。歩むしかない。

アリシア七世は、必死に道を模索《もさく》し続ける。

人類に残された時間は、あまりにも残り少ないのだから——

そして——

自由都市ミラーノ——ティリカ＝ファリア大聖堂。
今回の動乱の事後処理が未だ終わらず、アリシア七世ら帝国上層部が、その処理のために駐留《ちゅうりゅう》し続けているこの聖堂にて。

「よう」

グレンが、書類を抱《かか》えて通路を歩くイヴの前に姿を現していた。

「……何よ？」

「や、お前の様子を見に来た」

「そう……暇《ひま》ね」

イヴは、この随行《ずいこう》帝国軍の臨時司令官を拝命したままだ。

他に引き継《つ》げる将校がいないため、女王が直々に頭を下げて依頼《いらい》したのである。

イヴはそれを承諾《しょうだく》し……今は、先の動乱における軍関連の事後処理に追われていた。

今のイヴは——千騎長《せんきちょう》であった。

「……調子はどうだ？」

「平気よ。身体《からだ》の傷は癒《い》えた。顔も……一生、あのままかと覚悟《かくご》したけど、幸いすっかり治ってくれたし。左手に魔力《まりょく》も戻《もど》ったし……」

「いやまぁ、身体の調子が良いのはいいんだが……その……お前、今回は……色々あっただろ？　あんまり無理は……」

グレンが、しどろもどろにそんなことを言っていると。

「は？　何？　貴方、そんなこと心配してたの？」

「は？　いや、べ、別に……」

あ、ヤバい。こりゃー、うるさい余計なお世話だなんだと、ガミガミ言われる流れだ

……グレンがそう覚悟していると。

「ありがとうね」

意外にも、イヴは柔《やわ》らかく、薄《うす》く微笑《ほほえ》んでいた。

「……イヴ？」

「私は大丈夫《だいじょうぶ》よ。もちろん、まだ、色々と心の整理がつけきれないところもあるけど……大丈夫。私はもう迷わない」

「そうか」

イヴが微笑みながらそう言うなら、グレンからはもう何も言うことはない。

「それよりも、貴方よ」

「は？　俺？」

「そうよ。生徒達のケアはちゃんとやってるの？」

「や。ちゃんと、今、フェジテへ帰る準備はしているぞ……」

「そうじゃないわよ。生徒達は、せっかくの魔術祭典を台無しにされたのよ？　それをちゃんとフォローしてやってるかって話」

「や、やってるよ！」

「本当に大丈夫？　システィーナとか、特に落ち込んだりしてない？」

「だから、大丈夫だって……ったく、信用ねえなあ⁉」

「だって……それは、ロクでなしで評判の貴方《あなた》だもの」

「……ひっでえな、おい」

「私も、貴方には散々、色々壊されちゃったし」

「ご、誤解を招くような言い方するんじゃねえ……」

グレンがふて腐《くさ》れたように、そっぽを向いて。

イヴがくっくっと含《ふく》むように笑って。その場を穏《おだ》やかな空気が流れる。

（なんか……こいつ、少し柔らかくなったな……）

グレンはイヴの表情を横目で盗《ぬす》み見ながら、そんなことを思う。

これから、イヴがどういう道を行くつもりなのかは、グレンにはわからない。

絶賛大混乱中で、人材不足の軍に戻るのか。

あるいは、あの学院に戻ってくるのか。

だが、いずれにせよ、それはイヴ自身が望んで正しいと信じて歩む道だ。

（ま、応援《おうえん》してやるか。全力でな……）

柄《がら》にもなく、そんなことをグレンが考えた——その時だった。

「イヴ。ここに居たか」

――ざっ。

そこへ、アルベルトが現れる。

右目を覆《おお》う包帯が、未だに取れていない。

痛々しい姿だが、しっかりとしたその姿は、あまり負傷を感じさせなかった。

「アルベルト⁉」

グレンが、アルベルトに駆《か》け寄る。

「……グレンも居たか」

「聞いたぞ。お前、怪我《けが》は――」

「俺のことなぞどうでもいい。緊急《きんきゅう》事態だ」

「は？」

「……グレン、お前も来い。お前は女王陛下の信頼《しんらい》が厚いし、どうせ遅《おそ》かれ早かれ、知ることになる」

「お、おい、ちょっと待て……なんだよ？　何があったんだ？　一体？」

応じず、アルベルトが踵《きびす》を返し、足早に先行していく。

何があったのかわからず、グレンとイヴは顔を見合わせて、その背を追うしかない。

――聖堂内に設けられた臨時政務室にて。

ざわ。ざわ。ざわ。

そこには、ミラーノに駐留する帝国政府要人達が集まっていた。

当然、クリストフやバーナードの姿もあって。

そして、そんな彼らの中心に、女王陛下が神妙《しんみよう》な面持《おもも》ちで佇《たたず》んでいる。

その足下《あしもと》には――

「ぜぇ……ぜぇ……はぁ……はぁ……」

一人の帝国宮廷魔導士団《きゆうていまどうし》の魔導士が、跪《ひざまず》いていた。

たった今、帝国からここミラーノへ駆けつけたらしく、激しく息を切らしている。

そして――全身、見るも無惨《むざん》にボロボロだった。

頭髪《とうはつ》を金と赤に派手に染め分けた、軍人らしからぬ魔導士。

その青年には、グレンも見覚えがあった。

「あいつ……クロウ＝オーガム⁉　帝国宮廷魔導士団第一室の⁉」

「グレン、しっ！　何か話すみたいだわ」

イヴがグレンを黙《だま》らせる。

そんな彼らの前で、女王陛下が重々しく口を開く。

「……もう一度、報告をお願いします」

その女王陛下の表情は毅然《きぜん》としつつも——すっかり青ざめていた。

イグナイト卿《きょう》にクーデターを起こされた時も、ここまでじゃなかっただろう。

そして、そんな女王の促《うなが》しに。

報告に駆けつけた青年——クロウ＝オーガムは肩《かた》を震《ふる》わせ、涙《なみだ》ながらに言った。

「……申し……上げます……ッ！　帝都《ていと》が……帝都が、落ちま、した……ッ！」

「……は？」

グレンの間の抜《ぬ》けた声が漏《も》れる。

「…………」

イヴすらも、唖然《あぜん》とするしかない。

ざわり、と。

そして、どこか現実感のない動揺《どうよう》と困惑《こんわく》が、その場を支配する。

「申し訳御座《ござ》いませんッ！　帝国軍帝都防衛大隊は潰走《かいそう》……ッ！」

「……敵はどこの誰《だれ》ですか？　帝都防衛が破られるなど、相当な戦力のハズです」

女王の静かなる問いに。

「敵は──エリエーテ……」

クロウは驚愕《きょうがく》の返答を、その場の一同に告げるのであった。

「敵は《剣《けん》の姫《ひめ》》エリエーテ＝ヘイヴンですッッッ！」

ルヴァフォース聖暦《せいれき》1853年、グラムの月16日。

邪神降臨までの時間が刻一刻と迫《せま》る中──

アルザーノ帝国は、さらなる混乱と動乱の渦中《かちゅう》へ否応《いやおう》なく巻き込まれていく──

あとがき

こんにちは、羊太郎《ひつじたろう》です。

今回、『ロクでなし魔術講師《まじゅつこうし》と禁忌教典《アカシックレコード》』第十七巻、刊行の運びとなりました。

編集者並びに出版関係者の方々、そしてこの『ロクでなし』を支持してくださった読者の皆様《みなさま》方に無限の感謝を。

さて、十七巻。ついにここまで来た……そんな感じです。今まで色々と張《は》ってきた伏線《ふくせん》が、どんどん回収されていき、物語が結末に向けて収束していく実感が、僕の中でもひしひしと感じられます。

今回、特にスポットが当たるのは、再びイヴ。この十七巻で、イヴというキャラクターの根底に流れる一つの物語が幕を閉じる……そんな運びとなりました。

彼女の物語の締《し》めくくりに相応《ふさわ》しい巻になったと、自負しております。今回の彼女の尊い決断は、後のグレンにとても大きな影響《えいきょう》を与《あた》えることになるでしょう。

しかし……この巻は書いてて辛《たの》かった！（）

なんかもう、ひたすらイヴちゃんハードな展開に終始し、なんかもう追想日誌《メモリーレコード》6巻と合わせて、イヴちゃん、色んな意味でフルボッコでした。イヴちゃん、可哀想《かわいそう》。

どうして……？　どうして、こんなにイヴちゃんを虐《いじ》めるの!?

一体、誰《だれ》のせいだ!?　はい、私です！　すみませんっ！

いやほら……可愛い子ほど、好きな子ほど虐めたいって感覚あるじゃないですか？

だから、僕がイヴちゃんにこんなハードな展開ばかり課すのは、別に嫌《きら》いだからじゃありません！　愛ゆえになのです！　愛ッ！

とまぁ、そんな羊の歪《ゆが》んだ業《ごう》は放っておいて。

『ロクでなし』はまだまだ続きますが、気を抜《ぬ》かず全力で執筆《しっぴつ》していきます。

近況《きんきょう》・生存報告などはTwitterでやっていますので、応援《おうえん》メッセージなど頂けると、羊は大喜びで頑張《がんば》ります。ユーザー名は『@Taro_hituji』です。

どうかこれからも、色々とよろしくお願いします！

羊太郎

お便りはこちらまで

〒一〇二―八一七七
ファンタジア文庫編集部気付
羊太郎（様）宛
三嶋くろね（様）宛

富士見ファンタジア文庫

ロクでなし魔術講師《まじゅつこうし》と禁忌教典《アカシツクレコード》17

令和２年７月20日　初版発行
令和６年10月25日　３版発行

著者――羊《ひつじ》 太郎《たろう》

発行者――山下直久
発　行――株式会社KADOKAWA
〒102-8177
東京都千代田区富士見2-13-3
0570-002-301（ナビダイヤル）
印刷所――株式会社KADOKAWA
製本所――株式会社KADOKAWA

ISBN978-4-04-073736-2 C0193

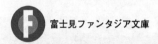

騙しあい。
各国がスパイによる戦争を繰り広げる世界。任務成功率100%、しかし性格に難ありの凄腕スパイ・クラウスは、死亡率九割を超える任務に、何故か未熟な7人の少女たちを招集するのだが――。
シリーズ
好評発売中！

世界最強の
“不可能任務”に挑む少女たちの
痛快スパイファンタジー！
スパイ教室
竹町
illustration
トマリ

切り拓け！キミだけの王道
ファンタジア大賞
原稿募集中！
賞金
《大賞》300万円
《金賞》50万円
《銀賞》30万円
選考委員
細音啓「キミと僕の最後の戦場、あるいは世界が始まる聖戦」
橘公司「デート・ア・ライブ」
羊太郎「ロクでなし魔術講師と禁忌教典《アカシックレコード》」
ファンタジア文庫編集長
前期締切 8月末日
後期締切 2月末日
公式サイトはこちら！ https://www.fantasiataisho.com/